詩, 위대한 거절

—현대시의 부정성

강웅식(姜雄植)

1960년 강릉 출생.
경희대학교 국어국문학과 및 동대학원 석사 졸업.
고려대학교 국어국문학과 대학원 박사 졸업.
1993년 〈세계일보〉 신춘문예 문학평론 부문에
「김혜순 시의 음화적 이중구조와 현실인식」으로
당선되어 평론 활동을 시작.
주요 논문으로 「김수영의 시의식 연구」
「한국 현대 서정시론의 한 양상」 등이 있음.
현재 고려대와 항공대에 출강.

청동거울 문화점검 ③
詩, 위대한 거절
—현대시의 부정성

인쇄일/1998년 11월 15일 1판 1쇄 인쇄
발행일/1998년 11월 20일 1판 1쇄 발행

지은이/강웅식
펴낸이/임은주
펴낸곳/도서출판 청동거울
출판등록/1998년 5월 14일 제13-532호
주소/(135-080)서울 강남구 역삼동 832-52 상봉빌딩 301호
전화/564-1091~2
팩스/569-9889

값 11,000원

잘못된 책은 바꾸어 드립니다.
지은이와의 협의에 의해 인지를 붙이지 않습니다.

ISBN 89-88286-03-0

청동거울 문화점검 3

詩, 위대한 거절

—현대시의 부정성

강웅식 지음

청동거울

책머리에

비평의 자의식과 글쓰기의 부정성

문학연구와 비평은 문학작품에 대한 분석·주석·해석 등의 작업을 수행한다. 그런 점에서 그것은 일종의 그림자 의식에 불과할지도 모른다. 문학작품이라는 의미의 통일체가 주어지지 않으면 애초에 그 작업 자체가 성립될 수 없을 것이기 때문이다. 그렇다면 문학연구자와 비평가는 작가나 시인이라는 창작자들이 주인인 문학의 저택에서 더부살이의 삶을 살아가는 사람들일까. 이것은 하나의 텍스트를 대상으로 한 2차 텍스트를 통해 매순간 자신의 삶의 매듭점을 이어나가는 자들의 불행한 의식일 것이다. 싸르트르의 말대로 비평가란 별로 복을 받지 못한 자들이고, 그처럼 불우한 운명에 좌절하여 삶을 포기하려는 순간 묘지기의 일자리를 찾아 거기에 헌신하게 된 사람들이다("대부분 비평가들은 그다지 복을 받지 못한 사람들이고, 절망을 하려는 순간에 묘지기의 조용한 일자리를 찾아낸 그러한 종류의 사람들이라는 것을 상기해야 한다. 묘지가 평화로운지 어떤지는 아무도 모르지만 서재보다 기분좋은 것은 없다. 서재 속에는 죽은 사람들이 있다. 그 죽은 사람들은 밤낮 쓰기만 했다…… 그는 항상 서재에 들어갈 수 있고 서고에서 한 권의 책을 꺼내 펴들 수가 있다. 거기서는 무덤 냄새가 살며시 떠오르고 그리하여 이상스런 작업이 시작되는데, 그는 그 작업을 독서라고 부르기로 결정한 것이다. 그리하여 비평가는 그의 일상적인 고통의 진실성과 고통의 존재 이유 같이 되어 있는 관념상의 세계와 교섭한다고 자부하는 것이다."—사르트르, 『문학이란 무엇인가』).

이처럼 비평가의 의식이 발생론적으로 2차적인 것이긴 하지만, 그렇다고 분석·주석·해석 등의 형식이 그 자체로서 권리를 지니지 못하는 것은 결코 아니다. 왜냐하면, 그러한 형식들은 작품들 자체의 역사적 운동의 무대이기 때문이다. 어떤 작품이 완성될 수 있는 근거는 작품이라는 존재가 하나의 형성과정이라는 점에 있다. 독자에게 제공된 하나의 작품은 그러한 형성과정이 어느 한 시점에서 매듭된 결과물이다. 그 형성과정은 실제로 이루어진 것보다 덜 진행될 수도 있었고 더 진행될 수도 있었을 것이다. 작가나 시인이 이미 발표된 작품을 개작할 경우가 있는데, 이는 한 시점에서 이루어진 매듭을 풀어 버리고 작품의 형성과정을 다시 진행시키는 것이라 할 수 있다. 분석·주석·해석 등의 형식은 그러한 과정을 결정체로 만들어 놓는 것이며, 작품은 그러한 형식들에 의존하게 된다. 이 형식들은 작품을 넘어섬으로써 작품의 진리내용에도 기여하며, 이 진리내용을 작품의 비진리적 계기들과 구분짓는다.

분석·주석·해석 등의 형식이 그 자체로서 분명한 권리를 보장받는다고 하더라도 비평가의 의식은 자신의 작업이 2차적이라는 불행한 의식의 회로에서 쉽사리 벗어나지 못한다. 보라, 자신의 작업에 매달리는 동안 비평가(혹은 문학연구자)의 '나'가 '그'(작가 혹은 시인)나 '그것'(작품 혹은 텍스트)에 철저하게 위임되는 것을. '나'의 모든 독서행위와 생각과 글쓰기는 '그'/'그것'의 존재를 연장시키고 공고하게 하기 '위해서'만 존재할 뿐이다. '나'는 단지 '그'/'그것'을 생존시키는 수단에 불과하며, '그'/'그것'은 '나'의 존재 이유가 된다. 도대체 '나'의 실존은 어디로 가버렸는가. 비평가는 소설이나 시의 '그'를 만들어낼 수 없다. 그렇다고 그저 그렇고 그런 일상의 순수한 사생활에

'나'를 내던져버릴 수도 없는, 다시 말해 자기 나름의 글쓰기를 포기할 수도 없는 사람이 비평가이다. 롤랑 바르트의 지적처럼, 그는 '나'라는 말을 잃어버린 일종의 실어증 환자이다.

문화는 인간 존재의 성립 근거이다. 문화의 타락은 인간 존재의 타락과 비례하며, 문화의 절멸은 인간 존재의 사멸과 동의어가 된다. 오늘날 글쓰기의 작업을 수행하는 모든 사람들은 문화 속에서 연단(演壇)에 선 사람들이다. 별볼 일 없는 것에 대한 현혹관계에 의해 관리되고 조작되는 대중문화의 지배하에 있는 이 세상에서, 섹스의 절정에서 얼음송곳으로 난타당할 때의 끔찍한 자극과 쾌감이 중심 모티프인 어느 영화의 한 장면과 같은 위험한 관능과 쾌락을 리모컨으로 텔레비전 채널 돌려대기식으로 찾아 헤매는 이 세상에서, 우리는 "문화는 존재한다. 그리고 문화가 우리의 삶을 영위하게 한다. 하지만 끊임없이 그 문화를 해독하는 것, 즉 문화를 끊임없이 전위시키기 위해 그것을 비판한다는 조건에서만 가능하다"(롤랑 바르트)고 자신있게 말할 수 있을까. 아니 그렇게 말할 수 있기 위해서, 나아가 우리의 감각과 인식을 근본적으로 쇄신시킬 수 있기 위해서 우리는 사물의 물질성 속으로 얼마나 깊이 침투해야 하며 얼마나 강인한 정신의 힘과 섬세함을 지녀야 하는 것일까.

오늘날처럼 관리되고 조작되지 않는 언어행위의 장소가 전혀 없는 상황에서 연단에 선다는 것은 하나의 아이러니이다. 글쓰기라는 방식으로 발언을 하기 위해서는 이중적인 의미에서 역사성의 회로에 포섭될 수밖에 없다:글쓰기의 작업을 수행하는 사람은 언어·양식·문체 등의 기존 법칙에 대응하기 위해 수사적 전통 안에 위치해야만 하며, '지금 그리고 여기서' 어떤 의사소통을 겨냥하기 위해 사회적 경험의 사슬에 연루되어야만 한다;작가나 시인은 우리의 감각과 인식을 근본적으로 쇄신시킬 수 있을 발언을 하기 위해서는 기존에 이미 이루어진 모든 것들에 대한 반항(혹은 '위대한 거절')에 자신의 온몸을 의지할 수밖에 없다. 이것이 현대 시인(혹은 작가)이 서 있는 연단의 아이러니이다. 그들의 문학(글쓰기)은 창조적 언어활동에 고유한 부정성의 경험이자 동시에 증거가 되어야 하는 이유가 바로 여기에 있다.

현대 사회에서 글쓰기의 부정성은 모든 글쓰기 수행자의 윤리적 선택으로까지 극단화되었다. 하지만 비평적 글쓰기의 공식화 작용은 작가(혹은 시인)의 경우와는 구분된다. 비평가의 경우, 글쓰기의 부정성은 '긍정'의 계기에 의해 포착되기 때문이다. 독자가 자신이 읽는 한 권의 책과 어떤 방식으로 대화를 하는지 모르기 때문에 비평가는 어떤 '어조'를 만들어낼 수밖에 없는데, 이 어조는 긍정적일 수밖에 없게 된다. 다시 말해 비평가가 추구하는 부정성은 그의 작업의 막바지에서 하나의 의미를 찾으려는 염려에 의해 차단되는 것이다. 결국 비평가는 작품에다 특징적인 의미를 부여하려는 의도를 위험을 무릅쓰고 솔직하게 수용해야만 한다. 줄리아 크리스테바의 세련되고 멋진 비유처럼, 부정성의 바다 위에서 의미의 섬을 명확한 형태로 고정시켜야 하는 것이 바로 비평가의 임무인 것이다.

책을 묶으며 돌아보건대, 나의 비평적 글쓰기는 김수영과의 대화로부터 출발하였던 듯하다. 김수영의 영향을 받은 사람들에게는 그들만의 내밀한 비밀의 통화가 있겠지만, 내 경우 그는 최초로 그리고 지속적으로 문학과 글쓰기의 부정성에 대한 인식과 감각을 일깨워 주었다. 그 이후로도 줄곧 나는 글쓰기의 반항과 부정을 강조하는 저자들의 정신과 논리에 이끌려 왔다. 그런데, 이 머리말도 그렇고 본문의 부분부분에 서명의 잉크가 채 마르지도 않은 그 저자들의 문장이 최소한의 문장성분의 포섭에 의해 약간 변형된 형태로 들어 있는 것이 보인다.

참으로 끔찍하고 우울한 일이다. 법가(法家)의 논리대로라면, 벌써 손목이, 아니 목이 잘렸을 일이다. 앞으로 내가 진정으로 의미있는 발언을 담은 비평적 글쓰기를 제대로 수행하기 위해서는 속내 없는 그런 흉내내기부터 청산해야만 하리라.

이 머리말을 마무리하려는 순간, 무수히 많은 감사한 얼굴들이 스쳐 지나간다. 글쓰기의 욕망이 내 삶의 중요한 부분이 되게 해주셨고 언제나 감당할 수 없을 만큼 넘치는 사랑의 검열로 제자의 게으름을 꾸짖으시는 최동호 선생님, 평론가의 길을 열어 주신 김병익 선생님께 감사드린다. 오랜 세월 언제나 넉넉한 웃음과 포용력으로 내 삶과 글쓰기의 고민에 동참해 주는 박덕규 형과 오로지 우정의 이름으로 염려와 비판을 아끼지 않는 나의 여러 벗들에게 감사한다. 그리고 나의 어머니……. 이제껏 실망만을 안겨드린 어머니의 그 신산했던 삶에 이 책이 작은 위로가 될 수 있을까. 끝으로, 부끄럽고 거친 원고들을 정성스럽게 갈무리해 준 청동거울의 모든 가족들에게도 진심으로 고마움을 전한다.

1998년 11월

강 웅 식

차 례

차 례

제2부

서정시와 사회성

제1부

'긴장'의 시론과 '힘'의 시학

—김수영의 시의식 연구

Ⅰ. 머리말

김수영(金洙暎,1921~1968)은 우리 시문학사에서 "탕진됨을 모르는 가능성이자 안타까운 미완성"으로 평가되는 시인이다.[1] 김수영의 사후, 그의 문학을 대상으로 이루어진 무수한 비평적 논의들이 축적되는 과정은 이른바 '김수영 신화'라고 불리기까지 하였다. 그러나 김수영이 작고한 지 30여 년이 지난 지금, 김수영 문학은 그 문학적 시효성이 상실된 것처럼 여겨지기도 한다. 시대에 뒤떨어진다는 것을 무엇보다 경계하였고, 우리 시의 새로움의 모색에 누구보다 적극적이었던 김수영이 사후 30여 년이 지난 시점에서 비평적 · 학문적 관심의 대상에서 멀어지게 되었다면, 그것은 그동안에 이루어진 우리 시문학의 질적 성숙을 반영한다고 볼 수도 있을 것이다. 하지만 최근 우리 시단에서 이루어지고 있는 현상들은 그러한 추정을 재고하게 한다.

최근 우리 시단에서는 과거의 전통적 서정시의 개념으로는 용납될

1) 유종호,「시의 자유와 관습의 굴레」, 황동규 편,『김수영의 문학』(민음사,1983), p.258. 황동규가 편찬한『김수영의 문학』은 민음사에서 펴낸『김수영 전집』의 별권으로 기획된 것이다. 앞으로 이 논문에서『김수영의 문학』에 실린 논문들을 인용할 경우에는 그것을 '전집 별권'이라 약칭하기로 한다.

수 없는 형태의 작품들이 형태파괴적 '실험시' 내지는 '해체시'란 미명 아래 양산되고 있다. 형태면에서 전통에 기반을 둔 작품들조차 '일상성'이니 '범속성'이니 하는 비시적인 요소들을 적극적으로 수용한다. 온갖 비속어와 비시적 일상어가 시어로 도입되고 악담 · 야유 · 요설 · 선언 등의 화법이 채택된다. 급변해 버린 현실상황 속에서, 단순히 과거의 시적 전통을 무반성적으로 답습하는 것은 시대착오적이란 의미에서 부정적일 것이다. 젊은 시인들은 불가피하게 전통과의 연계를 끊고 나름의 실험을 시도할 수밖에 없다. 이런 실험은 우리 현대시의 내재적 성숙이라는 측면에서도 긍정적이지만, 모든 것들을 불변적인 요인으로 만들어 놓는 고착화된 후기 산업사회의 논리에 대한 저항의 수단이라는 측면에서도 긍정적이다. 그러나 시적 전통이나 현실세계의 부정적 상황에 대한 시인들의 저항은 지나치게 폭력적이고 혼란스럽다. 새로운 실험의 과정에는 필연적으로 폭력적인 요인이 수반되기 마련이지만, 최근 우리 문단에서 발표되는 시들의 실험은 그 진정성에 있어 의문을 제기하게 만든다. 어떤 작품들은 사회의 제반 현상에 대한 비판을 핑계로 작품을 매력적이거나 혹은 선정적이기까지 한 요소로 포장하여 일종의 상품으로 팔리게 한다. 겉으로는 비판과 저항의 몸짓을 취하지만, 실제로는 현재의 부정적인 상황을 무반성적으로 받아들임으로써 오히려 현실을 확정하고 반복하는 것은 아닌가. 이미 30여 년 전에 김수영이 지적하였듯이 현대성의 추구가 아니라 '현대성에의 도피'이며, 그저 흉내만 내는 '코스춤'은 아닌가 하는 점을 생각할 때 김수영은 우리 시사에서 여전히 현재적이고 유효한 시인임에 틀림없다. 그러나 본고의 의도는, 김수영을 하나의 모범적 규범으로 만들어 최근 시작품들을 재는 척도로 삼으려는 데 있지 않다. 오히려 본고는 '김수영 신화'의 반성을 통하여 그를 극복하고자 한다. 그러한 과정에서 최근 우리 시단의 작품들에 혼재하는 부정적 징후들을 반성하고 진정한 현대성의 추구를 모색하는 데 유효한 단서를 찾을 수 있을 것이다.

김수영 문학을 텍스트로 한 논의는 대략 다음과 같은 네 가지 방향에서 이루어져 왔다. 첫째, 김수영 시와 산문에서 주도적으로 드러나는 주제어의 분석을 통하여 그의 시세계와 시의식을 이해하려는 논의,[2] 둘째, 김수영 시의 형식과 구조에 관심을 갖고 그의 시를 체계적으로 분석함으로써 김수영 시의 특질을 밝히려고 시도한 것,[3] 셋째, 김수영 시와 산문 전체를 포괄적으로 조명하면서 김수영 시의 문학사적 의의와 시사적 위치, 그리고 영향관계를 고찰한 논의,[4] 넷째, 김수영의 산문에 산재한 시에 대한 사유의 흔적들을 포착하여 김수영의 시론을 재구성해보고자 한 논의로 대별된다.[5] 이를 개괄하면, 김수영은 처음에는 모더니스트로, 다음에는 참여문학론의 열렬한 주창자로, 그런 후에

2) 김인환, 「시인의식의 성숙과정:김수영의 경우」, 『월간문학』 1972년 5월호.
김종철, 「시적 진리와 시적 성취」, 『문학사상』 1973년 9월호.
김 현, 「자유와 꿈」, 김수영 시선집 『거대한 뿌리』 해설, (민음사, 1974).
황동규, 「정직의 공간」, 김수영 시선집 『달의 행로를 밟을지라도』 해설, (민음사, 1976).
염무웅, 「김수영론」, 『창작과비평』 1976년 겨울호.
김우창, 「예술가의 양심과 자유」, 『궁핍한 시대의 시인』 (민음사, 1978).
유종호, 「시의 자유와 관습의 굴레」, 『세계의 문학』 1982년 봄호.
최유찬, 「시와 자유와 '죽음'」, 『연세어문학』 제18집, 1985.12.
김기중, 「윤리적 삶의 밀도와 시의 밀도」, 『세계의문학』 1992년 겨울호.
3) 서우석, 「김수영:리듬의 희열」, 『문학과지성』 1978년 봄호.
김 현, 「김수영의 풀:웃음의 체험」, 김용직·박용철 편, 『한국현대시 작품론』 (문장사, 1981).
강희근, 「김수영 시 연구」, 『우리 시문학 연구』 (예지각, 1983).
이영섭, 「김수영의 '신귀거래' 연구」, 『연세어문학』 제18집, 1985.12.
이경희, 「김수영 시의 언어학적 구조와 의미」, 『이화어문론집』, 1986.
김혜순, 『김수영시 연구:담론의 특성 연구』, 건국대 박사논문, 1993.
4) 김현승, 「김수영의 시사적 위치와 업적」, 『창작과비평』 1968년 가을호.
백낙청, 「역사적 인간과 시적 인간」, 『창작과비평』 1977년 여름호.
유재천, 『김수영의 시 연구』, 연세대 박사논문, 1986.
심종윤, 『김수영 시 연구』, 연세대 박사논문, 1987.
이건제, 『김수영 시의 변모양상 연구:자아와 세계의 관계를 중심으로』, 고려대 석사논문, 1990.
이종대, 『김수영 시의 모더니즘 연구』, 동국대 박사논문, 1993.
강연호, 『김수영 시 연구』, 고려대 박사논문, 1995.
5) 송재영, 「시인의 시론」, 『문학과지성』 1976년 봄호.
이상옥, 「자유를 위한 영원한 여정」, 『세계의문학』 1982년 겨울호.
김윤식, 「김수영 변증법의 표정」, 『세계의문학』 1982년 겨울호.
이승훈, 「김수영의 시론」, 『한국현대시론사』 (고려원, 1993).
정남영, 「김수영의 시와 시론」, 『창작과비평』 1993년 가을호.

는 뛰어난 한 시인으로 평가되는 등 그에 대한 인식태도가 다르게 접근되고 있다;김수영 사후, 초기에는 시와 산문을 통해 주장한 그의 메시지들이 자주 인용되고 중요한 의미로 평가되었지만, 차츰 그것들은 한 시인의 시세계를 이해하고 분석·조명하는 문학적 실체로서 다루어지게 된다;최근에는, 김수영에게 부여되었던 비평적 수사, 예컨대 모더니스트라든가 참여론자 혹은 난해시인이라는 어사를 벗어나, 그가 진정으로 추구한 시적 주제는 무엇인가, 그것은 그의 시에서 어떻게 표현되고 있으며 그 시적 방법론은 무엇인가 하는 접근 태도의 변화가 나타난다.[6] 이러한 기존의 논의에서 보고된 김수영 시의 시적 주제를 집약하면 '자유'·'사랑'·'예술가의 양심과 윤리'·'죽음'·'정직' 등이다. 김수영 문학에서 이들 주제는 독립적·개별적이기보다는 긴밀하게 연결되어 있으며 그 긴장관계에 주목해야 한다는 것이 기존 논의의 대체적인 견해이다.

시적 주제와 관련된 논의보다는 그 양에서 상대적으로 적은 수를 보이긴 하지만, 시적 방법에 대해서도 꾸준한 논의가 이루어지고 있다. 기존의 논의에서 밝혀진 김수영 시의 시적 방법으로는 속도감이 있는 리듬의 변주 및 반복 어조, 요설적 서술과 아이러니 등이 있다.[7] 최근 일련의 학위논문들은 김수영 시와 산문을 총체적으로 검토하여 김수영 문학의 문학사적 위치와 시사적 의의를 규명하려는 시도를 보여준다. 이들 논의의 특징은 모더니즘과의 관련하에 김수영 문학의 문학사적 위치를 자리매김하려 했다는 것이다.[8] 김수영과 모더니즘의 영향관계는, 초현실주의 시의 기법 수용이 김수영 시의 한 특질을 이룬다는

6) 김병익, 「진화, 혹은 시의 다의성」,『세계의문학』 1983년 가을호, p.329.
7) 김수영 시의 시적 방법론과 관련한 논의 가운데 가장 주목되는 논의는 김혜순의 논문이다. 그는 김수영 시의 텍스트 구축과정과 표층의미의 드러냄, 심층의미의 개진 등을 체계적으로 검토하고 있다.
8) 이종대, 『김수영 시의 모더니즘 연구』, 동국대 박사논문, 1993.
강연호, 『김수영 시 연구』, 고려대 박사논문, 1995.

김현승의 논의를 비롯,[9] 단순히 모더니즘의 범주에 포함되는 서구시의 유파들의 기법만이 아니라 모더니즘의 근본정신과 태도를 수용한 것이라는 이종대와 강연호의 논의에 이르기까지 많은 연구자들에 의해 다양한 방식으로 고찰되었다.[10] 그가 영어 원서와 일어 번역판을 통해 외국 시론에 대한 폭넓은 교양을 쌓았다는 점을 감안할 때, 김수영이 외국의 시와 시론들로부터 무엇을 얻었으며 그것을 자신의 시와 시론에 어떻게 적용하였는가 하는 점에 대해서는 지속적인 논의가 요구된다. 김수영의 산문들에 산재되어 있는 시에 대한 인식 역시 주요한 관심의 대상이 되어왔다. 이른바 '온몸의 시학', '반시론', 하이데거와 릴케의 영향, 변증법적 시의식 등은 이제까지 기존의 논의에서 조명된 김수영 시의식의 여러 측면이라 할 수 있다.

이제까지 기존 논의의 연구방향과 그 성과에 대해 개괄해 보았다. 본고에서는 그 성과를 바탕으로 다음과 같은 방향에서 김수영 문학에 접근하고자 한다.

첫째, 김수영의 산문들을 검토하여 시에 대한 김수영의 인식을 좀더 구체적으로 규명해 보고자 한다. 기존의 논의에서도 언급되었다시피, 김수영의 시와 시론은 김수영 문학의 전개과정에서 긴밀한 긴장 관계를 이루며 시의 질적 성숙에 기여한다. 본고에서 시론을 먼저 검토하는 것은, "산문에는 상상력의 움직임이 시보다 훨씬 평이한 수준으로 드러나기 때문이다."[11] 그러므로 김수영의 산문들에 대한 정치한 분석은 일견 난해해 보이는 그의 시의 이해에 지름길이라 할 수 있다. 김수영의 시론에 대한 검토와 관련하여 한 가지 강조해야 할 것이 있다. 김

9) 김현승, 「김수영의 시사적 위치와 업적」, 『창작과비평』 1968년 가을호.

10) 이종대와 강연호의 논의는, 김수영은 "모더니즘을 하나의 문학적 조류로 이해한 것이 아니라 세계를 이해하고 관찰하는 전신으로 받아들인다"는 김현의 견해를 체계화하고 구체화한 것으로 볼 수 있다. 김 현, 「자유와 꿈」, 전집 별권, p.106 참조.

11) 김인환, 「한 정직한 인간의 성숙과정」, 전집 별권, p.216.

수영은 그가 작고한 해인 1968년에 비교적 긴 분량의 시론을 두 편 남겼다. 그 시론에서 김수영은 하이데거의 「예술작품의 근원」과 「궁핍한 시대의 시인」이라는 두 편의 논문을 참조하고 있다. 이 때문에 기존의 논자들은 김수영 시론에 미친 하이데거와 릴케의 영향관계에만 주목한 감이 없지 않다. 하이데거와의 영향관계에 주목한 대표적 논의로는 김윤식과 이승훈의 글이 있다.[12] 김윤식은 변증법적 맥락 위에서 김수영 문학의 전체적인 특징을 포섭하면서 김수영의 시론 역시 변증법적 관점으로 파악하고자 하였으며, 이승훈은 김수영의 대표적 시론인 「시여 침을 뱉어라:힘으로서의 시의 존재」와 「반시론」을 주요 텍스트로 하여 하이데거와의 관련 문맥 안에서 그 두 시론의 의미를 집중적으로 규명하였다.[13]

김수영이 하이데거의 영향을 집중적으로 받은 것은 그의 후기에 속한다. 시작 노우트에서 "이 시에서도, 그밖의 시에서도 나는 알렌 테이트의 시론을 충실히 지키고 있다. Tension의 시론이다"[14]라고 말하고 있듯이, 김수영은 앨런 테잇의 시론으로부터 많은 시사를 받았다. 김수영과 하이데거와의 영향관계를 밝히기 위해서는 먼저 앨런 테잇과 김수영의 영향관계에 대한 고찰이 선행되어야 한다. 김수영의 시론에 대한 본고의 논의가 김수영 시론의 영향관계 자체의 규명에 있는 것은 아니다. 본고에서 주목하고자 하는 것은 김수영이 외국 시인이나 사상가로부터 시사 받은 바를 어떤 방식을 거쳐 독자적 시론으로 정립시켰

---

12) 김윤식, 「김수영 변증법의 표정」, 『세계의문학』 1982년 겨울호.
이승훈, 「김수영의 시론」, 『한국현대시론사』 (고려원, 1993).

13) 김수영의 시론만을 집중적으로 검토한 논의는 아니지만, 김수영의 전체 시세계를 하이데거의 영향관계라는 관점에서 접근한 논문으로 이건제의 것이 있다.
이건제, 『김수영 시의 변모양상 연구』, 고려대 석사논문, 1990.

14) 김수영, 『김수영 전집② 산문』, p.303. 위의 인용 구절 가운데 'tension' 이라고 된 부분은, 전집에는 'tenison' 으로 되어 있으나, 'tension' 의 오기로 보아 바로잡았다. 본고에서는 김수영 시와 산문에 대한 텍스트로 민음사판 『김수영 전집』을 사용하기로 한다. 민음사에서 펴낸 『김수영 전집』은 시와 산문을 각각 모아놓은 두 권으로 되어 있다. 앞으로 그것들은 각각 '전집 1' 과 '전집 2' 로 약칭하여 쓰기로 한다.

는가 하는 점이다. 김수영은 시에 대한 자기 생각을 언급하는 과정에서 일단의 대립항을 설정해 놓고 그것들이 맺는 부단한 긴장관계를 강조한다. '사상'과 '형태', '침묵'과 '요설', '언어의 서술'과 '언어의 작용', '기술자적 발언'과 '지사적 발언', '검증'과 '생성', '시를 쓰는 것'과 '시를 논하는 것', '예술성'과 '현실성', '내용'과 '형식' 등은 김수영이 설정한 주요 대립항들이다. 김수영은 이 대립항의 긴장관계에서 빚어지는 역동성을 시적 에너지의 원천으로 생각하였으며,[15] 그와 같은 '역동성', 즉 '힘'을 시에서 가장 중요한 요소로 보았다. 본고에서는 그와 같은 '긴장'과 '힘'의 강조가 김수영의 시와 시론에서 어떤 양상으로 나타나는가 하는 점에 주목하고자 한다.

김수영의 시론에 대한 기존의 논의들은 거의 예외없이 '참여론'의 범주 안에서 전개되고 있다는 공통적 특질을 보인다.[16] 김수영 스스로도 "나의 시론이나 시평이 전부가 모험이라는 의미는 아니지만, 나는 그것들을 통해서 상당한 부분에서 모험의 의미를 연습해보았다. 이러한 탐구의 결과로, 나는 시단의 일부의 사람들로부터 참여시의 옹호자라는 달갑지 않은, 분에 넘치는 호칭을 받고 있다"라고 말하고, 같은 글에서 "이런 기적이 한 편의 시를 이루고, 그러한 시의 축적이 진정한 민족의 역사의 기점이 된다. 나는 그런 의미에서는 참여시의 효용성을 신용하는 사람의 한 사람이다"라고 주장하고 있기도 하다.[17] 김수영의

15) 기존의 논의 가운데 그와 같은 대립항의 문제에 주목한 것으로는 이건제의 논문이 있다. 그는 자신의 논문에서 "김수영의 인식론이 전개되어 나가는 도정에는 많은 이항대립적 범주들이 존재한다"고 주장하면서, 김수영의 "자아 - 세계 관계의 인식론적 전개과정"을 고찰하는 가운데 그런 대립항들의 의미가 밝혀질 수 있을 것이라고 주장한다. 그러나 본고에서는 그런 대립항들 자체를 면밀히 고찰하는 것이 김수영의 시에 대한 인식을 규명하는 데 중요한 절차라고 본다.
이건제, 앞의 논문, pp.4~5 참조.

16) 김윤식과 이승훈은, 김수영의 시작(詩作)과 시론(詩論)이 우리 시의 참여시의 후진성을 극복하고자 한 것이고 그런 극복의 모습을 몸소 실천으로 보여주었다는 점에서 시사적 의의가 있다고 주장한다. 그리고 그들은, 김수영이 죽기 얼마 전부터 하이데거의 「릴케론」과 대결을 벌이는 가운데 참여론자로서의 모습을 탈피하고 좀더 본질적이고 폭넓은 세계로의 이행(移行)을 시도하고자 하였으나 그의 갑작스런 죽음으로 인해 결국 그런 세계에 도달하지는 못하였다고 평가하는 데 동의하고 있다.

17) 전집 2, p.250, 252.

시론에 내재되어 있는 참여시에 대한 경도는, "그가 발표하는 어떤 시는 예술파에 속하는 양 보이고, 다른 어떤 시는 참여파에 속하는 것처럼 보이고, 그러면서 그의 시론은 분명히 참여파를 옹호하고 있다"는 김현승의 관찰을 가능하게 한다.[18] 김현승은 더 나아가 "여기서 우리가 김수영에게 요구하고 싶었던 것은, 사상성과 예술성을 작품에 따라 또는 경우에 따라 각각 분리시키지 말고, 다시 말하여 속된 말로 양다리를 걸치지 말고 필요한 두 가지 요소를 한 작품 속에 조화집결시키라는 것이었다"고 서술하는데,[19] 이는 그 이후 김수영의 시론을 검토한 다른 논자들의 주장과도 일치하는 부분이다. 그러나 참여론과 관련된 논의에서 주목해야 할 것은, 김수영이 이른바 '참여파'의 논리로써 '예술파'의 시를 재단하지 않고 '예술파'의 논리로써 '참여파'의 시를 배제하지 않았다는 점이다. '참여파'나 '예술파' 그 어떤 경향의 시든, 그가 진정으로 중요하게 여긴 것은 "시다운 시" 혹은 "작품다운 작품"이었다. 그렇다면 김수영이 '참여파'와 '예술파'의 작품 모두를 인정할 수 있었던 그 균형감각의 근원은 무엇이며, 김수영이 진정한 '시다움'과 '작품다움'의 판단 근거로 삼은 것은 무엇이었는가 하는 점이 본고의 연구 목표이다. 이에 대한 해명과 함께 김수영이 과연 참여론자인가 아닌가, 그리고 그의 시론이 과연 참여시론의 한계를 넘어섰는가 아닌가 하는 점도 아울러 해명될 수 있을 것이다.

둘째, 김수영의 시론에 대한 규명을 근거로 하여 김수영 시에 나타난 시의식과 시적 전략들을 고찰하고자 한다. 기존의 논의에서도 이에 대해서는 주목할 만한 연구성과가 있었다고 판단되나 김수영 시에서 가장 중요한 요소인 '힘'과 '긴장'의 문제에 대한 논의가 충분히 이루어진 것으로 보이지는 않는다. 본고에서는 김수영 시에 대한 체계적인

18) 전집 별권, p.36.
19) 앞의 책, 같은 부분.

분석과 좀더 포괄적인 논의를 통해, 그의 시론에서 강조되는 '힘'과 '긴장'의 문제가 그의 시에서 어떤 양상으로 나타나는가 하는 점을 고찰하고자 한다.

Ⅱ. 긴장의 시론과 힘의 시학

1. 시의 긴장과 힘의 관계

시인이라면 누구나 자신의 시작(詩作)과 관련한 그 나름의 전략이 있기 마련이고, 그런 점에서 누구나 자신의 시론을 갖고 있는 셈이다. 그러나 일반적으로 지칭하는 '시론'은 시에 대한 시인 나름의 사변이 일정한 체계 안에서 정리, 기술된 것을 의미한다. 우리 시문학사에서 김수영은, 일반적인 의미의 시론을 갖춘 몇 안되는 시인 가운데 한 사람이다. 엄밀히 따지자면, 김수영에게도 체계를 갖춘 시에 관한 사변을 담은 글은 「시여 침을 뱉어라: 힘으로서의 시의 존재」와 「반시론」 두 편만이 있을 뿐이다. 그나마 그 두 편의 글마저도 체계라는 것의 의미를 더 완고하게 규정하는 논자에게는 비체계적인 글로 비쳐질 수도 있다. 그럼에도 김수영을 김기림·박용철·조지훈·김춘수 등과 함께 그 나름의 체계적인 시론을 갖춘 시인으로 흔히 생각하게 된다.

1930년대의 김기림이나 박용철처럼 김수영은 1960년대에 상당한 분량의 문단 시평(時評)과 월평(月評)류의 글을 썼다. '시평'이나 '월평'들에서는 그때그때 발표된 작품들에 대한 단순한 평가만이 아니라 그와 같은 평가의 근거로서 시에 대한 논자의 생각이 개진된다. 당시에 문단 시평이나 월평을 쓴 시인이 김수영 혼자만은 아니었지만, 그 속에 개진된 시에 대한 인식이 김수영의 경우만큼 일관성을 유지한 경우는 흔히 발견되지 않는다. 다른 시인들의 경우와는 달리, 김수영의 글이 특별히 체계적이라는 평가를 받게 되는 원인도 바로 그와 같은 일관성에 있다. 김수영의 글에서 확인되는 일관성은 그의 글들이 지닌 논쟁적이고 전투적인 성격들과 함께 어우러지면서 그의 글에 독특한 매력을 부여한다. 시와 관련된 김수영의 글들에서는 C. 데이 루이스, T. S. 엘리엇, 로버트 프로스트, 앙드레 부르통, 릴케, 앨런 테잇 등 외국의 시론가들의 이름이 빈번하게 등장한다. 김수영은 자신의 박식을 자랑하거나 멋을 부리기 위해 그 이름들을 인용하지 않는다. "로버트 프로스트의 '詩는 地理에서부터 시작된다'는 말을 몹시 신봉하던 때가 있었는데 근자에는 그 신조를 무시하고 쓴 詩가 여러 편 있다. 요즘의 강적은 하이데거의 「릴케論」이다. 이 논문의 일역판을 거의 안 보고 외울 만큼 샅샅이 진단해 보았다. 여기서도 빠져 나갈 구멍은 있을 텐데 아직은 오리무중이다. 그러나 뚫고 나가고 난 뒤보다는 뚫고 나가기 전이 더 아슬아슬하고 재미있다"라는 김수영 자신의 진술에서 볼 수 있는 것처럼,[1] 외국 시론가들의 이름은 시에 대한 독자적인 사변을 구축해나가는 과정에서의 정신적 격투를 알려주는 기호들이다.

김수영의 시평이나 월평에서 가장 빈번하게 등장하는 용어는 '힘'이다. '힘'은 그의 다른 주제어들인 '자유'·'사랑'·'양심'·'윤리' 등과 등가를 이루며 그 이상의 무게와 중요성을 지닌다. 다음의 인용문은 다른 주제어들과 '힘'의 상관성을 분명하게 보여준다.

1) 전집 2, p.260.

(……)도대체가 시라는 것은 그것이 새로운 자유를 행사하는 진정한 시인 경우에는 어디엔가 힘이 맺혀 있는 것이다. 그러한 힘은 初行에 있는 수도 있고 終行에 있는 수도 있고 중간의 어느 行에 있는 수도 있고 行間에 있는 수도 있다—이것이 시의 긴장을 조성하는 것이다. 진정한 시를 식별하는 가장 손쉬운 첩경이 이 힘의 소재를 밝혀 내는 일이다. (……)이 작품에는 힘이 맺혀 있는 데가 없고, 시의 긴장이 없고, 새로운 언어의 자유를 행사한 흔적이 없고, 따라서 시의 양심을 이행하지 않았고, 결국은 시가 아니라는 말이 된다. 내가 보기에는 그렇다.[2]

위에서 김수영은 "진정한 시를 식별하는 가장 손쉬운 첩경이 이 힘의 소재를 밝혀 내는 일"이라고 주장함으로써 익히 잘 알려진 그의 주제어들과 동일한 선상에 '힘'을 올려 놓고 있다. 1930년대 박용철이 사용한 용어를 빌려와 규정하자면, '자유'·'사랑'·'양심'·'윤리' 등은 말 그대로 "선시적(先詩的)인 문제"이다.[3] 다시 말해 어디까지나 시에 앞서는 것이자 시 이전의 것이지 시 자체의 문제는 아닌 것이다. 이에 비해, 위의 문맥에 근거할 때, '힘'은 "선시적인 문제"로서의 '자유' '사랑' '양심' '윤리' 등이 작품 안으로 변용해 들어간 흔적이다. 김수영은 그런 흔적을 확인해 보는 것이 "진정한 시를 식별하는 가장 손쉬

---

2) 전집 2, pp.196~197.

3) 박용철, 「시적 변용에 대해서」, 『박용철전집(평론집)』(시문학사, 1940), p.10.
박용철의 "선시적인 문제"는, 그의 대표적 시론인 「시적 변용에 대해서」의 핵심적인 용어이다. 그는 "詩人으로나 거저 사람으로나 우리에게 가장 重要한 것은 心頭에 한 點 耿耿한 불을 질른 것이다"라고 주장하면서, "心頭에 한 點 耿耿한 불"은 "羅馬古代에 聖殿 가운데 불을 지키는 것과 같이 隱密하게 灼熱할 수도 있고 煙氣와 火焰을 품으며 타오를 수도 있는 이 無名火"와 같은 것이라고 설명한다. 우리 시론사에서 박용철이 말한 "선시적인 문제"로서의 "心頭에 한 點 耿耿한 불"은 매우 중요한 의미를 내포하고 있다. 고석규(高錫珪)는 그의 「현대시의 심연」(『예술집단』 2호, pp.54~55)이란 글에서 "趙芝薰의 『詩의 原理』는 朴龍喆의 '불'을 '生命'으로 代置시키고, 이것을 다시 純粹詩의 境位에까지 이끌려고 한 자취를 보여 주었다"고 주장하고 있는데, 그의 그런 주장은 우리 시론사의 맥락에 대한 매우 날카로운 통찰을 보여주는 것으로 판단된다. 김윤식은 '유기적 시론'이란 용어로 박용철과 조지훈의 시론을 포섭하면서 그들의 시론을 그가 변증법적 맥락에 근거한 시론이라고 보는 김수영의 시론과 대비시켜 파악하고 있다. 김윤식의 '유기적 시론'에 관한 논의는 다음의 글을 참조하라.
김윤식, 「유기적 시론:30년대 시론 비판」, 『근대시와 인식』(시와시학사, 1992), pp.40~57.

운 첩경"이라고 주장하고 있다. 이 주장은 지나치게 모호한데, 그가 '힘'의 유무와 소재를 판단하는 구체적 방법에 대해서는 아무런 언급도 하고 있지 않기 때문이다. 위에서 주목되는 것은 '힘'이라는 말과 함께 나오는 '긴장'이다. 김수영은 시의 어딘가에 맺혀 있는 힘이 작품의 긴장을 조성한다고 말한다. '긴장'이라는 용어는 그가 우연히 택한 것이 아니다. 그것은 김수영이 많은 영향을 받은 앨런 테잇의 시론의 핵심 용어이다. 김수영은 그런 영향관계와 관련하여 1966년에 쓴 자신의 '시작 노우트'에서 다음과 같이 말한 바 있다: "이 시에서도, 그밖의 시에서도 나는 알렌 테이트(앨런 테잇:Allen Tate—필자 주)의 시론을 충실히 지키고 있다. Tension의 시론이다. 그러나 그의 시론은 검사를 위한 시론이다. 수동성의 시론이다. 진위를 밝히는 도구로서는 우선 편리하지만 위대성의 여부를 자극하는 발동기의 역할은 못한다. 이것이 시론의 숙명이다. 이런 때는 시를 읽는 게 최상이다."[4] 'Tension'은 좋은 시들이 공통으로 갖고 있는 동일한 성질에 대하여 앨런 테잇이 붙인 특수한 비유어이다. "시의 의미는 '텐션'이라는 것, 즉 그 안에서 우리가 찾아볼 수 있는 모든 밖으로 뻗음(외연)과 안으로 모임(내포)이 충만하게 조직된 몸이라는 것"이 테잇의 설명인데,[5] 여기에는 좀더 구체적인 설명이 필요할 것 같다.

말은 외부의 사물을 가리키는 기능이 있다. 이것이 '외연'이라는 것이고 그것을 나타내는 논리학 용어인 '엑스텐션'이란 영어 낱말은 '밖으로 뻗음'이란 뜻을 갖고 있다. 또한 말은 여러 가지 뜻을 한꺼번에 지닐 수 있다. '내포' 또는 '함축'이란 것이다. 영어로 '인텐션'인데, 이 말의 뜻은 '안으로 모임'이다. 여기서 '밖'과 '안'을 떼어내면 '뻗음'과 '모임'이 남는다.

---

4) 앞의 책, p.303.
5) 앨런 테잇, *The Man of Letters in the Mordern World*(New York:Meridian Books,1955), p.71.

둘 다 어느 쪽을 향하는 힘 또는 운동이다. 서로 방향이 다른 힘들이 마주치는 현상을 '긴장'이라고 한다. 영어 낱말에서 '엑스'와 '인'을 떼어버리면 '텐션'이 남는데, 바로 '텐션'은 긴장을 뜻한다.[6]

이상섭 교수의 설명을 통해서도 알 수 있듯이, 앨런 테잇이 말하는 '긴장'은 서로 방향이 다른 힘들이 마주치는 현상이다. 그리고 그런 마주침 속에서 이른바 '힘'이 발생한다. 김수영 스스로도 앨런 테잇의 '텐션의 시론'을 충실히 지켜왔다고 말하고 있듯이, 그는 그런 '긴장'과 '힘'을 시에 대한 자신의 사유의 근거와 목표로 삼았던 것으로 보인다. 시에 대한 자신의 의견을 개진할 때, '사상'과 '형태', '침묵'과 '요설', '언어의 서술'과 '언어의 작용', '기술자적 발언'과 '지사적 발언', '검증'과 '생성', '시를 쓴다는 것'과 '시를 논한다는 것', '예술성'과 '현실성', '내용'과 '형식' 등의 대립항들을 그가 동원하는 것도 앨런 테잇의 시론으로부터 시사 받은 '긴장'의 의미에 대한 이해와 인식에서 기인하는 것으로 판단된다. 아래의 진술은 그가 시에서 '긴장'과 '힘'의 의미와 가치를 얼마나 자기화하려고 노력하였는가 하는 점을 잘 보여준다.

(……)작품형성의 과정에서 볼 때는 '의미'를 이루려는 충동과 '의미'를 이루지 않으려는 충동이 서로 강렬하게 충돌하면 충돌할수록 힘있는 작품이 나온다고 생각된다. 이런 변증법적 과정이 어떤 先入主 때문에 충분한 충돌을 하기 전에 어느 한쪽이 약화될 때 그것은 작품의 감응의 강도에 영향을 줄 뿐만 아니라 작품의 성패를 좌우하는 치명상을 입히는 수도 있다.[7]

---

6) 이상섭, 『복합성의 시학:뉴크리티시즘 연구』(민음사, 1987), pp.103~104.
7) 전집 2, pp. 245.

김수영이 말하는 "'의미'를 이루려는 충동"과 "'의미'를 이루지 않으려는 충동"은 각각 '엑스텐션(외연)'과 '인텐션(내포)'의 변용이다. 그런 충돌의 과정이 바로 긴장의 과정이고 거기에서 '힘'이 발생한다. 앞에서 예로 든 대립항들은 모두 '엑스텐션(외연)'과 '인텐션(내포)'을 김수영이 각각 자기나름으로 변용시킨 것들이라 할 수 있다. 따라서 그 대립항들을 검토해 보면 김수영이 말하는 '힘'의 의미와 가치를 좀 더 분명히 이해할 수 있는데, 그보다 앞서 다음과 같은 김수영의 언급을 검토해볼 필요가 있다.

> 초현실주의시대의 무의식과 의식의 관계는 실존주의시대에 와서는 실존과 이성의 관계로 대치되었는데, 오늘날의 우리 나라의 참여시라는 것의 형성과정에서는 이것은 이념과 참여의식의 관계로 바꾸어 생각할 수 있다.(……)
>
> 그러나 진정한 참여시에 있어서는 초현실주의에서 의식이 무의식의 증인이 될 수 없듯이, 참여의식이 정치이념의 증인이 될 수 없는 것이 원칙이다. 그것은 행동주의자들의 시인 것이다. 무의식의 현실적 증인으로서 그들은 행동을 택했고 그들의 무의식과 실존은 바로 그들의 정치이념인 것이다. 결국 그들이 추구하고 있는 것은 하나의 불가능이며 신앙인데, 이 신앙이 우리의 시의 경우에는 초현실주의 시에도 없었고, 오늘의 참여시의 경우에도 없다. 이런 경우에 외부가 허락하지 않기 때문에 없다는 것은 말이 안된다. 외부와 내부는 똑같은 것이다. 그리고 그것은 죽음에서 합치되는 것이다.[8]

위의 인용문은 김수영의 「참여시의 정리」란 글에 나오는 부분이다. 그 글에서 김수영은 "4·19를 경계로 해서 그 이전의 10년 동안을 모더니즘의 跳梁期라고 볼 때, 그 후의 10년간을 소위 참여시의 그것이라

8) 김수영, 「참여시의 정리:60년대 시인을 중심으로」, 『창작과비평』 1967년 겨울호, pp.633~634.

고 볼 수 있을 것 같다"라고 하여, 우리 시문학사에서 1950년대가 '후반기동인'을 중심으로 한 '모더니즘시대'였던 데 비해 1960년대는 진정한 의미의 참여시가 없는 사회에 대항하는 참여시가 성행하는 '참여시시대'로 파악하고 있다.[9] 위의 인용문에서 보듯, 김수영은 우리의 50년대 모더니즘 시나 60년대 참여시 모두를 비판적인 관점에서 검토하고 있는데, 그 이유는 "결국 그들이 추구하고 있는 것은 하나의 불가능이며 신앙인데, 이 신앙이 우리의 시의 경우에는 초현실주의 시에도 없었고, 오늘의 참여시의 경우에도 없다"고 보기 때문이다. 여기서 강조해야 할 것은 50년대의 모더니즘 시와 60년대 참여시에 대한 김수영의 비판 그 자체가 아니라 그런 비판의 근거이다. 「참여시의 정리」란 글에서 김수영이 주로 검토의 대상으로 삼고 있는 것은 초현실주의 시와 참여시이다. 그는 초현실주의 시와 참여시의 진정성을 판단하는 근거로 시인 자신이 '죽음'과 맺는 관계를 제시한다.

초현실주의 시의 이념인 무의식은 해방된 삶의 상(像)을 얻어내기 위해 의식에 가하는 전율이다. 초현실주의 시에서 무의식은 자기에게 정립된 강제들로부터 인간들이 해방되는 출발점이다. 일상적인 현존의 연속을 파편화시키며 어떤 연관도 만들어내지 않음으로써 세계의 진정성에 대한 파토스와 자유에 대한 꿈을 재발견하도록 자극하려는 것이 초현실주의 시의 목표인 것이다. 그런데, 김수영이 보기에, "무의식의 시에 있어서는 의식의 증인이 없다. 그러나 무의식의 시가 시로 되어 나올 때는 의식의 그림자가 있어야 한다. 이 의식의 그림자는 몸체인 무의식보다 시의 문으로 먼저 나올 수도 없고 나중 나올 수도 없다. 정확하게 동시다. 그러니까 그림자가 있기는 하지만, 이 그림자는 그림자를 가진 그 몸체가 볼 수 없는 그림자다. 또한 이 그림자는 몸체

9) 김수영이 말하는 진정한 의미의 참여시는 진보적인 정치이념의 내용을 작품 자체에서 적극적으로 개진하는 시(이를테면 브레히트의 정치시 같은 경우)를 가리키는 것으로 보인다.

를 볼 수도 없다. 몸체가 무의식이니까 자기의 그림자는 볼 수 없을 것이고, 의식인 그림자가 몸체를 보았다면, 그 몸체는 무의식이 아닌 다른 것일 것이기 때문이다."[10)]

이와 같은 의식과 무의식의 숨바꼭질로 인해 "좋은 이상(李箱)의 시가 이런 가짜의 누명을 쓸 여지를 남겨 놓고 있는 반면에, 나쁜 악류(惡類)의 모더니즘의 시가 실격의 집행유예를 받을 수 있는 여지가 또한 생긴다"고 김수영은 지적한다.[11)] 실제로 초현실주의적 동기들은 명백한 허구의 맥락 속에서 단순한 유희의 요소들로 전락할 가능성이 높지만, 그런 것이 단순한 유희인지 아니면 해방의 열망인지 가늠하기가 매우 어렵다는 점을 상기한다면 김수영의 지적은 정확한 것이라 할 수 있다.

초현실주의 시가 '내부'에 대한 문제 제기라면 참여시는 외부에 대한 문제 제기이다. 인간의 진정한 삶을 위한 자유와 해방을 현실정치의 맥락에서 제기하는 것이 참여시의 본질인 것이다. 초현실주의시에서의 '무의식'에 비견될 수 있는 참여시에서의 '정치이념'은 기존의 기성적인 것이어서는 안 되며, 정치이념의 실현을 위해서는 목숨을 건 행동이 요구되는 것이다. 그런 맥락에서 김수영은 '무의식'과 '정치이념'은 일종의 '불가능'이나 '신앙'이어야 한다고 역설한다; "외부와 내부는 똑같은 것이다. 그리고 그것은 죽음에서 합치되는 것이다"라고 부연한다. 여기서 주목되는 것은 "죽음에서 합치되는 것이다"란 구절이다. 그 구절에 이어지는 부분에서 김수영은 "요즘 젊은 시인들의 특히 참여시 같은 것을 볼 때, 그것이 죽음을 어떤 형식으로 극복하고 있는지에 자꾸 판단의 초점이 가게 된다"라고 말하기도 한다. 김수영의 그 말을 바꾸면, '자기 자신, 더 나아가 인류의 생명에 얼마나 적극적

10) 김수영, 앞의글, 앞의 책, pp.632~633.
11) 김수영, 앞의 책, p.633.

인 관심을 갖고 있는지에 판단의 초점이 가게 된다'는 것과 같은 의미가 된다.

이상에서 살펴본바, 초현실주의시와 참여시에 대한 김수영의 언급에서 강조되는 사항은 '참여'와 '죽음'의 문제이다. '참여'의 경우, 그것은 두 가지 서로 다른 방향에서 생각될 수 있다. 하나는 흔히 참여론자로 알려져 있는 사르트르가 말하는 '참여'이다. 사르트르의 의미에서의 '참여'는 역사적인 상황규정으로부터 추론된 정치적 기획의 선택이었다.[12] 그런 의미의 '참여'는 사회의 관계에서 발생한다. 그것은 정치적 선택이자 역사적 실천이며 행동이다. 시인이나 작가는 자신이 처해 있는 역사적 상황에 대한 인식과 판단을 통해 스스로를 선택한 자신의 목적을 정립하며, 그러한 목적의 실천을 위해 행동으로 나아간다. 작가나 시인은 행동으로 나아가기 위해 자아의 개인적인 욕구를 누르고, 스스로 선택하고 정립한 정치적 목적설정에 주어진 모든 것을 복종시킨다. 이와 같은 의미의 '참여'의 극단적인 형태를 자신의 정치적 이념의 실현을 위해 자신의 적으로 설정한 상대를 죽이고 자신도 함께 죽는 테러리스트의 자폭행위와 같은 모습에서 발견할 수 있다. 이와 대비되는 또하나의 '참여'는, 문학과의 관계를 맺고 있는 작가나 시인의 서술자로서의 참여이다. 이 경우, 문학 안에 존재하는 서술자로서의 작가와 시인은 세계와 사회 혹은 사물과 타인들로부터 스스로를 격리시키고 스스로도 소외된다. 문학 안에만 살게 됨으로써 현실로부터 떠난 작가나 시인은 현실의 영역에서는 무기력해지고 고독해진다. 이와 같이 고독한 자아는 "자기가 상실되는 극단의 경험에로의 출구를 자신에게 열어주는 부정의 능력을 언어 속에서 발견한다."[13] 이 경우 문학은 자기의 표현이 아니라 자기의 상실이 되는데, 모리스 블랑쇼의 언

12) 페터 뷔르거, 김윤상 역, 『지배자의 사유』(인간사랑, 1996), p.115.
13) 페터 뷔르거, 같은 책, p.115.

급은 자기 상실로서의 언어라는 매체가 지닌 성격을 이해하는 데 중요한 단초를 제공해 준다.

> 이러한 언어는 언어를 말하는 그 누구도, 언어를 식별하는 그 누구도 전제하지 않는다. 이 언어는 스스로 말하고 스스로 쓴다. (……)언어가 인간으로부터 분리되고, 언어가 인간을 모든 사물로부터 분리시키며, 언어가, 누군가에 의해 청취되기 위해 말하는, 누군가의 행위가 아니라고 한다면, 우리는 언어가 언어를 고독의 상태에서 고찰하는 이에게는 자신을 극히 기이한 마술적 힘으로 설명한다는 사실을 파악하게 될 것이다. 언어는 일종의 주체 없는 의식이며 본질로부터 떨어져 나간 탈퇴선언이라고 할 수 있다. 이것은 저항이자 공허를 만들어내고 자기자신을 결여 속에 위치시키는 끊임없는 힘이다. 그러나 언어는 또한 단어들의 물질성, 그것들의 소리, 그것들의 삶에 한정되어 있는, 그리고 우리로 하여금 이러한 현실이 사물의 어두운 근원에로 이르는 그 어떠한 길을 열어 보여주리라고 믿게 만드는 그러한 체화된 의식이기도 하다. 아마도 그것은 속임수일지도 모른다. 그러나 아마도 이런 속임수가 쓰여진 모든 것의 진리일지도 모른다.[14)]

위의 인용문에 근거할 때, 진정한 문학적 언어는 타인과의 의사소통의 매개가 아니라, 현실에서 떠난 고독한 자아가 자신과 어우러지는 마치 '마술적인 행위와도 같은 그러한 행위의 매개이다. 이러한 언어관에 입각한 '참여는 낱말들의 물질성 속에서 낱말들에로 새롭게 향하는 행위이다. 문학적 참여론자들은 그처럼 "저항이자 공허를 만들어내고 자기자신을 결여 속에 위치시키는 끊임없는 힘"으로서의 언어에로 참여한다. 서술자로서의 작가와 시인은 그런 언어에의 '참여'인 글쓰기를 통해서만 현실에서의 고통과 절망으로부터 벗어난다. 그와 같은

14) 페터 뷔르거, 같은 책, pp.115~116.

'참여'는죽음 속의 삶에 비유될 수 있는 극단적인 경험을 이루는데, 왜냐하면 그러한 경험의 연속으로서의 삶은 모든 현실로부터의 소외라는 죽음의 상태와도 같은 삶을 통해 이루어지는 것이기 때문이다.

김수영은, 이상에서 살펴본 '참여'의 두 가지 대극적인 방향 가운데 그 어느 방향으로도 전념하지는 않았던 것으로 보인다. 그는 '참여'의 그런 대극적인 방향을 앨런 테잇에게서 시사 받은 '긴장'의 역학으로 수용함으로써 그것을 자신의 시쓰기와 다른 시인의 시에 대한 검증과 판단의 근거로 삼았다. 그리고 그는 '긴장'과 '힘'의 문제를 우리의 역사현실의 상황 위에서 구체적으로 다듬어나갔는데, 그러한 과정을 다음 절들에서 검토해 보기로 하겠다.

2. 우리의 역사현실과 시의 '힘'

김수영은 앨런 테잇의 시론에서 시사 받은바, 시에서 '힘'과 '긴장'의 문제를 가장 중요한 요인으로 다루었다. 그것을 그는 우리 시작품을 평가하는 하나의 기준으로 삼기 위해 노력하였는데, 「한국인의 애수」라는 글에서 그의 노력의 일단을 엿볼 수 있다. "유행가나 俗謠에서는 애수를 찾기가 쉽다. 일제시대에 유행한 수많은 우리말로 된 유행가들은 거의 전부가 애수에 찬 것이었다"로 시작되는 「한국인의 애수」는,[15] 애수를 마치 우리 민족의 고유한 특성처럼 과대 평가하는 당시 저널리즘의 시류적 경향에 대한 비판의 성격을 띠고 있다. 그리고 그런 비판을 통해 우리의 근대 시문학사의 전개 속에서 이루어진 애수의 예술적 승화의 문제를 검토하고 있다.

우리 민족은 1910년부터 1945년까지 일본 제국주의의 지배를 받았

15) 전집 2, pp.267~275.

다. 지배를 받는다는 것은 억압당하고 모욕당한다는 것을 의미한다. 그 이후 조국 광복을 맞이하였으나 국토가 분단되었고 우리 민족사의 가장 비극적인 사건 가운데 하나인 6·25를 겪었다. 우리 근대사에 드리워진 그와 같은 암울한 그림자는, 우리의 근대시에 '애수'가 주조적 정조로 등장하게 한 결정적인 요인일 것이다. '애수(哀愁)'는 "마음 속으로 스며드는 것 같은 슬픈 시름"을 말하며, '슬프다'는 것은 "불행을 만나거나 몹시 외롭거나 하여 울고 싶어지도록 마음이 아프다"는 것을 의미하고, '시름'이란 "늘 마음에 걸리는 근심이나 걱정"이다. '애수'의 이러한 사전적 정의만 놓고 보아도, 그것은 단순히 자아가 세상에 살면서 겪는 이러저러한 사건들을 통해 가지게 되는 주관적 정서들 가운데 하나가 아니라 자아가 겪은 시간(혹은 역사) 체험의 총체적 양태를 가리키는 것임을 알 수 있다. 그런 점에서 우리의 유행가에는 물론이거니와 예술로서의 시나 소설에 애수의 정조가 스며들게 된 데에는 필연적인 사정이 있다는 사실 자체에 대해 김수영도 수긍하는 듯하다. 그러나 김수영은 적어도 예술작품의 경우만큼은 "애수에 그친 애수와 힘에까지 승화된 애수"를 구별해야 한다고 말한다.[16] 왜냐하면 "엄격한 의미에서 볼 것 같으면 예술의 본질에는 애수가 있을 수 없"으며, "진정한 예술작품은 애수를 넘어선 힘의 세계"이기 때문이라는 것이다.[17]

「한국인의 애수」에서 김수영은, "진정한 예술작품은 애수를 넘어선 힘의 세계"라는 전제를 가지고, 김소월·김안서·박용철·윤곤강·김종한 등의 작품을 검토한다.[18] 「한국인의 애수」에서 주목되는 것은 박용철

16) 전집 2, p.269.
17) 전집 2, p.268.
18) 작품을 직접 인용하지는 않았지만, 임화의 「네거리의 順伊」와 오장환의 「라스트 츄레인」「病든서울」에 대해서도 언급하고 있다는 점에서, 「한국인의 애수」는 우리 근대시가 어느 정도 정립된 모습을 보여주는 초창기부터 해방공간까지의 시문학사에 대한 김수영의 견해를 드러내 주는 글이라 할 수 있다. 이외에도 김수영은, 앞에서 살펴 본 바 있는 「참여시의 정리:60년대 시인을 중심으로」에서, 50년대 후반기 동인들의 이른바 모더니즘 시와 60년대 참여시의 공과를 다루고 있다.

과 김종한의 시에 대한 김수영의 문학사적 평가와 의미부여이다. 그 문제를 검토함으로써 김수영이 말하는 '힘'의 의미에 대해 어떤 시사를 받을 수 있는데, 그 이전에 논의해야 할 문제가 있다. 그것은 윤곤강의 「지렁이의 노래」라는 작품에 대한 김수영의 평가이다.

아지못게라 검붉은 흙덩이 속에
나는 어찌하여 한가닥 붉은 띠처럼
기인 허울을 쓰고 태어났는가

나면서부터 나의 신세는 청맹과니
눈도 코도 없는 어둠의 나그네여니
나는 나의 지나간 날을 모르노라
다못 오늘만을 알고 믿을 뿐이노라

낮은 진구렁 개울 속에 선잠을 엮고
밤은 사람들이 버리는 더러운 쓰레기 속에
단 이슬을 빨아마시며 노래부르노니
오직 소리없이 고요한 밤만이
나의 즐거운 세월이노라

집도 절도 없는 나는야
남들이 좋다는 햇볕이 싫어
어둠의 나라 땅 밑에 번듯이 누워
흙물 달게 빨고 마시다가
비오는 날이면 따 우에 기어나와
갈 곳도 없는 길을 헤매노니

어느 거친 발길에 채이고 밟혀
몸이 으스러지고 두 도막에 잘려도
붉은 피 흘리며 흘리는 나는야
아프고 저린 가슴을 뒤틀며 사노라

(3·8線을 생각하며)

—「지렁이의 노래」 전문

김수영은 이 작품과 관련하여 우선 "윤곤강은 한국적 애수에서 벗어나려고 애를 쓴 시인이라고는 할 수 없지만 그의「지렁이의 노래」는 새로운 한국적 애수 속에서 몸부림치는 가장 처절한 작품의 하나라고 할 수 있다"고 규정한다. 여기서 "새로운"이라는 말은, "시대와 더불어 보다 더 급한 박자를 취하게 된 한국의 감성은, 좌냐 우냐의 혼란 속에서 새로운 진통을 겪게 되었다"는 김수영의 설명에서 암시되다시피, 해방공간이라는 시대적 특징과 관련된 것이다. 해방공간의 시대적 분위기에 대해 김수영은 "임화의「네거리의 順伊」보다도 오장환의「라스트 츄레인」 같은 것이 해방 후의 안목 있는 시독자들에게 은근히 인정을 받고 있었다"고 회상한다;바로 그런 맥락에서, 3·8선을 생각하며 쓴「지렁이의 노래」가, "그 당시의 작품 중의 가장 우수한 작품은 아니지만, 지금에 와서 보면 그 당시의 방황하는 현실을 소재로 한 가장 뜨거운 열기를 토하는 기념할 만한 작품의 하나라고 느껴진다"는 것이 김수영의 주장이다. "어느 거친 발에 채이고 밟혀/몸이 으스러지고 두 도막으로 잘려도" "붉은 피 흘리며 흘리며" "아프고 저린 가슴을 뒤틀며" 사는 지렁이의 모습과 해방 후 우리 민족의 모습을 겹쳐 놓은 위의 작품을 보면, 김수영의 그런 주장에 대체로 동의할 수 있게 된다. 위의 작품과 관련한 김수영의 평가에서 정작 관심을 끄는 부분은 그의 다음과 같은 진술이다: "章煥은 해방 후「病든 서울」 등의 자극적인 시를 썼고 崑崙은 「지렁이의 노래」 같은 퇴폐적인 잔재 짙은 세계에서 벗어나지 못하고 죽고 말았지만, 내가 보기에는 그 당시에 굉장한 인기를 차지한 「病든 서울」도 이 「지렁이의 노래」나 마찬가지로 진정한 힘을 얻은 작품은 못되었다." 결국 위의 작품은, "새로운 한국의 애수 속에서 몸부림치는 가장 처절한 작품의 하나"이긴 하지만, "진정한 힘"을 보여주지는 못했다는 것이 김수영의 최종 평가인 셈이다. 그렇다면 김수영이 말하는 '진정한 힘'이란 무엇인가. 그 점에 대해 김수영은 더 이상의 언급을 하지 않고 있으므로, 여기서 신동엽의 다음 작품에 대한 김수영의 평가를 참조할 필요가 있다.[19]

껍데기는 가라.
四月도 알맹이만 남고
껍데기는 가라.

껍데기는 가라.
東學年 곰나루의, 그 아우성만 살고
껍데기는 가라.

그리하여, 다시
껍데기는 가라.
이곳에선, 두 가슴과 그곳까지 내논
아사달과 아사녀가

---

19) 신동엽의 작품에 대한 평가는 「한국인의 애수」에 나오지는 않는다. 그것은 우리 시사에 대한 김수영의 안목을 보여주는 또하나의 글인 「참여시의 정리:60년대의 시인을 중심으로」에 나온다. 「한국인의 애수」를 분석하는 마당에 다른 글의 구절을 이끌어오는 이유는, 「지렁이의 노래」와 「껍데기는 가라」의 비교가 김수영이 말하는 '힘'을 이해하는 데 도움을 주기 때문이다.

中立의 초례청 앞에 서서
부끄럼 빛내며
맞절할지니

껍데기는 가라.
漢拏에서 白頭까지
향그러운 흙 가슴만 남고
그, 모오든 쇠붙이는 가라.

—「껍데기는 가라」 전문

1960년대 신동엽의 작업과 관련하여 "그의 업적은 소위 참여파의 다른 어떤 시인보다도 확고부동하다"고 평가하는 김수영의 진술에서, 그가 위의 작품 역시 일종의 참여시로 파악하고 있음을 알게 된다.[20] 위의 작품은 어떤 섬세한 분석이 요구되는 것은 아니다. 제1연에서 "四月"이 4·19의 정신을 가리킨다는 것은 굳이 김수영의 설명이 아니라도 작품 자체로서 확인되는 사실이다. 제2연에서는 "四月" 대신에 "東學年 곰나루"가 등장하는데, 김수영은 그런 연결이 신동엽의 특기라고 말하면서 거기에 다음과 같이 의미부여를 한다: "'동학'·'후고구려'·'三韓' 같은 그의 古代에의 歸依는 예이츠의 '비잔티움'을 연상시키는 어떤 民族의 精神的 薄明 같은 것을 암시한다. 그러면서도 徐廷柱의 '新羅'에의 도피와는 전혀 다른 미래에의 비전과의 연관성을 제시해주는 것이다." 여기서 강조해야 할 것은 "민족의 정신적 박명"과 "미래에의 비전"과의 연관성이다.

김수영은, 그런 연관을 통해 작품에서 발생하는 어떤 것을 이른바

20) 「참여시의 정리」의 문맥에서 보자면, 윤곤강의 「지렁이의 노래」도 일종의 참여시로 파악할 수 있을 것이다.

'힘' 으로 보는 듯하다;이어지는 제3연에서는, "中立의 초례청 앞에 서서/부끄럼 빛내며/맞절할지니"란 구절에서 확인되는 것처럼, "민족의 정신적 박명"의 확인을 통해 비로소 가능하게 된 "미래에의 비전"이 우리 민족의 통일에 대한 의지와 신념으로 이행(移行)되고 있다는 것이 김수영의 생각인 듯하다. 특히 김수영은, 제3연에서는 "'두 가슴과 그곳까지 내논/아사달 아사녀' 가 울리는 죽음의 음악소리가 울린다"고 하면서, "參與詩에 있어서 事象이 죽음을 통해서 생명을 획득하는 기술이 여기에 있다. 이쯤 되면 詩로서 거의 완벽한 페이스를 밟고 있다"고 극찬한다.[21] 여기서 "시로서 거의 완벽한 페이스를 밟고 있다"는 것은,[22] 김수영의 문맥에 근거할 때, '진정한 힘' 을 갖추었음을 의미한다고 보아도 무방할 것이다. 그렇다고 해서 '진정한 힘' 의 의미 자체를 이해할 수 있는 근본적인 단서가 확보된 것은 아니지만, 신동엽의 작

---

21) "죽음의 음악 소리가 들린다"나 "參與詩에 있어서 事象이 죽음을 통해서 생명을 획득하는 기술이 여기에 있다"란 구절에 대해서는 보충설명이 필요하다. 김수영은 자신의 「라이오界」라는 작품과 관련하여 "이 땅에서는 발표할 수 없는 것이 튀어나오는 때가 있다. 최근에 쓴 '라디오界' 라는 제목의 시가 그것이다"라고 말한 바 있는데, 그는 그 작품의 끝에 "作後感— '죽음' 으로 매듭을 지으면서"라는구절을 덧붙이고 있다. 그 작품에서 김수영은, "비참한 일들이 라디오소리보다도 더 發狂을 쳤을 때/그때는 인국방송이 들리지 않아서/그들의 달콤한 억양이 금어리 같았다/그 금덩어리같던 소리를 지금은 안 듣는다/참 이상하다"라고 전제한 뒤, "이 이상한 일을 놓고 나는 저녁상을/물리고 나서 한참이나 생각해본다/지금은 너무나 또렷한 立體音을 통해서/들어오는 以北방송이 不穩방송이/아니 되는 날이 오면/그때는 지금 일본말 방송을 안 듣듯이/나도 모르는 사이에 아무 미련도없이/회한도 없이 안 되는 날이 올 것이다……"라고 말한다. 60년대의 시대적 이데올로기의 차원에서 보자면 "이북방송"을 듣는 사람은 간첩이거나 불온분자일 것이다. 그런 상황에서 '이북방송' 운운 한다는 것은 상징적인 의미에서의 '죽음' 을 각오한 행동이지 않으면 안 된다. 이러한 사정은 신동엽의 「껍데기는 가라」의 경우도 마찬가지다. 그 작품은 민족통일의 비전을 노래한 것이다. 60년대에 통일을 외친다는 것은, 더구나 통일을 위해 "두 가슴과 그곳까지 내논"이란 구절이 암시하듯이 민족에 대한 순수한 사랑을 제외한 그 모든 것을 벗어버리자고 외친다는 것은, 그 역시 상징적인 의미에서의 '죽음' 을 각오한 행동이지 않으면 안 된다(만일 그 작품이 제3연에서의 그와 같은 고도의 상징성을 획득하지 못했다면, 아마도 발표 자체가 불가능했을 것이다). 「참여시의 정리」에서 김수영이, 우리 참여시에는 어떤 불가능한 것을 이루려는 신앙과도 같은, 그리고 시적 행동을 통해 드러나는 그런 신념이 없다고 지적하면서, "이런 경우에 外部가 허락하지 않기 때문에 없다는 것은 말이 안 된다. 外部와 內部는 똑같은 것이다. 그리고 그것은 죽음에서 합치되는 것이다"라고 말했을 때, 우리는 그가 말하는 "죽음의 음악 소리"가 무엇을 의미하는지 알게 된다.

22) 김수영이 "거의 완벽한"이란 표현을 쓴 것은 나름대로 이유가 있다. 그는 신동엽의 전체적인 작품 경향을 언급하면서, "그의 작품에서 전반적으로 느끼는 危懼感이 있다면, 그것은 그가 쇼비니즘으로 흐르게 되지 않을까 하는 것이다"라고 함으로써 「껍데기는 가라」의 완벽함에 약간의 유보적 입장을 취하고 있다. 김수영의 그런 위구감은, 「껍데기는 가라」의 경우, 제3연의 "이곳에선"과 제4연의 "漢拏에서 白頭까지"란 구절과 관련된 것이다.

품에 대한 김수영의 평가를 통해 그가 어째서 "「病든 서울」도 이 「지렁이의 노래」나 마찬가지로 진정한 힘을 얻은 작품은 못되었다"라고 했는지에 대해서는 분명히 파악할 수 있게 된다. 결국 그 두 작품의 문제는, 불행하고 비참한 현실을 뚫고 나아갈 수 있는 "미래에의 비전"의 부재였던 것이다.[23)]

다음으로 우리가 검토해 볼 작품은 김종한의 「연봉제설」(連峰霽雪)이다. 이 작품에 대한 검토를 통해 시에서 기교의 문제를 김수영이 어떻게 보았는가 하는 점을 파악할 수 있다.

地圖의 靜脈처럼 電線은
하이얀 山脈을 기어 넘어가오

첫눈을 밟고 와야 할 配達夫
오지 않아 그런 줄 없이 기다려지는데

銃소리에 놀라 깬 마을이
돌아누워 다시 冬眠하오
故鄕은 아니었소……그것은
茶房 壁에 걸린 風景畵였소
마을은 永遠히 冬眠하는데
配達夫는 永遠히 오지 않는데

빼어나 빛나는 하이얀 山脈을
電線은 永遠히 기어 넘어가오

―「연봉제설」 전문

23) 김수영이 말하는 "미래에의 비전"이 단순히 어떤 낭만적인 동경이나 환상을 의미하는 것이 아님은 물론이다. 그것은 인간 현존재의 최후의 근원적 한계상황인 죽음을 담보로 해서만 획득될 수 있는 그런 장엄하고 고독한 것이다.

"茶房 壁에 걸린 風景畵"를 통해 우리 민족의 어떤 상황을 암시적으로 드러낸 것으로 보이는 이 작품과 관련하여 김수영은 이렇게 말한다: "그의 힘은 기교다. 그는 애수를 죽이지도 않고, 딛고 일어서지도 않고, 자기 몸은 다치지도 않고 올가미를 씌워서 산 채로 사로잡는다. 그러니까 관객들은 그가 제시하는 로칼색의 애수보다도 그가 그 애수를 사로잡는 묘기에 대해 더 매료된다. 이것은 한편으로는 한국적 애수의 시초이기도 하다. 그 점에서는 李章熙·李箱·金起林 같은 선배들이 벌써 해체작업을 시작하고 난 뒤지만, 그들은 鍾漢처럼 깨끗한 솜씨로 옷을 벗기지는 못하였다."[24] 여기서 김수영이 말하는 기교가 어떤 것인지 짐작할 수 있다. 그는 더 나아가 "岸曙가 실패한 곳을 역시 사상이 아닌 기교의 힘으로 커버하면서 한국적 애수에 현대적 의상을 입히는 일에 골몰했다"라고 하면서,[25] '기교'와 '사상'을 대립시킨다.

시를 논할 때 흔히 '사상'을 시 이전적인 것으로, '기교'를 시 그 자체적인 것으로 생각하는 경향이 있으나, 본질적으로는 '기교'도 '사상'처럼 결코 시 그 자체적인 것은 아니다. 요컨대, '기교'와 '사상' 모두 작품을 형성시키는 힘이지 작품 그 자체는 아닌 것이다. 앞에서 김수영이 '기교'와 '사상'을 대립시키고 있다고 말했지만, 정확한 의미에서는 대립이기보다는 가치론적 우열의 규정일 것이다. 김수영은, '기교' 역시 작품에 어떤 힘을 부여할 수 있는 것으로 보긴 하지만, 가치론적 맥락에서 '사상'이 '기교'보다 우월한 어떤 것으로 보는 것 같

24) 전집 2, p. 274.
김수영은, 김종한이 우리 시사에서 차지하는 위치를 "岸曙와 해방후의 모더니즘을 연결시키는 중간역"으로 보고 있다: "「그늘」「살구꽃처럼」 같은 것은 모더니즘으로부터 올라가는 기차가 스쳐가는 역이고 「連峰霽雪」「望鄕曲」 같은 것은 岸曙로부터 내려오는 기차가 스쳐오는 역이다." 김수영의 설명에서, 그가 한국 모더니즘시의 역사적 전개에 대해 얼마나 명쾌한 인식을 갖고 있었는가 하는 점을 확인할 수 있다. 김수영의 그런 시각은, 이제까지 우리 모더니즘 시들을 대상으로 한 연구방향과 관련하여 하나의 문제제기로서 받아들일 수도 있을 것이다. 이제까지 우리 모더니즘 연구는, 김수영의 말을 그대로 빌려와 비유적으로 표현해 보자면, "현대적 의상"(외국의 모더니즘으로부터 받은 영향)의 옷감과 색깔만을 주로 분석하려고 하였지, 그런 현대적 의상이 몸(한국의 전통적 정서, 한국의 역사적 현실)을 어떻게 감싸고 있는지에 대해서는 별반 관심을 기울이지 않았었기 때문이다.

25) 앞의 책, 같은 면.

다. 김수영의 논리에서 보자면, 김종한의 「연봉제설」은 앞에 나왔던 오장환의 「병든 서울」이나 윤곤강의 「지렁이의 노래」처럼 '진정한 힘'을 얻은 작품은 아닌 것이 된다. 그렇다면, 김수영이 보기에 진정한 힘에 이른 작품은 도대체 어떤 것인가. 김수영은 박용철의 「빛나는 자취」를 든다.

다숩고 밝은 햇발이 이같이 나려 흐르느니
숨어있던 어린 풀싹 소근거려 나오고
새로 피어 수줍은 가지 우 분홍 꽃잎들도
어느 하나 그의 입맞춤을 막어보려 안합니다

푸른 밤 달 비친 데서는 이슬이 구슬이 되고
길바닥에 고인 물도 호수같이 별을 잠급니다
조그만 반딧불은 여름 밤벌레라도
꼬리로 빛을 뿌리고 날아 다니는 혜성입니다
오— 그대시여 허리 가느단 계집애 앞에
무릅 꿇고 비는 사랑을 버리옵고
몸에서 스사로 빛을 내는 사나이가 되옵소서
고개 빠뜨리고 마음 떨리는 사랑을 버리옵고
은비들기같이 가슴 내밀고 날아가시어
다만 나의 흐린 눈으로 그대의 빛나는 자취를 따르게 하옵소서

—「빛나는 자취」 전문

김수영은 우선, 박용철의 시세계와 관련하여, "朴龍喆의 애수의 세계는 예술이 되고도 남음이 있다. 한국적 애수와 그만큼 피나는 격투를 한 시인도 드물 것이다"라고 말한다.[26] 그리고 김수영이 보기에, "「밤

기차에 그대를 보내고」 같은 시에는 온 겨레의 설움을 등에 지고 허덕거리며 비탈을 기어올라 가는 무거운 그의 신음소리가 배어 있다. 그러나 「빛나는 자취」 같은 아름다운 시에서는 그는 드디어 애수를 탈각하고 힘에 도달한다."[27] 이 작품에 대해 김수영은 그 이상의 언급은 하고 있지 않다. 따라서 이 작품이 어째서 '진정한 힘'을 노래한 시인가에 대해서는 작품 자체를 통해 추론할 수밖에 없다. 제3, 4연의 내용에 근거할 때, 이 시는 사랑하는 사람을 위한 일종의 기도이다. 화자는, 사랑하는 사람이 "몸에서 스사로 빛을 내는 사나이"가 되어 "은비들기 같이 가슴 내밀고 날아가시"기를 염원한다. 여기서 특히 주목해야 할 것은 염원의 내용 그 자체만이 아니다. 이 시에서 정작 중요한 것은, 그런 염원이 이루어지도록 하기 위해 화자가 치루어야 할 대가이다. 화자는 사랑하는 사람에게 "허리 가느단 계집애 앞에/무릅꿇고 비는 사랑"과 "고개 빠뜨리고 마음 떨리는 사랑"을 버리라고 말한다. 화자에게는 님의 사랑이 전부이다. 만일 그것이 없다면 그의 삶은 죽음이나 다름없다. 그럼에도 화자는 님에게 자신을 버리라고, 이성의 사랑을 버리라고 말한다. 그 말은 사랑 자체를 버리라는 의미가 결코 아니다. 그것은 그가 더 큰 사랑을, 스스로 빛나는 힘을 얻기를 바라는 염원이다. 화자가 마지막에 "다만 나의 흐린 눈으로 그대의 빛나는 자취를 따르게 하옵소서"라고 말할 때, 화자는 실제로 이루어진 자신의 염원을 앞서 보고 있는 것이리라. 이 시에서 김수영이 강조하는 것은 '숭고한 사랑'이며, 그것이야말로 '진정한 힘'의 성취를 위한 불가결의 요소라는 해석이 가능해진다.

이제까지 「한국인의 애수」를 통해 "진정한 예술작품은 애수를 넘어선 힘의 세계"라는 김수영의 명제를 검토해 보았다. 그 과정에서, 김수

26) 전집 2, p.272.
27) 앞의 책, 같은 면.

영이 작품을 평가함에 있어 이른바 '진정한 힘'의 가치에 역점을 둔다는 사실을 알게 되었다;그런 힘의 문제에 대한 그의 관심을 통해 그가 선호하는 작품의 성격에 대해서도 어느 정도 파악할 수 있게 되었다. 그렇지만 그가 말하는 '진정한 힘'의 구체적인 의미에 대해서는 분명하게 파악하지 못하였다. 다만, 시인이 처해 있는 역사적 현실(일제 강점기나 분단상황)에 대한 문제의식과 그것을 뚫고 나아가려는 의지에서 그런 힘이 발생한다는 것, 그처럼 뚫고 나아가기 위해서는 인간 최후의 극단적 한계상황인 죽음을 담보로 한 "미래에의 비전"이 있어야 한다는 것, 그리고 그 힘을 실제로 얻기 위해서는 숭고하고 위대한 사랑이 있어야 한다는 것 등을 알게 되었을 뿐이다. 이와 같은 파악에 근거할 때, 김수영은 「한국인의 애수」에서 '힘'의 내용규정을 시도하고자 했음을 알 수 있다. 그러나 그런 시도는 무리가 따르는 작업이 아닐 수 없다. 앨런 테잇의 문맥에 나오는 '긴장'과 '힘'은 여러 다양한 작품의 독특한 시적 정황에서 비롯되는 것이라서 그것을 어떤 단일한 내용설명으로 규정할 수는 없을 것이기 때문이다. 그런 무리에도 불구하고 김수영이 '힘'의 문제를 우리 시에 적용한 것은 나름의 이유가 있는 것으로 판단되는데, 그 이유와 관련하여 김수영은 「한국인의 애수」 끝부분에서 다음과 같이 말한다.

> 나는 20대 때 우리나라의 단편집을 접하면 내용을 보기도 전에 노랗게 결은 종이와 칙칙한 활자만을 보고 그리고 제목만을 보고 이상한 애감에 도취된 때가 있었다. 읽기도 전에 먼저 설워졌던 것이다. 이에 대한 반동으로 요즘의 나는 너무 작품의 힘의 가치에만 치중하고 있는지도 모른다.[28)]

28) 전집 2, p.275.

김수영이 우리 시를 볼 때 '힘'의 가치에 치중한 것은, 불행했던 우리의 역사현실의 상황 속에서 많은 시인들의 작품에 자연스럽게 '애수'의 정조가 틈입하게 된 데 대한 반발에 있었음이 위의 인용 구절을 통해 드러난다. 시에서 애수의 과잉 노출에 대한 반발은 1930년대 김기림의 비평에서도 자주 발견된다는 점에서, 위의 인용문은 김수영 시론의 문학사적 근거가 어디에 놓여 있었는가를 잘 보여준다. 김기림은 1920년대 이른바 '감상적 낭만주의 시'에 대한 비판을 자신의 시 비평에서 하나의 목표로 삼았다. 그의 비평의 전개 과정에서, 전기에는 시의 가치를 언어의 효과에서 찾으려 하였고 후기에는 시대의 보편성에서 찾으려 하였다.[29] 김수영은 김기림의 문제의식을 받아들이면서도, 그것을 자신의 '긴장'과 '힘'의 시론으로 구축하고자 한 것으로 보인다.

1930년대 우리 민족에게 부과된 보편적 과제는 일제 강점기에 처해 있는 민족 문제와 카프의 주장으로 대표되는 계급 문제였다. 이에 비해 김수영이 주로 작품활동을 한 50년대와 60년대 우리 민족에게 부과된 과제는 분단 상황과 최소한의 민주주의에 관한 것이었다. 이 절에서 검토한 「한국인의 애수」에서도 확인되었듯이, 김수영은 60년대 우리 시의 중요한 과제 가운데 하나를 분단 상황의 극복과 관련한 시적 발언으로 보았다. 그가 그 문제에 집요한 관심을 기울인 것은, 분단 상황의 극복이 민족사적인 과제였을 뿐만 아니라 시의 진정한 자유를 실현하기 위한 전제였기 때문이었다. 그러한 사정은 그의 다음과 같은 진술에서 분명하게 확인된다.

> 나는 아직도 글을 쓸 때면 무슨 38선 같은 선이 눈앞을 알찐거린다. 이 선을 넘어서야만 순결을 이행할 것 같은 강박관념. 우리는 무슨 소리를 해도

29) 김인환, 「과학과 시」, 『상상력과 원근법』(문학과지성사, 1993), p.114.

반토막 소리밖에는 못하고 있다는 강박관념. 4·19 후에 8개월 동안 잠깐 누그러졌다가 다시 굳어진 강박관념을 우리나라만의 불행이라고 생각해왔는데, 그후 거기에 세계의 얼굴이 담겨져 있는 것을 알고 약간의 안도감을 느낄 수 있었지만, 여기에 비친 세계의 얼굴이 이중이나 삼중 유리 겹창에 비치는 얼굴모양으로 윤곽이 엇갈려서 어떤 것이 어떤 얼굴인지 분간할 수 없게 되는 새로운 불안이 생겼다.[30]

위의 인용문에서 주목되는 부분은 "글을 쓸 때면 무슨 38선 같은 선이 눈앞을 알찐거린다"와 "이 선을 넘어서야만 순결을 이행할 것 같은 강박관념"이다. 김수영이 자신과 인간적으로 절친했던 김이석(金利錫)의 죽음을 슬퍼하면서 쓴 글에서, "나는 사실은 그의 문학보다도 늘 그의 사상이 더 궁금했고, 이쪽 이야기보다도 저쪽 이야기를 더 듣고 싶었는데, 그의 단편집은 그러한 나의 개인적인 호기심을 하나도 풀어주지 않았다"고 말하고,[31] 4·19 직후 김병욱(金秉旭)에게 보내는 서간문의 형식으로 쓴 글에서 "나는 이북의 정치에 장점이 있다는 것을 인정하는 사람"이라고 하고,[32] 또 그에게는 술이 취하면 "이북 노래를 부르는 악벽"이 있다고[33] 고백할 때, 그것은 모두 "이 선을 넘어서야 순결을 이행할 것 같은 강박관념"을 극복하기 위한 노력으로 이해해야 할 것이다.

이상에서와 같이 김수영이 시에서 '힘'의 문제를 우리의 역사현실과 관련한 시적 발언을 통해 규정하고자 이유를 이해하게 된다고 하더라도 '힘'에 대한 김수영의 내용 규정은 그렇게 구체적이지는 않은 것이

---

30) 전집 2, p.205.
31) 전집 2, p.40.
32) 김수영, 「저 하늘이 열릴 때」, 『세계의문학』, 1993년 여름호, p.213.
김병욱은 김수영이 연극을 하다가 그만두고 혼자서 시를 쓸 무렵 친교를 맺었던 시인으로, 해방 직후 명동 일대에 모여든 모더니즘 계열의 신진시인들 중 한 사람이다. 그는 좌파운동의 활동가였으며 수배를 받아 인천으로 도피하기도 했으며 결국 나중에 월북했다.
33) 전집 2, p.40.

사실이다. 더욱이 「한국인의 애수」에서 김수영의 관심 방향은 시에서 언어의 외연, 즉 언어의 서술 쪽으로 기울어져 있다. 앞에서 확인하였듯이, 시에서 '긴장'은 언어의 외연과 내포의 충돌의 과정이고, 그 과정에서 작품의 독특한 '힘'이 발생한다. 비록 「한국인의 애수」에서 김수영은 언어의 서술 쪽에 주로 관심을 두고 '힘'의 문제를 설명하였지만, 그는 다른 글들에서는 '긴장'의 역학을 균형있게 적용하며 당대 시들에 접근한다.

3. 시론의 핵심 용어들의 대립적 양상

1) 언어의 서술과 언어의 작용

「한국인의 애수」라는 글에서 김수영은 자신이 말하는 '힘'과 관련하여 '사상'과 '기교'에 대해서도 언급하였다;본고에서는, 김수영이 말하는 '사상'과 '기교'는 서로 대립적인 문제가 아니라 가치론적 우열의 문제라고 이해하였다. 그런데 「한국인의 애수」를 검토하면서 그가 말하는 '기교'에 대해서는 어느 정도 이해하였지만, 그가 말하는 '사상'에 대해서 그다지 분명한 정보를 얻지 못했던 것이 사실이다.[34] 그런 점에서 김수영이 말하는 '사상'의 의미에 대해 좀더 고찰해 볼 필요가 있다. 김수영은 한 월평에서 이렇게 밝혔다:"(……)설명은 발언이 아니다. 그리고 설명이 아닌 발언을 하기 위해서는 사상의 여과가 필요하다. 우리의 현대시가 겪어야 할 가장 큰 난관은 포오즈를 버리고 사상을 취해야 할 일이다. 포오즈는 시 이전이다. 사상도 시 이전이다. 그러나 포오즈는 시에 신념있는 일관성을 주지 않지만 사상은 그것을

34) 김종한의 「연봉제설」이란 작품을 분석하면서 우리는 김수영이 말하는 '기교'에 대해 비교적 분명히 알 수 있었다. 물론, 박용철의 「빛나는 자취」를 분석하면서 그가 말하는 '사상'에 대해서도 어느 정도 정보를 얻긴 하였지만, '기교'의 이해에 비하면 상대적으로 매우 불충분하다.

준다."[35] 이 구절을 뽑아온 글의 전체 문맥에서 볼 때, 여기서 김수영이 말하는 '포우즈'는 단순한 흉내를 가리킨다. 김수영은 다른 글에서 "부르좌의 획일주의에 의식적으로 반대하는 것이 비이트의 화장법이다. 의식적—이것이 중요하다. 그런데 대부분의 비이트의 아류들은, 화장의 결과만을 중요시하고 화장의 태도를 중요시하지 않는다"고 말하는데,[36] 그가 의미하는 '포우즈'는, 바로 조금 전에 인용한 문맥과 연결시켜 보자면, 화장의 결과만을 중요시하는 것과 같다. 이를 테면, 외국의 시론이나 외국 시인의 시적 경향을 그 발생론적 맥락에 대한 심각한 고려 없이 단순히 멋이 있어 보이니까 모방하는 것과 같은 측면을 가리키는 것이다. '포우즈'를 그렇게 이해하는 것이 가능하다면, '사상'은 그런 '화장의 태도'를 파악할 수 있고, 어떤 시적 경향이나 조류의 발생론적 맥락을 철저하게 고려할 수 있는 지성의 능력이 된다. 사실 김수영은 자신의 문맥 안에서 '사상'을 '지성'과 동의어로 쓰는 예가 잦은데, 다음의 진술 같은 것이 바로 그렇다: "시의 모더니티란 외부로부터 부과하는 감각이 아니라 내면에서 우러나오는 지성의 화염이며, 따라서 그것은 시인이—육체로서—추구할 것이지 시가—기술면으로—추구할 것이 아니다."[37] 여기서 말하는 '지성의 화염'은 '사상'과 동일한 의미로 파악해도 무방할 것이다.[38] 또한 "지성의 화염"과 동의어로서의 "시의 모더니티"란 "시인이—육체로서—추구할 것이지 시가—기술면으로—추구할 것이 아니다"라는 구절에 근거할 때, 김수영이 말하는 '사상'은 어떤 추상적 개념의 덩어리를 의미하지 않는다는 것을 알 수 있다. 이러한 일련의 사실들의 확인을 통해 우리는, 김수영이 '사상'이라는 기표에 그 나름의 독득한 의미의 내포를 부여하려 시

35) 앞의 책, p. 363.
36) 앞의 책, p. 93.
37) 앞의 책, p. 350.
38) 또한 여기서 말하는 '감각'이나 '기술'을 김수영이 말하는 '기교'와 연결시킬 수 있다.

도하고 있다는 것을 깨닫게 된다. 그 점을 좀더 구체화하기 위해 김수영의 다음 진술을 검토해 볼 필요가 있다.

> 내가 보기에 우리 시단의 시는 시의 언어의 서술면에서나 시의 언어의 작용면에서나 다같이 미숙하다. 쉽게 말하자면 우리의 생활현실도 제대로 담겨있지 않고, 난해한 시라고는 하지만 제대로 난해한 시도 없다. 이 두 가지 시가 통할 수 있는 최대공약수가 있다면 그것은 사상인데, 이 사상이 어느 쪽에도 없으니까 그럴 수밖에 없다.[39]

위의 인용문에서 무엇보다 강조해야 할 것은, 바로 '언어의 서술'과 '언어의 작용'이라는 말이다. 위에서 김수영은, '언어의 서술'과 '언어의 작용'을 각각 '생활현실'(그러니까 현실생활을 다룬 시)과 '난해한 시'에 연결시키면서, 그 두 가지 시가 통할 수 있는 최대공약수로 '사상'을 꼽고 있다. 본고의 논의 전개상, 김수영이 말하는 '사상'을 좀더 구체적으로 이해하기 위해서는 그 이전에 '언어의 서술'과 '언어의 작용'에 대해 먼저 검토해야 할 것이다. 김수영은, 위의 인용 구절에서는 그 두 용어를 두 가지 유형의 시와 각각 분리하여 연결시켰지만, 다른 구절에서는 "이러한 언어의 서술과 언어의 작용은 詩의 본질에서 볼 때는 당연히 동일한 비중을 차지해야 할 것이다"라고 말한다.[40] 그렇다면 우선 그 두 용어가 나오게 된 문맥부터 고찰할 필요가 있다.

'언어의 서술'과 '언어의 작용'이라는 말은 김수영의 「생활현실과 시」란 글에 나온다.[41] 김수영이 그 글을 쓰게 된 계기는, 일본에서 발행되는 『한양(漢陽)』이라는 잡지에서 한국 시인들을 비판한 장일우(張一宇)라는 젊은 평론가의 글들이다. 한국 시인들에 대한 장일우의 비판

39) 앞의 책, p.194.
40) 앞의 책, p.193.
41) 앞의 책, pp.190~199.

의 내용은, 김수영이 요약하는 바에 따르면 다음과 같다: "우리 시는 우리의 생활현실과 너무 동떨어진 소리를 하고 있다—이 엄청나게 난해한 시들은 누구를 위해 쓰는 것이며, 너무나 독자를 무시한 무책임한 소리를 하고 있다—한국의 시인들은 현실도피를 하지 말고 현실을 이기고 일어서라."[42] 장일우의 주장은 문단시평과 월평에서 파악되는 김수영의 논지와 매우 흡사하다는 사실이 우선 확인된다.[43] 김수영이 장일우의 글의 매력에 찬사를 보내는 것은 지극히 당연하다. 그러나 김수영은, 그의 매력을 충분히 인정하면서도, 그의 주장과 관련하여 근본적인 문제를 제기한다. 김수영이 제기하는 문제란, "그(장일우)의 비평의 본질적인 문제로서 우리 시의 방향의 제시에 대해서 계산이 없었다"는 것이다. 김수영의 문제 제기의 내용을 이해하려면, 그에 선행되는 절차가 필요하다. 앞서 요약한 장일우의 우리 시인들에 대한 비판과 관련하여, 김수영은 "우리나라 현실을 가장 잘 대변할 수 있는 시는 어떤 것인가? 가장 밑바닥에서 우러나오는 가장 절박한 시를 쓰려면 어떻게 하면 되는가?"라고 묻는다.[44] 그 두 가지 물음은 표면적으로는 동일한 것 같으나 심층적으로는 서로 상이한 의도를 담고 있다. 그런 차이와 관련하여 김수영은, 첫번째 물음에 "지사적(志士的) 발언"을 연결시키고, 두 번째 물음에 "기술자적(技術者的) 발언"을 연결시킨다.[45] 그리고 "그의 지사적인 면의 방향의 제시가 그것을 기술적인 면으로 풀어보려고 할 때, 잘 맞아떨어지지 않는 것이다. 내가 위에서 말한, 계산이 없다는 말도 이러한 모순에서 연유되는 것이다"라고 부연 설명

42) 앞의 책, p.191.

43) 김수영은 "장일우의 요점과 나의 요점이 서로 중복되는 것이 상당히 많은 것을 나도 모르는 것이 아니다. 그가 난해한 시라고 욕하는 것이 사실은 '시가 아니다'라는 말과 같은 뜻의 것이라는 것, 양심 있는 시인이라면 오늘의 한국의 현실이 그의 시에 반영되지 않을 수 없다는 점, 그러한 시가 독자를 갖고 있지 않은 것은 너무나 당연하다는 것—이런 점들을 위시해서 내가 공감할 수 있는 많은 그의 요점이 나의 요점과 떠블되고 있다"고 말한다.

44) 그 두 가지 질문은, 김수영이 「시여, 침을 뱉어라」에도 이끌어 들이고 있는 문제 제기이다.

45) 김수영의 문맥에서 "기술자적 발언"은 "언어의 작용"을 의미하고, "지사적 발언"은 "언어의 서술"을 의미한다.

한다. 요컨대, 장일우의 주장에서는 현실도피를 하지 않고 현실을 이기기 위해 시인들이 '무엇'을 해야 하는가에 대해서는 날카로운 언급이 있지만, '어떻게' 해야 하는가에 대해서는 언급이 전혀 없다는 것이 김수영의 문제 제기의 구체적인 내용이다. 이 점에 대해서는, 이 절에서 파악하고자 하는 '언어의 서술'과 '언어의 작용'이라는 용어가 직접적으로 제시되어 있는 다음 구절을 보면 보다 분명해진다:

> 내가 아까부터 이의를 느끼는 것은 다시 말을 바꾸어 하자면 이러한 현실을 이기는 시인의 방법에 대한 견해와 해석의 차이다. 대체로 그는 이 현실을 이기는 시인의 방법을 시작품상에 나타난 언어의 서술에서 보고 있지만 나는 그것이 언어의 서술에서뿐만 아니라(시작품 속에 숨어 있는)언어의 작용에서도 찾아져야 한다고 생각하는 것이다. 이러한 언어의 서술과 언어의 작용은 詩의 본질에서 볼 때는 당연히 동일한 비중을 차지해야 할 것이다. 그런데 전자의 가치의 치우친 두둔에서 실패한 프롤레타리아 시가 많이 나오고, 후자의 가치의 치우친 두둔에서 사이비 난해시가 많이 나오는 것을 볼 때, 비평가의 임무는 전자의 경향의 시인에게 후자의 경향을 강매하거나 후자의 경향의 시인에게 전자의 경향을 강매하는 일보다도 오히려, 제각기 가진 경향 속에서 그 시인의 양심이 살려져 있는지 아닌지를 식별하는 일에 있는 것이라고 믿어진다.[46]

위의 인용문은 네 개의 문장으로 구성되어 있다. 앞의 세 문장은 우리가 위에서 검토한 내용의 부연이다. 요점은, 장일우가 제기한바, 현실을 이기는 시인의 방법에 관한 것이다. 장일우는 현실을 이기는 시인의 방법으로 '언어의 서술'만을 강조하지만, 시작품 속에 숨어 있는 '언어의 작용'도 중요하게 고려해야 한다는 것이 김수영의 생각인 듯

46) 앞의 책, p.193.

하다. 사실 따지고 보면, '언어의 서술'과 '언어의 작용'의 문제는 현대예술의 성립과 전개의 역사에서 제기된 가장 민감한 문제이다. 그것은, 김수영의 말대로, 현실을 이기는 시인의 방법에 대한 견해와 해석의 차이와 직접적으로 연결되기 때문이다. '언어의 서술'은, 예술가가 자신이 속해 있는 현존 사회집단에의 직접적인 기여(발언 혹은 참여)로 자기 작업을 해석하는 것과 연결시킬 수 있다. 반면에 '언어의 작용'은, 예술가가 자신의 미학적 재료(시인의 경우는 언어)가 지닌 내적 문제들을 성취해야 비로소 예술의 사회적 목적에 훌륭하게 봉사하는 것이라고 자신의 작업을 해석하는 것과 연결시킬 수 있다. 이와 같은 상이한 견해와 해석이 현대 예술의 성립과 전개의 역사에서 가장 민감한 문제인 이유는, 그것들이 예술의 자율적 본질과 사회적 본질의 첨예한 대립의 문제를 시사해 주기 때문이다. 이 문제는 우리 근대문학사의 전개에서도 끊임없이 제기되어 온 바 있다. 1920년대의 '내용과 형식 논쟁'이나 1930년대의 '기교주의 논쟁', 그리고 1960년대의 '순수와 참여 논쟁'이 모두 그 자장권 안에 포섭될 수 있다. 이러한 논쟁들은 예술의 양면성 속에 잠재하는 예술의 핵심적 본질에 대한 이해에 항상 방해가 되어 왔다. 왜냐하면, 서로 긴장관계를 지니는 두 가지 요인이 단순히 양자택일적인 형태로 제시되어 왔기 때문이다. 개별 예술가들은 그 중에 어느 하나를 선택해야 한다는 결론에 이르렀던 것이다. 그러나 예술의 본질상 그 양자의 관계는 결코 간단하게 구별할 수 있는 문제도 아니고 고정된 정의를 내릴 수 있는 문제도 아니다. "이러한 언어의 서술과 언어의 작용은 詩의 본질에서 볼 때는 당연히 동일한 비중을 차지해야 할 것이다"라고 말함으로써, 김수영 자신도 이 점을 분명히 인식하고 있음을 보여준다. 그런 인식은, 앨런 테잇의 문맥에서 서로 방향이 다른 힘들이 마주치는 현상으로서의 '긴장'에 대한 이해에서 비롯한 것임은 물론이다.

김수영은, 그의 다른 글에서, "독일시에서만 보더라도 고드프리드 벤이나 알바트 아놀드 숄 같은, 언어의 마술과 형태의 우위를 주장하는 詩人들이 사회적 윤리나 인간적 윤리는 고사하고라도 언어의 윤리를 얼마나 준엄하게 적극적으로 지키고 있는가를 우리나라의 포멀리스트들은 모르고 있는 것이다"라고 말하고, 또한 "우리에게는 진정한 參與詩가 없는 반면에 진정한 포멀리스트의 絶對詩나 超越詩도 없다고 보는 것이 타당할 것이다. 브레흐트와 같은 참여시 속에 범용한 포멀리스트가 따라갈 수 없는 기술화된 형태의 縮圖를 찾아 볼 수 있고, 전형적인 포멀리스트의 한 사람인 앙리·미쇼의 작품에서 예리하고 탁월한 문명비평의 훈시를 받을 수 있는 것을 생각할 때, 참여시와 포멀리즘의 관계는 결코 간단하게 구별할 수 있는 문제도 아니고 고정된 정의를 내릴 수 있는 문제도 아니다"라고 말하고 있다.[47] 따라서 위의 인용문 가운데 네 번째 문장에서 김수영이 그 양자를 구별하는 것처럼 보인다고 하더라도, 그것은 어디까지나 설명의 편의를 위한 구분으로 봐야 할 것이다.

위 인용문의 네 번째 문장에서, 김수영은 현실을 이기는 방법에 대한 견해와 해석의 각기 다른 방식인 '언어의 서술'과 '언어의 작용'의 진정한 이행을 확인하는 단서로서 '윤리'의 문제를 들고 있다. 위의 인용문 바로 전에 인용된 구절에서는, 김수영은 여기서 '윤리'라고 말한 부분에 '사상'을 놓았었다. 그렇다면 '윤리'는 '사상'과 동일한 의미를 가지는 것일까. 이 문제를 검토하기 위해서는 '언어의 서술'과 '언어의 작용'의 문맥 안에서 '윤리'에 대해 규정하고 있는 김수영의 다음 진술을 살펴볼 필요가 있다:

> 언어의 윤리라면 좀 이상하게 들릴지 모르지만, 현대시에 있어서 언어의

47) 전집 2, pp.400~401.

순수성이 현대사회에 있어서의 시인의 순수고독과 동의어의 관계에 있다는 것은(이것은 \u{5dfb}의 「符號」나 「詩」 같은 작품을 읽어보면 알 수 있을 것이다) 두말할 것도 없이 현대적 시인이 이행하고 있는 언어의 순수성이 사회적 윤리와 인간적 윤리를 포함할 수 있을 만한(혹은 排除할 수 있을 만한) 적극적인 것이어야 한다는 말이 된다.[48]

김수영의 진술에 대한 구체적 분석 없이 단지 "사회적 윤리"와 "인간적 윤리"라는 말에만 근거해 보더라도, 그가 말하는 '윤리'가 무엇을 의미하는지 충분하게 이해할 수 있다. '윤리'는 김수영의 다른 주제어들인 '자유'·'사랑'·'양심' 등과 함께 진정한 새로운 '창조'의 동일한 구조 연관을 이루는 구성적 계기이다. 따라서, 원래는 시의 동질적 구조 계기이지만 설명의 편의를 위해 구분하고 있는 '언어의 서술'과 '언어의 작용'의 최대공약수로서 김수영이 '사상'을 거론할 때, 그 '사상'의 자리에 그의 다른 주제들을 교차시켜 놓을 수도 있게 되는 것이다. 김수영이 말하는 '사상'은 어떤 추상적인 개념의 덩어리가 아니다. 그것은, 김수영의 다른 주제어들인 '사랑'·'자유'·'양심'·'윤리' 등과 동렬에 놓이는 것으로서, 그것들이 이른바 '선시적인 문제'인 것과 동일한 맥락에서 시 이전의 문제이다. 하지만 그것은 작품 안으로 변용해 들어가서 작품에 '긴장'과 '힘'을 유발시킬 수 있는 근거이기도 하다.

이 절의 논의의 목표는 시에서의 '언어의 서술'과 '언어의 작용'에 관한 것이었다.[49] 김수영이 보기에 '사상'과 '기교'는 그의 다른 주제어들과 마찬가지로 시 이전의 문제이다. 반면에 '언어의 작용'과 '언어의 서술'은 시의 내재적인 문제이다. 김수영은, 그것들이 하나의 작

48) 앞의 책, p.400.
49) 김수영은 그의 다른 글에서 '언어의 작용'과 '언어의 서술'의 문제를 형태(예술성)와 내용(사회성)의 문제로 치환하여 말하기도 한다. 여기서 '사회성'은 '현실성'과 동의어이다.

품 안에서는 동질적인 문제임을 분명히 파악하고 있음에도 설명의 편의를 위해 잠정적으로 구분하여 언급하였다. 그가 말하는 '언어의 서술'과 '언어의 작용'은, 본고의 앞절에서 검토한 '참여'의 두 가지 대극적인 방향의 변용이라 할 수 있을 것이다. 김수영은 사회적인 참여를 가리키는 '언어의 서술'과 문학적인 참여를 가리키는 '언어의 작용'이 작품 안에서 긴장관계를 이룰 때 비로소 '힘'이 발생한다는 점을 강조하고 있는 것이다.

2) '현실성'과 '예술성', '내용'과 '형식'

「생활현실과 시」에서 김수영은 시에서의 '긴장'과 '힘'의 문제를 설명하기 위해 '언어의 서술'과 '언어의 작용'이라는 대립항을 설정하였다. 그들 대립항은 하나의 작품 안에서 동질적인 문제인데, 그 문제가 어째서 동질적인 것인가에 대해서는 김수영도 설명을 하지 못하였다. 그의 대표적 시론인 「시여, 침을 뱉어라」의 중심 논제는, 동질적인 문제로서의 '언어의 작용'과 '언어의 서술'이 하나의 작품 안에서 어떻게 종합되어야 하는가에 관한 것이다. 김수영은 그 대립항을 '예술성'과 '현실성' 그리고 '형식'과 '내용'이라는 새로운 대립항을 통하여 그 문제에 대한 해명을 시도한다.

「시여, 침을 뱉어라」는 1968년 4월 부산에서 펜클럽 주최로 행한 문학 세미나의 발표 원고이다. 그 세미나에서 김수영이 맡았던 논제는 시에서의 내용과 형식에 관한 것이었는데, 그 글에는 '힘으로서의 시의 존재'라는 부제가 붙어 있다. 부제로 보아, 김수영이 그 글에서 자신의 시론의 핵심인 '힘'의 문제에 대한 해명을 시도하고 있다는 점을 알 수 있다. 하지만 그 글 어디에도 '힘'에 대한 구체적인 설명을 발견할 수는 없다. 그런 사정은 다음과 같은 관점에서 이해될 수 있을 것이다. 글의 부제에 나오는 '존재'라는 말에서 확인할 수 있듯이 김수영이 보기에 '힘'은 시의 근원적 속성이라 할 수 있다. 따라서 김수영은 '힘'에 대한 개념설명이 아니라 시의 근원적 속성을 해명함으로써 자신의 '긴장'과 '힘'의 시론을 전개하고자 한 것으로 판단된다.

김수영은 「시여, 침을 뱉어라」의 서두를 다음과 같이 '모호성'에 대한 언급으로부터 시작한다.

> 나의 시에 대한 思惟는 아직도 그것을 공개할 만한 명확한 것이 못된다. 그리고 그것을 조금도 부끄럽게 생각하고 있지 않다. 이런 나의 모호성은 詩作을 위한 나의 정신구조의 上部 중에서도 가장 첨단의 부분을 차지하고 있는 것이고, 이것이 없이는 무한대의 혼돈에의 접근을 위한 유일한 도구를 상실하는 것이 되기 때문이다. 가령 교회당의 뾰족탑을 생각해볼 때, 시의 探針은 그 끝에 달린 십자가의 십자의 상반부의 창끝이고, 십자가의 하반부에서부터 까마아득한 주춧돌 밑까지의 건축의 실체의 부분이 우리들의 의식에서 아무리 정연하게 정비되어 있다 하더라도, 詩作上으로 그러한 明晳의 개진은 아무런 보탬이 못되고, 오히려 방해가 되는 것이다. 시인은 시를 쓰는 사람이지 시를 논하는 사람이 아니며, 막상 시를 논하게 되는 때에도 그는 시를 쓰듯이 논해야 할 것이다.[50]

김수영은 시에 대한 자신의 견해의 모호성이 "詩作을 위한 나의 정신구조의 上部 중에서도 가장 첨단의 부분을 차지하고 있는 것"이라고 주장한다. 그 말은 시작(詩作)의 원리와 관련된 지극히 일반적인 사정을 가리키는 것이어서 그 자체는 어려운 것도 아니고 문제적이지도 않다. 그의 말대로, 시란 무엇인가에 대해서 아무리 체계적이고 명증한 생각을 가지고 있다 하더라도 그것 자체가 시가 되는 것이 아니라는 점은 상식적으로도 수긍이 가는 사실이다. 시가 어떠한 것이라고 아는

---

50) 전집 2, p.249.

것과 시를 실제로 쓰는 것은 어디까지나 별개의 문제인 것이다. 따라서 위의 인용문에서 우리가 특별히 주목해야 할 것은, "모호성"이 "무한대의 혼돈에의 접근을 위한 유일한 도구"라고 말한 부분이다. 이는, 바꾸어 말하면, 시작(詩作)이란 "무한대의 혼돈"에 접근하는 것이라는 의미가 된다; 시작(詩作)이 '시를 쓰는 일'을 가리키는 것이므로 "무한대의 혼돈"은 시 자체가 된다; 그런 "무한대의 혼돈"은, 시가 인간이 속해 있는 세계와 그 속에서의 인간의 삶에 대한 그 나름의 독특한 규정방식이란 점에서, 삶과 세계 자체가 된다. 사태 자체의 근원적 속성이 불확정적인 것이라면 명증성은 사태의 진실에 다가가는 데 방해가 될 뿐이다. "시를 쓴다는 것이 무엇인지를 알면 다음 시를 못 쓰게 된다. 다음 시를 쓰기 위해서는 여직까지의 시에 대한 思辨을 모조리 파산을 시켜야 한다. 혹은 파산을 시켰다고 생각해야 한다"는 김수영의 주장처럼,[51] 이미 확보된 명증성을 부단히 파기시켜야만 사태 자체의 불확정성에 겨우 다가갈 수 있게 되는 것이다.

그런 맥락에서 '모호성'이 시에 대한 사변의 본질적 속성에 비추어 당연한 일이라는 김수영의 주장은 설득력을 지닌다. 그렇다면 김수영이 '힘의로서의 시의 존재'라는 부제를 붙여 놓은 「시여, 침을 뱉어라」를 쓰게 된 동기는 무엇일까. '모호성'이 시에 대한 사변의 본질적 속성에서 필연적으로 유래하는 것이라면, 차라리 그 문제에 대해 어떠한 언급도 하지 않는 것이 사태의 본질에 진실로 따르는 올바른 일이 아닐까. 이러한 의문과 관련하여, 김수영이 다음과 같은 진술을 하고 있는 점이 주목된다: "나는 아직도 나의 시론을 전개할 만한 준비가 되어 있지 않다. 나의 운산은 내 작품을 검토하기 위한 것인데 시론을 꾸밀 만한 주밀한 운산이 되어 있지 않다. 시론도 문학이다. 그런데 나의 운산은 침묵을 위한 운산이 되기를 원하고, 그래야지만 빛이 난다. 시론

51) 앞의 책, p.250.

이 빛이 나는 것이 아니라 시가 빛이 난다. 이런 말도 해서는 아니되는 말이다."[52] 김수영의 그런 진술은, 그의 '모호성'에 대한 주장과 정확히 일치한다. 그러나 일치를 확인한다고 해서 앞서 제기한 의문이 해소되지는 않는다. 오히려 증폭될 뿐이다. 증폭된 의문과 관련하여 김수영의 다음과 같은 진술도 관심을 끈다: "이 시에서도, 그밖의 시에서도 나는 알렌 테이트의 시론을 충실히 지키고 있다. Tenison의 시론이다. 그러나 그의 시론은 검사를 위한 시론이다. 수동성의 시론이다. 진위를 밝히는 도구로서는 우선 편리하지만 위대성의 여부를 자극하는 발동기의 역할은 못한다. 이것이 시론의 숙명이다. 이런 때는 시를 읽는 게 최상이다."[53] 여기서 김수영이 말하는 '시론의 숙명'에 대해 충분히 납득할 수 있다. 그것은 시에 대한 시인의 사변이 모호할 수밖에 없는 이유와 연결된다. 시가 어떠한 것이라고 아무리 명증하게 인식한다고 해도 그것은 실제로 시를 쓰는 데에는 아무런 보탬이 되지 않는다. 김수영의 말대로, 시론이란 본질적으로 수동적인 것일 수밖에 없으며, 진위를 밝히는 도구로서는 우선 편리하지만 위대성의 여부를 자극하는 발동기의 역할은 되지 못하는 것이다. 여기서 김수영이 시에 대한 자신의 사변의 '모호성'에도 불구하고, 아니 어쩌면 그 '모호성'을 근거로 하여, 「시여, 침을 뱉어라」를 통해 자기 나름의 시론을 전개하고자 한 의도를 짐작하게 된다. 위의 인용 구절에서 김수영은 "시인은 시를 쓰는 사람이지 시를 논하는 사람이 아니며, 막상 시를 논하게 되는 때에도 그는 시를 쓰듯이 논해야 할 것이다."라고 말한다.[54] 그는 또 「시여, 침을 뱉어라」의 중간 부분에서는 다음과 같이 말하기도 한다: "나는 아식까지노 '여직까지 없던 세계가 펼쳐지는 충격'을 못 주고 있다. 이 시론은 아직도 시로서의 충격을 못 주고 있는 것이다."[55]

52) 앞의 책, p.309.
53) 앞의 책, p.303.
54) 앞의 책, p.249.

이제 김수영이 자신의 시론을 통해 의도하고자 하는 바가 비로소 명확해진다. 결국 김수영은, "진위를 밝히는 도구"로서의 수동적인 검증(검사)의 시론이 아니라, "위대성의 여부를 자극하는 발동기"로서 능동적인 생성의 시론을 전개할 의도를 갖고 있었던 것이다. 김수영은 그런 의도와 관련하여 다음과 같이 말한다.

> 그러면 시를 쓴다는 것은 무엇인가. 그리고 시를 논한다는 것은 무엇인가. 그러나 이에 대한 답변을 하기 전에 이 물음이 포괄하고 있는 원주가 바로 우리들의 세미나의 논제인 시에 있어서의 형식과 내용의 문제와 동심원을 이루고 있다는 것을 우리들은 쉽사리 짐작할 수 있는 것이다. 따라서 시를 쓴다는 것—즉 노래—이 시의 형식으로서의 예술성과 동의어가 되고, 시를 논한다는 것이 시의 내용으로서의 현실성과 동의가 된다는 것도 쉽사리 짐작할 수 있는 일이다.[56]

위의 인용문에서 우선 눈에 띄는 것은, 세 번째 문장에서 네 번째 문장으로 넘어가는 과정에서 발견되는 논리상의 비약이다. 그는, 아무런 논리적인 단서 없이, '시를 쓴다는 것'과 '시의 형식'과 '예술성'을 한 계열로 묶고, 그 대척점에 '시를 논한다는 것'과 '시의 내용'과 '현실성'을 다른 한 계열로 묶어 놓고 있는 것이다. 김수영이 시의 형식과 내용을 각각 예술성과 현실성으로 치환하는 데 대하여 아무런 설명도 하지 않고 있다. 그러나 논리상의 비약을 단순히 결점이라고 지적하는 것만으로는 사태의 본질에 다가갈 수 없다.

앞에서 이미 '시를 쓴다'는 말과 '시를 논한다'는 말이 등장하게 된 전후 문맥을 검토한 바 있다. 그 문맥이란, "시인은 시를 쓰는 사람이

55) 앞의 책, p.252.
56) 앞의 책, p.249.

지 시를 논하는 사람은 아니며, 막상 시를 논하게 되는 때에도 그는 시를 쓰듯이 논해야 할 것이다"라는 구절이 시사하는바, "진위를 밝히는 도구"로서의 수동적인 검증(검사)의 시론이 아니라, "위대성의 여부를 자극하는 발동기"로서의 능동적인 생성의 시론을 전개하려는 김수영의 의도와 관련된 것이다. 위의 인용문에 나오는 용어 가운데 "예술성"과 "현실성"에 관해서도 이미 앞 절에서 그 전후문맥을 검토한 바 있다. 그 문맥이란, 현실을 이기는 시인의 방법에 대한 해석과 견해로서의 "언어의 서술"과 "언어의 작용"의 문제와 관련된 것이다.[57] 김수영은 설명의 편의를 위해 그 양자를 구분하여 설명하였지만, "시에 있어서 언어의 서술과 언어의 작용은 詩의 본질에서 볼 때는 당연히 동일한 비중을 차지해야 할 것이다"라는 그의 진술에서도 확인되듯이, 그는 근본적으로는 그 양자를 하나의 작품의 동질적 구성 계기로 보았었다. 그와 같은 앞선 검토에 근거할 때, 앞에서 지적한 논리상의 비약이 발생하게 된 사정을 이해할 수 있게 된다:애초에 김수영이 세미나의 논제로서 의뢰받은 것은 시에서의 내용과 형식의 문제였다;그 의뢰를 받고 그는 평소에 지니고 있던 자신의 야심적인 계획인 '생성의 시론'을 전개해 보고 싶었다[58];그는 그런 계획을 역시 평소에 관심을 기울이고 있던 시의 내재적인 문제로서의 '예술성'과 '현실성'의 고유한 종합의 방식을 설명함으로써 실현시키려고 하였다.

이러한 사정을 이해하고 나면, 위의 인용문 이외에 「시여, 침을 뱉어

57) 여기서 김수영이 '언어의 작용'과 '언어의 서술'을 각각 '예술성'과 '현실성'을 바꾸어 놓는다고 해서 의아하게 여길 필요는 전혀 없다. 왜냐하면, 이미 앞 절에서도 한 번 거론한 바 있는데, 김수영은 그 두 용어를 그의 다른 글의 문맥에서는 '내용'(사회)과 '형태'(예술)로 바꾸어 쓰고 있기 때문이다. 그리고 김수영의 문맥에서 '사회'는 '현실'과 동의어이다.

58) 청탁을 받은 논제를 자기의 평소 관심과 고민 안으로 이끌어와 글쓰기에 어떤 긴장과 힘을 유발시키는 방식은 김수영의 글쓰기의 하나의 전형적인 특징이라 할 수 있다. 그는 「생활현실과 시」라는 글에서 그런 사정을 다음과 같이 말하기도 한다:"이 글의 목적은 張一宇 개인의 시론을 비평하기 위한 것이 아니라, 우리 시단의 지난 1년간의 흐름을 돌아보면서 우리의 생활현실과 詩의 관계와, 난해한 시와 독자와의 관계를 훑어보기 위한 것이다. 그런데, 그러한 『漢陽』지의 청탁을 받고 보니, 張씨의 평론의 논지와 이 청탁의 의도가 어쩐지 부합되는 점이 있는 것 같아서 좋은 의미의 선입견에서 그의 시론에 대한 평소 나의 견해를 두서없이 말해 보았을 뿐이다."

라」에서 가끔씩 발견되는 다른 논리상의 비약도 동시에 이해할 수 있게 된다. 이어지는 문맥에서 김수영은, "詩作은 '머리'로 하는 것이 아니고, '심장'으로 하는 것도 아니고, '몸'으로 하는 것이다. '온몸'으로 밀고 나가는 것이다. 정확하게 말하자면, 온몸으로 동시에 밀고 나가는 것이다"라고 전제한 다음, "시의 사변에서 볼 때, 이러한 온몸에 의한 온몸의 이행이 사랑이라는 것을 알게 되고, 그것이 바로 시의 형식이라는 것을 알게 된다"고 주장한다.[59] 여기서 시작(詩作)은 '머리'나 '심장'으로 하는 것이 아니라 '온몸'으로 하는 것이라는 주장은, 흔히 머리를 이성의 표상화 작용에 비유하고 심장을 감정의 정서 작용에 비유하는 관례에 따르면, 그렇게 특별한 의미를 내포하는 것 같지는 않다. 문제는 '온몸에 의한 온몸의 이행이 사랑'이라는 구절인데, 그것 역시 '온몸'의 의미에 대한 이해를 통하여 파악할 수 있다. '온몸'이란 '머리'와 '심장'의 전체로서의 통일이다. 시인이 시를 쓸 때도 '머리'와 '심장'의 통일이 필요하고, 이루어진 작품 역시 하나의 통일체이다. 김수영이 그러한 통일에 '사랑'을 결부시킨 것은, 전체는 부분의 소멸 또는 함몰을 통하여 이루어진다는 점에 대한 경계일 것이다. 많은 경우 전체로의 통일에는 부분에 대한 강압적인 억압이 일어나기 때문이다. 그러나 사랑에 의한 통일에서는 부분들이 포괄되어 공존할 수 있게 된다.

따라서, 여기서 정작 문제가 되는 것은 '시작'과 '시의 형식'을 아무런 보충 설명 없이 동일시한다는 데 있다. 그러나 그것 역시, '생성의 시론'을 전개하려는 시도와 그런 시도의 매개로서 '내용'(현실성)과 '형식'(예술성)의 문제를 택했다는 김수영의 의도에 비추어 볼 때, 충분히 납득할 수 있는 부분이다. 김수영은 이어서 "나는 이미 '시를 쓴다'는 것이 시의 형식을 대표한다고 시사한 것만큼, '시를 논한다'는

59) 전집 2, p.250.

것이 시의 내용을 가리키는 것이라는 전제를 한 폭이 된다"고 하면서, 그런 시의 내용은 "산문의 의미이고, 모험의 의미이다"라고 규정한다. '시를 논한다'는 것과 시의 내용을 일치시키는 것은 그의 말대로 전제이니까 그 자체로만 이해하면 더 이상 문제될 것이 없고, 여기서 문제는 "산문"과 "모험"의 의미이다. 이 문제 역시 이해하는 데 별다른 어려움이 따르지 않는다. 일반적으로 산문은 논증이나 설명의 방식에 근거하여 진술함으로써 어떤 사태나 현상의 성격과 본질을 밝혀내는 것이고, 모험은 그 과정에서 닥칠지도 모를 위험을 무릅쓰고 우리에게 아직 알려지지 않은 어떤 미지(未知)의 것을 탐색함으로써 그것을 밝혀 내는 것이다. 이처럼 '산문'과 '모험'의 의미에는 겹쳐지는 부분이 있는데, 그것은 바로 '밝혀낸다'는 것이다. 김수영 역시 바로 이어지는 구절에서 "詩에 있어서 모험이란 말은 세계의 開陳, 하이데거가 말한 '大地의 은폐'의 반대되는 말이다"라고 진술한다. 김수영의 문맥에서 '개진'을 "자기의 생각이나 의견 등을 드러내어 말하다"라는 사전적 의미로만 이해해서는 그것의 본질적 의미의 내포를 충분히 이해할 수 없다. 차라리 여기서 주목해야 할 것은 '은폐'의 반대되는 말이라는 규정이다. 은폐의 반대는 '탈은폐'이다. 다시 말해 은폐에서 벗어남, 감추어져 있거나 가리워져 있던 것이 '훤히 밝혀져 드러남'이다.

이어서 김수영은 다음과 같이 내용과 형식의 통일에 관한 문제로 나아간다.

우리들은 시에 있어서의 내용과 형식의 관계를 생각할 때, 내용과 형식의 동일성을 공간적으로 상상해서, 내용이 반 형식이 반이라는 식으로 도식화해서 생각해서는 아니 된다. '노래'의 유보성, 즉 예술성이 무의식적이고 隱性的이기는 하지만, 그것은 반이 아니다. 예술성의 편에서는 하나의 시작품은 자기의 전부이고, 산문의 편, 즉 현실성의 편에서도 하나의 작품은 자기

의 전부이다. 시의 본질은 이러한 개진과 은폐의, 세계와 대지의 양극의 긴장 위에 서 있는 것이다.[60]

위의 인용문에 대한 구체적인 분석에 앞서 주목해야 할 것은 "도식화해서는 아니 된다"란 구절이다. 피상적인 관찰에서는 논리상의 비약으로 비쳐졌던 몇 가지 용어들의 탄력적인 교차 사용이 그런 도식화의 경계에 있었음을 알게 된다. 위에서 볼 수 있는 것처럼, 김수영은 예술(좁게는 시) 작품의 고유한 존재방식으로서 '현실성'과 '예술성'의 독특한 결합방식의 해명을 통해 자신이 의도하는 '생성의 시론'을 전개하고자 하였다. 그가 의도한 것은, 시에 대한 체계적으로 정립된 개념규정이 아니라, 시의 고유한 존재방식에 대한 새로운 이해와 인식을 통한 긴장과 힘의 유발이었던 것이다. 그러나, 그런 사정을 충분히 이해한다고 해도, 위의 인용문은 설명이 지나치게 간략하다. 김수영은, 시에서 내용(현실성)과 형식(예술성)의 문제를 "공간적으로 상상해서 내용이 반 형식이 반이라는 식으로" 생각해서는 안 된다고 말한다. 그 말에 이의를 제기할 사람은 아무도 없을 것이다. 그것은 상식적인 문제이기 때문이다. 내용과 형식의 통일에 관한 그의 주장의 요지는 다음 문장에서 찾을 수 있다: "예술성의 편에서는 하나의 시작품은 자기의 전부이고, 산문의 편, 즉 현실성의 편에서도 하나의 작품은 자기의 전부이다." 하나의 작품 안에서 내용과 형식이 각각 반일 수는 없지만, 그 각각이 하나의 작품 안에서 전부라는 것이 김수영의 주장이다. 그런 주장 역시 모호한데, 그는 나아가 "시의 본질은 이러한 개진과 은폐의, 세계와 대지의 양극의 긴장 위에 서 있는 것이다"라고 설명한다. 김수영이 하이데거의 저서를 읽은 것은 1968년을 전후한 무렵으로 판단되는데, '내용'과 '형식'의 통일에 관한 나름의 견해를 밝히는 글에

60) 앞의 책, p.251.

서 하이데거의 구절을 인용하고 있다는 점이 주목된다.[61] 그가 하이데거의 '릴케론'을 거의 안 보고도 욀 만큼 읽었다고는 하지만,[62] 단지 한두 권에 대한 독서만으로 하이데거를 정확히 이해한다는 것은 불가능한 일일 것이다. 김수영 역시 하이데거의 사유를 깊이 이해한 것으로는 볼 수 없는데, 그럼에도 자기의 논지 전개상 핵심 부분에 하이데거의 구절을 인용하고 있는 점은 단순하게 보아 넘길 문제는 아니다. 김수영이 인용한 하이데거의 말에서 주목해야 할 것은 '대극의 긴장'이라는 부분이다. '긴장'이라는 말은 김수영에게도 매우 익숙한 말이다. 그것은 그가 충분히 숙지하여 시에 대한 자신의 이해의 근거로 삼은 앨런 테잇의 '텐션의 시론'의 핵심 용어이기 때문이다. 이러한 사정을 감안할 때, 김수영은 하이데거의 저서를 읽으면서 시에서의 '긴장'의 역학에 대한 자신의 이해를 확인하였고, 그것을 '내용'과 '형식'의 통일과 관련한 매개로서 파악한 듯하다. 사실 하이데거의 문맥에서 '긴장'은 앨런 테잇의 문맥보다 훨씬 역동적으로 기술되는데, 다음과 같은 구절에서 그 점을 확인할 수 있다.

세계와 대지의 대립은 투쟁이다. 우리는 본질적인 투쟁을 불화나 반목과 혼동함으로써 결과적으로 투쟁을 단지 방해와 파멸로만 생각하고, 투쟁의 본질을 너무나도 쉽게 왜곡해버리기도 한다. 그러나 본질적 투쟁에서 투쟁하는 것들이 그들 본질의 자기 주장 속에서 상대를 고양시킨다. 본질의 자기 주장은 경직된 채 자신의 어떤 우연한 상태를 고집함이 아니다. 그것은 그 자신의 존재가 유래하고 있는 숨겨진 근원성 속에 스스로를 맡기는 것이다. 투쟁 가운네서만이 각사는 상대를 그들 모두의 한계를 넘어선 그것으로

61) 세계의 개진과 대지의 은폐의 대극적 긴장과 관련한 내용은 하이데거의 「예술작품의 근원」이라는 논문에 나오는 것이다.
M.하이데거, 오병남·민형원 공역, 『예술작품의 근원』(예전사, 1996).
62) 전집 2, p.260.

이끌 수 있다. 그래서 투쟁이 보다 격렬해질수록 그것은 더욱 더 진정한 투쟁이 된다. 또한 투쟁이 자립적으로 격렬하게 행해지면 행해질수록 투쟁하는 것들은 그만큼 더 완강하고 순수하게 그들이 속한 단순한 내면성 속으로 들어간다.[63]

위의 인용문에서 '세계'와 '대지' 사이의 교호적인 상호대립, 즉 싸움의 방식에 있어서의 상호대립을 하이데거는 투쟁이라 지칭하고 있다. '대지의 은폐'와 '세계의 개진'의 투쟁은 불화와 다툼의 성격을 띠지 않는다. 이러한 투쟁은 서로 대립되는 것들을 갈라서게 만든다. 갈라섬이란 일치의 교란과 파괴이다. 하지만 하이데거가 말하는 투쟁은, 그 투쟁하는 것들이 서로 상대를 파괴하지 않는다. 오히려 투쟁을 통해 상대를 그들 나름의 한계를 넘어선 그것으로 이끈다. 그와 같이 한계를 넘어섬은 투쟁이 격렬하게 행해지면 행해질수록 더욱 완강해지고 순수해진다고 하이데거는 설명한다. 서로 대립적인 것이 하나로 통일되면서도 그 원래의 것이 억압되거나 파괴되지 않는 상태, 그것은 김수영이 '내용'과 '형식'의 통일을 해명하는 과정에서는 더없이 중요한 설명이었을 것이다. 이미 자신이 숙지하고 있었던 '긴장'의 의미와 매우 유사한, 그러면서도 훨씬 더 역동성을 지닌 하이데거의 문맥을 통해 확인한바, '내용'과 '형식' 그 어느 편도 교란시키거나 파괴시키지 않는 '대극적 긴장'으로서의 통일에 대한 이해를 바탕으로 김수영은 '내용'과 '형식'의 통일에 관한 자신의 생각을 더욱 적극적으로 개진한다.

시는 온몸으로, 바로 온몸으로 밀고나가는 것이다. 그것은 그림자를 의식하지 않는다. 그림자에조차도 의지하지 않는다. 시의 형식은 내용에 의지하

63) M. 하이데거, 앞의 책, pp.58~59.

지 않고 그 내용은 형식에 의지하지 않는다. 시는 그림자에조차도 의지하지 않는다. 시는 문화를 염두에 두지 않고, 민족을 염두에 두지 않고, 인류를 염두에 두지 않는다. 그러면서도 그것은 문화와 민족과 인류에 공헌하고 평화에 공헌한다. 바로 그처럼 형식은 내용이 되고, 내용은 형식이 된다. 시는 온몸으로, 바로 온몸을 밀고나가는 것이다.[64]

위의 첫 문장에서, 김수영은 "시는 온몸으로, 바로 온몸으로 밀고나가는 것이다"라고 말한다. 그는 앞에서는 "시의 사변에서 볼 때, 이러한 온몸에 의한 온몸의 이행이 사랑이라는 것을 알게 되고, 그것이 바로 시의 형식이라는 것을 알게 된다"고 주장했었다. 앞에서는 시의 형식에 대한 성격 규정으로 사용했던 구절을 어째서 김수영은 위에서는 시의 본질에 대한 성격 규정으로 사용하고 있는 것일까. 그것은 논리상의 지나친 비약이 아닌가. 그것은 논리상의 비약이 아니라 그가 내용과 형식의 통일에 대한 새로운 인식에 이르렀음을 의미하는 것이다. 김수영은 곧이어 "시의 형식은 내용에 의지하지 않고 그 내용은 형식에 의지하지 않는다"라고 말한 것이 그 점을 보증해 준다. 내용과 형식의 통일이라는 문제에 비추어 볼 때, '의지하지 않는다'는 것은 매우 정확한 표현이다. '의지한다'는 것은 자신의 힘이나 능력이 부족하여 다른 사람의 그것에 기댄다는 것을 의미한다. 앞에서 검토한바, 작품의 작품 존재가 갖는 두 가지 본질적인 성격으로서의 '세계의 개진'과 '대지의 은폐'는 작품 안에서 서로가 서로에게 부족한 것을 채워주는 것과 같은 방식으로 결합하지 않는다. 다시 말해 서로가 서로에게 의지하지 않는다. 그 스스로 강인하며 나름의 고유한 본성을 갖춘 그들 양자는 서로 '투쟁'한다. 작품의 본질은 '투쟁의 투쟁화'에 있다. 부단히 이행되는 격렬한 투쟁을 통해 그 투쟁이 최고도에 달하는 순간에

64) 전집 2, pp.253~254.

이루어지는 내면성 속에서 비로소 작품의 통일성이 일어난다. 김수영이 "시의 형식은 내용에 의지하지 않고 그 내용은 형식에 의지하지 않는다"라고 말했을 때, 그것은 작품의 통일성이 이루어지는 과정으로서의 '투쟁의 투쟁화'를 가리킨다. 김수영은 하나의 작품 안에서 그와 같은 격렬한 투쟁을 통해 이루어진 통일성의 상태를 다음과 같이 말한다: "형식은 내용이 되고, 내용은 형식이 된다. 시는 온몸으로, 바로 온몸을 밀고나가는 것이다." 작품의 통일성 안에서는 김수영의 말대로 "형식은 내용이 되고, 내용은 형식이 된다." 그러나 그것은, 서로가 서로에게 의지한다는 식의 타협적인 절충이나 공허한 통일을 가리키는 것도 아니다. 그것은, 작품의 통일성의 관점에서는, 내용이나 형식의 분리가 도대체 무의미하다는 점을 가리키는 것이다.

이상에서 '내용'과 '형식'의 통일에 대한 김수영의 해명을 검토해 보았다. 그 과정에서도 확인되었듯이, 그는 앨런 테잇의 '긴장의 시론'에서 시사 받은 이른바 '긴장'의 역학을 끊임없이 변용시키는 가운데 그것을 자기화하고자 하였다. 그와 같은 자기화의 과정에서 그는 여러 가지 대립항들을 설정하여 나름으로 파악한 시의 '긴장'과 '힘'에 대해 설명하고자 하였다. 위에서 인용한 구절 가운데 "시는 문화를 염두에 두지 않고, 민족을 염두에 두지 않고, 인류를 염두에 두지 않는다. 그러면서도 그것은 문화와 민족과 인류에 공헌하고 평화에 공헌한다"는 구절은 김수영 시론의 핵심을 보여준다고 볼 수 있다. "시는 문화를 염두에 두지 않고, 민족을 염두에 두지 않고, 인류를 염두에 두지 않는다"는 말은 시의 '긴장'을 이루는 대립항 가운데 '인텐션'의 부분을 가리키는 것이다. 그것을 김수영의 말로 바꾸면 "의미를 이루지 않으려는 충동"이나 "언어의 작용"으로 파악할 수 있다. 그것은, 본고의 앞절에서 검토한 바, 세계와 사회 그리고 사물과 타인들로 스스로를 격리시키고 스스로도 소외된 상태에서 "저항이자 공허를 만들어내고 자기 자신을 결여 속에 위치시키는 끊임없는 힘"으로서의 언어에 침잠하는 것이다. 이러한 침잠은 초현실주의의 "자동기술법(ecriture automatique)"이나 말라르메의 시쓰기의 출발점이자 도달점이었던 '침묵'의 이행에 비유될 수 있을 것이다. 이에 비해, "그것은 문화와 민족과 인류에 공헌하고 평화에 공헌한다"는 말은 시의 '긴장'을 이루는 대립항 가운데 '엑스텐션'의 부분을 가리키는 것이다. 그것을 김수영의 말로 바꾸면 "의미를 이루려는 충동"이나 "언어의 서술"로 파악할 수 있다. 그것은 현실의 역사적 상황에 대한 냉철한 이해를 통해 세계와 사회의 변혁을 위한 발언을 하는 것이다. 김수영이 말하는 '긴장'은 대립항들이 하나의 작품 안에서 충돌하는 과정이며, 거기에서 바로 '힘'이 발생한다.

3) '통일성'과 '혼란'

앞절에서 살펴보았듯이, 김수영은 그의 후기에 읽게 된 하이데거의 저서들을 앨런 테잇의 '긴장의 시론'에서 시사 받은 '긴장'의 역학의 구도 속으로 포섭하여 이해하였다. 하지만 하이데거와의 만남이 단지 앨런 테잇의 '긴장의 시론'을 확인하는 지점에서 머무른 것은 아니었다. 그는 하이데거의 「예술작품의 근원」이란 논문에서 시의 내면성과 통일성에 대한 중요한 시사를 얻었다. 본고의 이 부분에서는, 김수영이 과연 하이데거의 논문에서 영향을 받은 구체적인 내용은 무엇이며 그것을 어떻게 자신의 시론 안으로 이끌어들였는가 하는 점을 살펴보기로 하겠다.

하이데거가 보기에, "세계의 열어세움과 대지의 불러세움은 작품의 작품 존재가 갖는 두 가지 본질적 성격이다."[65] 여기서 '세계의 열어세움'과 '대지의 불러세움'은, 하이데거의 전체 문맥에 근거할 때, 각각

65) M. 하이데거, 앞의 책, p.57.

'세계의 개진'과 '대지의 은폐'에 연결되는 것으로 파악해도 무방하다. 따라서 예술작품은 그 두 가지 본질적 성격들의 고유한 투쟁방식, 즉 '개진'과 '은폐'의 교호적인 상호대립으로서의 투쟁이라는 고유한 존재방식을 갖는다.

> 예술작품은 그 자신의 고유한 방식으로서 존재자의 존재를 개시한다. 작품 속에서는 존재자의 진리, 즉 개시(Eröffnung)이자 들추어냄(Entbergen)으로서의 진리가 일어난다. 예술 작품 속에는 존재자의 진리가 스스로를 작품 속으로 정립한다. 예술은 진리의—작품—속으로의 자기 정립이다.[66]

하이데거의 문맥에서 '진리'는 '어떤 한 인식과 사태의 일치'로서의 그것이 아니다. 다시 말해 주어와 술어의 일치로서의 논리적 명제의 '참'이 아니다. '진리'는 '드러남'·'감추어져 있지 않음'·'숨겨져 있지 않음'·'훤하게 밝혀져 있음' 등과 같은 의미로서의 '탈은폐'(혹은 개진) 그 자체이다. 하이데거가 "진리는 비진리이다"라고 주장할 때,[67] 여기서 진리와 비진리를 각각 진실이나 허위로 치환하여 이해해서는 안 된다. 왜냐하면, 하이데거가 말하는 '비진리'에서 '비(非)'는, '진리' 속에 이미 함께 속해 있는바, 그 '훤하게 밝혀져 있음'의 유래처로서의 '아직 들춰내지지 않음(非)' 혹은 '여전히 숨겨져 있음(은폐)'을 의미하기 때문이다. 그러한 맥락에서 하이데거가 말하는 '진리'는, 그 자체가 밝힘과 이중적 방식의 숨김—은닉과 위장—의 대립으로 현존하는 것이다.[68] 그렇다면 "예술 작품 속에는 존재자의 진리가 스스로를 작품 속으로 정립한다"는 말은 어떤 의미인가. 김수영의 대표작 가운

---

66) M. 하이데거, 앞의 책, p.45.
67) M. 하이데거, 앞의 책, p.75.

데 「폭포」라는 작품이 있다. 폭포는 일정한 높이의 낭떠러지에서 곧장 쏟아져 내리는 물을 가리킨다. 폭포는, 나무나 바위와 같은 사물은 아니지만, 나무나 바위가 하나의 존재자(존재하고 있는 것)이듯이 그 역시 하나의 존재자이다. 그 존재자는, 한 시인의 작품 안으로 들어오기 전에는, 그것 주위를 둘러싸고 있는 환경의 은밀한 쇄도에 속해 있을 뿐이다. 그런 존재자는 하나의 작품 안으로 들어옴으로써 '그것이 무엇인 바 어떻게'의 본질을 열어 밝힌다. 단순히 자연경관에 파묻혀 있을 때, 그것은 '숨김'의 이중적 방식으로서의 '은닉'과 '위장' 속에 놓여 있는 것이다. 그러나 적어도 김수영의 「폭포」라는 작품 속에서 그것은 "醉할 瞬間조차 마음에 주지 않고/懶惰와 安定을 뒤집어놓은 듯이/높이도 幅도 없이" 떨어짐으로써, 다시 말해 그것이 진실로 어떻게 존재하고 있는가를 '개시(Eröffnung)' 하고 '들추어냄(Entbergen)' 으로써 "고매한 정신"의 상징으로서 정립된다. 여기서 하이데거가 말하는 '진리'는, 그 자체가 밝힘과 이중적 방식의 숨김—은닉과 위장—의 대립으로 현존하는 것이라는 사실을 기억할 필요가 있다. 「폭포」라는 작품을 통해 '고매한 정신'의 상징으로서 자신의 진리를 열어 밝힌 '폭포' 역시 그와 같은 '밝힘(개진, 탈은폐, 비은폐)'과 '숨김(은폐)'의 대립으로 현존하는 것이다. 하나의 작품이란, 대립(투쟁)에 의해 전취(戰取)된 일종의 '열린 터(Lichtung)'이다. '열린 터'로서의 작품인 「폭포」가운데서 '폭포'라는 존재자의 존재가 자신의 지속적인 '반짝임(Scheinen)' 속에 나서게 된다. 따라서 하이데거가 말하는 존재(존재자의 개진, 탈은폐)는, 마치 '진리'가 그 자체 속에 이미 함께 속해 있는 그 '훤하게 밝혀져 있음'의 유래처로서의 '아직 들춰내지지 않음(非)' 혹은 '여전히 숨겨져 있음(은폐)'인 '비진리'와의 교호적인 상호

68) 하이데거의 문맥에서 '은닉'은 말 그대로 '숨김'이고, '위장'은 드러나 있기는 하지만 원래의 본모습이 왜곡되고 변형된 상태로 드러나 있는 것을 가리킨다. 그처럼 왜곡되고 변형된 상태로 드러나 있다는 것은, 역시 자신의 본래 모습을 감추고 있는 것이므로 일종의 '숨김'이 되는 것이다.

대립을 통해 현존하듯이, '아직 들춰내지지 않음' 혹은 '여전히 숨겨져 있음' 으로서의 '은폐' 와의 대립을 통해 현존한다.

하이데거는 '진리의—작품—속으로의—정립으로서의 예술' 의 본질을 다음과 같이 시작(詩作)의 문제와 연결시킨다.

> 진리의—작품—속으로의—정립으로서의 예술은 시작(詩作)이다. (……) 그런데 시작(詩作)의 본질은 진리의 수립(樹立, Stifung der Warheit)이다. 수립은 다음의 세 가지 의미를 지닌다. 즉 진리의 증여(Schenken)로서의 수립, 진리의 근거지움(Grunden)으로서의 수립, 진리의 시작(始作, Anfangen)으로서의 수립이다.[69]

하이데거는, '진리의—작품—속으로의—정립' 으로서 예술은 '시작(詩作)' 이라고 말한다. 그가 보기에, 이른바 언어예술로 지칭되는 '시작(Dichtung)' 은 모든 예술 가운데서 특별한 위치를 차지하기 때문이다. '시작' 의 그런 특별한 위치는 '시(Poesie)' 의 요체인 언어의 올바른 개념에서 연원한다. 통상적인 표상 방식에 따르면 언어는 의사 전달의 한 수단이다. 그러나 언어는 일상적인 대화에서처럼 단지 전달해야 할 것의 음성적이고 문자적인 표현에 그치는 것이 아니다. 하이데거의 존재 사유에서 보자면, 언어라는 것은 존재자를 비로소 처음으로 그러한 존재자로서 열려진 터 가운데로 가져오는 것이다.[70] 앞에서 예로 들은, 김수영의 「폭포」는 하나의 자연 사물을 소재로 한 것이다. 그런 자연 사물은 돌이나 나무와 마찬가지로 그 주위 환경의 은밀한 쇄도에 속할 뿐이다. 자연 사물로서의 존재자가 언어로 명명(命名, Nennen)될 때, 비로소 그 명명(命名)을 통해 그 존재자는 단어(Wort)

69) M. 하이데거, 앞의 책, pp.94~95.
70) M. 하이데거, 앞의 책, p.93.

와 현상함(Erscheinen)으로 옮겨진다. 하이데거의 문맥에서의 '명명'은, 근원적으로 볼 때 "존재자를 그것의 존재로부터(aus) 불러 내어 다시 그것의 존재에로(zu) 불러들인다."[71] 그리고 언어의 '명명'에 근거한 '말함(Sagen)'은 존재자를 그것의 '숨어 있지 않음'으로서의 '존재'에로 불러내는 행위이며, 그 같은 '말함'이 바로 하이데거가 말하는 본질적인 의미의 혹은 넓은 의미의 '시작(詩作)'이다. 결국 '시작'의 본질은, '진리의—작품—속으로의—정립'으로서의 '예술'의 본질과 일치하는 셈이다.

그렇다면 하이데거가 말하는바, 작품 안에 정립된 진리가 그렇게 정립(수립)되는 세 가지 방식이란 무엇인가. 그 세 가지 가운데 하나는 진리의 '증여'이다. 작품 가운데서 자신을 개시하는(열어 밝히는) 존재의 진리는 전통적인 것으로부터는 결코 증명될 수도 연역될 수도 없다. 아직까지 '숨겨 있음' 속에 감추어져(은폐되어) 있었거나 그 나름의 이미 '열어 밝혀짐' 속에 안주하던 전통적인 것은, 이제 새로운 작품 안에 정립된 진리에 의해 거부된다. 진리의 수립은 언제나 새롭게 다시 이루어지는 것이다. 그런 맥락에서 "시작적(詩作的) 수립은 진리의 넘쳐 흐름(Uberfluß)이요, 진리의 증여이다."[72] 다음은 진리의 근거지움으로서의 수립이다. 하이데거가 말하는 진리의 수립은, 아무런 근거도 없는 무(無)와 같은 것에서 갑자기 생겨나는 것이 아니다. 그것은 마치 물을 그 원천(源泉)에서 길어 올리듯이 어떤 근원으로부터 이끌어 올리는 것이다. 그 근원이란, 창작을 독자적인 주체의 어떤 천재적인 행위로 보는, 다시 말해 천재적인 영감에 의해 전혀 새로운 어떤 것이 창조된다는 낭만주의의 예술관에서 말하는 창작적 원천과는 다르다. 하나의 '열린 터'로서의 작품 안에 진리를 정립하는 창작자(시인)

71) 앞의 책, p.93.
72) 앞의 책, p.95.

나 자신의 일상성을 떠나 작품에 의해 열려진 터 가운데로 들어섬으로써 비로소 작품 안에 정립된 진리를 보존하는 보존자(독자)나, 그들 모두는 역사적 현존재로서 자신들과 함께 더불어 있는 역사적 민족이 뿌리를 내리고 있는 그들의 고향적 근거로서의 '대지' 위에 있다.

하이데거의 문맥에서 '대지'는 언제나 그 스스로를 감추면서 간직하는 폐쇄적 근거이다. '세계—내—존재'로서의 인간 현존재의 고향적 근거인 '대지'는, "자신 가운데로의 모든 침입을 분쇄하며 모든 주제넘은 계량적 시도를 좌절시켜 버린다."[73] '대지'는 어떤 강압이나 강요로는 자신의 모습을 드러내지 않는다. 이를테면, '돌의 육중함'의 경우, 그 어떤 정밀한 과학적 방법을 동원한다고 하더라도 그것 자체를 파악할 수는 없다. '돌의 육중함'은 그저 계량적 수치로만 옮겨질 뿐이고, 돌의 실제적인 육중함은 달아나 버리고 만다. 색깔도 마찬가지이다. 색깔을 합리적으로 계산하고 측량해서 파동수로 분해할 때 색깔 자체는 곧 사라져 버리고 만다.

'대지'는 그처럼 모든 해명으로부터 자기 스스로를 끊임없이 폐쇄한다. 그러나 '대지'는, 비록 그 본질적 속성상 자기 폐쇄적이긴 하지만, 그렇다고 자신의 모습을 전혀 드러내지 않는 것은 아니다. '대지'도 분명히 나타나기는 한다. 하지만 '대지'는, 단지 나타나기만 하는 것이 아니라, "나타남과 동시에 스스로를 감추어 간직하는 것"과 같은 방식으로 나타난다."[74] 이는 '대지'의 본질적 속성으로서의 은폐에 대한 성격규정이다. '대지'는 다음과 같은 다채로운 방식으로, 즉 아무것에로도 강요되지 않는 지탱함으로서, 무르익은 곡식의 조용한 선사로서, 겨울들판의 휴경지에서의 자기의 거부로서, 고향적인 근거로서, 돌의 묵직함 또는 색조의 빛남으로서 솟아나오고 드러나게 된다.[75]

73) M. 하이데거, 앞의 책, p.56.
74) M. 하이데거, 앞의 책, p.55.
75) F.—W. 폰 헤르만, 이기상 • 강태성 역, 『하이데거의 예술철학』(문예출판사, 1997), pp.271~272.

이처럼 다양한 모습으로 그때그때마다 자신의 모습을 드러내지만, 다중적인 방식으로의 드러남 때문에 '대지'는 동시에 스스로의 본질을 감추는 것이기도 하다. 이와 같이 본질적으로 '자기를 감추는 것'으로서 스스로를 드러내기 때문에, '대지'는 '간직하는 것'으로 있을 수 있는 것이다. 그러한 '대지'란, '세계'의 열려 있음에서부터 거주를 지탱하면서 간직하는 것이며, 그리고 '세계' 위에 출현하는 자연적 존재자를 지탱하면서 간직하는 것이다. '대지'의 개방가능성의 이러한 근본성격에 있어 '대지'는 지치는 법이 없는데, 그러나 마치 인간의 행위처럼 지칠 줄 모르면서 동시에 매우 근면한 것이 아니라, 오히려 '대지'는 근면함 없이 지칠 줄을 모른다.[76] 근면함 없이 지칠 줄 모르는, 지탱하면서 간직함으로서의 '대지' 위에다 인간은 자신의 세계—내—거주를, 다시 말해 자신의 세계—내—존재의 지반을 놓는다.

'세계' 안에 거주한다는 것은, '세계'가 열려 있음 안에 실존함을, 다시 말해 그 스스로도 열려 있음으로써 하나의 '세계'를 발생시킴을 의미한다. 그처럼 스스로를 감추면서 간직하는 '대지'와 함께 스스로를 열어 밝히는 '세계'가, 앞에서 살펴본바 교호적인 상호대립으로서의 투쟁방식으로 통해 건립된다. 따라서 본질적인 의미에서 '시작(詩作)'이란 행위는 인간 현존재와 더불어 주어져 있는 그 무수한 존재자들을 저 폐쇄적인 근거에서 이끌어 올리면서 동시에 그것들을 다시 새롭게 근거 위에 정립하는 것이다.

진리의 '증여함'과 '근거지움'의 이와 같은 설명에서 진리의 '시작(始作)'이라는 의미가 자연스럽게 정초된다. '증여함'과 '근거지움'이

---

76) 여기서 근면함이란 어떤 목적에 따른 봉사를 가리킨다. 그 목적은 국가의 독립처럼 거창한 것일 수도 있고, 개인적인 사소한 것일 수도 있다. 그 어느 경우이건 인간은 그런 목적의 달성을 위해 근면하고 그럼에도 지칠 줄을 모를 수가 있다. 다시 말해, 자기 스스로를 닦달하면서 그런 닦달과 자기 스스로를 견뎌낼 수 있다. 그러나 '대지'는 아무것에로도 강요되지 않은 지탱함이다. '대지'는 어떤 목적 때문에 근면한 것이 아니다. 결국 '대지'가 근면함 없이 지칠 줄을 모른다는 것은, 아무것에도 강요되지 않았음에도 불구하고 지칠 줄을 모른다는 것을 의미한다.

설명되는 과정에서 이미 막연하나마 '새로움'의 계기가 개입했었던 것이다. 하이데거가 말하는 '시작(始作)'은 시원(始原)을 뜻한다. 그러나 그것은 원시적인 것이라는 의미에서의 시초의 성격을 갖지 않는다. 원시적인 것으로서의 시초에는 미래가 없다. 그것은 그저 과거의 고정된 어떤 것에 붙들려 매여 있을 뿐이다. 이에 반해 하이데거가 말하는 시원으로서의 '시작(始作)'은, "언제나 엄청난 것의 드러나지 않은 풍요로움을, 즉 친숙하고 안전하게 여겨졌던 것과의 투쟁을 통한 풍요로움을 지닌다."[77] 언제나 새롭게 다시 이루어지는 진리의 넘쳐 흐르는 '증여'와 '근거지움'을 통해 그때그때마다 새롭고 본질적인 '세계'가 출현한다. 새로운 '세계'의 출현(혹은 발생)으로서의 진리의 '시작(始作)'이 일어날 때면 언제나 역사 가운데 충격이 일어났다. 역사는 충격과 더불어 언제나 다시금 새롭게 시작했다. 여기서 역사는 시간의 선조적 진행과 함께 그저 지나가 버리는 사건들의 시간적 연쇄가 아니다. 하이데거가 말하는 역사는, "한 민족이 그에게 주어진 숙명적 규정으로 나섬(Entruckung)이요, 또한 함께 주어진 그것 가운데로 들어섬(Einruckung)이다."[78]

이상에서 '세계'와 '대지'의 대극적 긴장방식이 바로 '진리의—작품—속으로의—정립'으로서의 예술(시)의 본질이라는 하이데거의 주장과, 진리가 수립되는 세 가지 방식에 관해 살펴보았다. 이제 여기서 검토해야 할 것은, 김수영이 하이데거의 논문에서 개진된 시의 진리의 문제를 어떻게 수용했는가 하는 점이다. 그는 「시여, 침을 뱉어라」의 마지막 단락에서 다음과 같이 말한다.

이 시론도 이제 온몸으로 밀고나갈 수 있는 순간에 와 있다. '막상 詩를

77) M. 하이데거, 앞의 책, p.97.
78) M. 하이데거, 앞의 책, 같은 부분.

논하게 되는 때에도' 시인은 '詩를 쓰듯이 논해야 할 것'이라는 나의 명제의 이행이 여기 있다. 시도 시인도 시작하는 것이다. 나도 여러분도 시작하는 것이다. 자유의 과잉을, 혼돈을 시작하는 것이다. 모기 소리보다도 더 작은 목소리로 시작하는 것이다. 모기소리보다도 더 작은 목소리로 아무도 하지 못한 말을 시작하는 것이다. 아무도 하지 못한 말을. 그것을—[79]

위에서도 볼 수 있듯이, 김수영은 자신의 대표적 시론의 대미(大尾)를 '시작(始作)'이라는 말로 장식하고 있다. 하지만 '아무도 하지 못한 말을' 시작한다는 것이 과연 하이데거의 문맥에 나오는 진리의 수립 방식으로서의 '시작(始作)'과 같은 의미를 가리키는 것일까. 그것들은 단지 우리말의 낱말 발음상의 우연한 일치에 불과한 것은 아닌가. 이러한 의문과 관련하여, 김수영은 「시여, 침을 뱉어라」의 중간 부분에서 이렇게 말한다: "나는 아직까지도 '여직까지 없었던 세계가 펼쳐지는 충격'을 못 주고 있다. 이 시론은 아직 시로서의 충격을 못 주고 있는 것이다." 그는 '여직까지 없었던 세계가 펼쳐지는 충격'에 강조 표시를 하고 있으나, 그 구절 전후에 그와 유사한 혹은 관련한 구절이 없는 것으로 보아 그것은 인용 표시로 보아야 할 것이다. 이는 그가 말하는 '시작'이 하이데거의 문맥의 의미에 지반을 두고 있음을 가리키는 것이다.

본고에서의 앞선 파악에 따르면, 새롭고 본질적인 '세계'를 출현시키는 '시작'이란 언제나 역사 가운데 충격이 일어나게 하는 것이었다; 하이데거가 말하는 역사는, 한 민족이 그에게 주어진 숙명적 규정으로 '나섬'이요, 또한 함께 주어진 그것 가운데로 '들어섬'이었다. 그것은 공동으로 열어 밝혀진 상속된 가능성으로서의 역사적 유산을 전승한다는 의미이다. 하이데거가 말하는 '역사'는 시간의 선조적 진행과 함

79) 전집 2, p.254.

께 그저 지나가 버리는 사건들의 시간적 연쇄가 아니다. '세계'의 근본 속성이 '열어 밝혀지는' 발생이듯이, '역사' 역시 그 근본 속성상 '열어 밝혀짐(발생)'의 성격을 지닌다. '역사'의 그와 같은 근본 속성에 의거한 '역사성'은, 과거의 집적된 유산의 단순한 전승만을 의미하지 않고, 현재의 '열어 밝혀져 있음'과 미래의 '열어 밝혀짐'의 가능성도 함께 두루 포괄한다. 새롭고 진정한 '세계'의 출현으로서의 '시작'이 역사 가운데 충격을 일으키는 것도 '세계'와 '역사'에 근본 속성으로 내재되어 있는 '열어 밝혀짐(발생)'의 성격 때문이다.

김수영이 "여직까지 없었던 세계가 펼쳐지는 충격"을 "시로서의 충격"과 동일시한 것을 보면, 그는 시작(詩作)의 본질로서 진리 수립의 세 가지 방식에 대해 명확히 파악하고 있었다는 것이 확인된다. 위의 인용문에서 그가 "시도 시인도(……) 아무도 하지 못한 말을 시작하는 것이다"라고 했을 때, "아무도 하지 못한 말"은 바로 '진리의 증여'를 가리킨다. 왜냐하면, 이제 비로소 하나의 작품 안에 정립된 '진리(존재의 열어 밝혀짐, 새롭고 본질적인 '세계'의 출현)'는, 전통적인 것이나 이미 드러나 있는 것으로부터는 결코 증명될 수도 연역될 수도 없는 것이기 때문이다. 그것은 어디까지나 새로운 '증여'이자 '근거지움'으로서의 '시작(始作)'이어야 하는 것이다.

그렇다면 위의 인용문에서 그와 같이 '아무도 하지 못한 말'을 '모기소리보다도 더 작은 목소리'로 해야 한다는 것은 무슨 의미일까. 단순히 수사상(修辭上)의 문제로 보아 넘길 수도 있는 문제이지만, 그것은 결코 그렇지가 않다. 단순한 구절에서도 우리는 김수영이 얼마나 하이데거의 문맥을 철저히 파악하고 있었는가를 알게 되는데, '모기소리보다도 더 작은 목소리'는 바로 작품 안에서 진리가 정립되는 모습을 가리킨다. 모기소리보다 더 작은 목소리라면, 그것은 우리가 거의 소리라고 말할 수 없는 어떤 것이다. 그렇다고 그것은 아무런 소리도 없는 진공 상태의 공허나 적막도 아니다. '모기소리'라는 비유가 암시하는 바, 그것은 소리로서는 비록 거의 들리지 않을 정도의 것이지만, 거기에는 급격하고 격렬한 어떤 떨림이나 진동 나아가 어떤 움직임이 잠재돼 있다.

하이데거는 그런 상태를 '고요함'이라고 말한다. 그 '고요함'은 "움직임을 자기 내부에 모으고 있는 고요함, 이를 테면 최고의 움직임으로서의 고요함"이다.[80] 하이데거의 문맥에서 예술작품의 작품 존재는 '세계'와 '대지'의 양극의 긴장, 즉 '세계'와 '대지'의 교호적 상호대립으로서의 '투쟁'을 투쟁화하는 데 있었다. 여기서 '투쟁을 투쟁화한다는 것'은 투쟁이 일회적인 단발의 사건으로 끝나는 것이 아니라 끊임없이 지속되며 격렬해지는 것을 의미한다. 하이데거는 예술작품의 본질로서의 '투쟁의 투쟁화'와 관련하여 "이 투쟁이 최고도에 달하게 되는 것은 단순한 내면성 가운데서이며, 그 속에서 작품의 통일성이 일어난다. 투쟁의 투쟁화는 작품 내부의 움직임을 끊임없이 모은다. 그리고 바로 이러한 투쟁의 내면성 속에 자신 가운데 안식하는 작품의 저 고요함의 본질이 놓여 있다"고 말한다.[81]

김수영이 말하는 '모기소리보다 더 작은 목소리'란, "투쟁의 내면성 속에 자신 가운데 안식하는 작품의 저 고요함의 본질"에 대한 비유이다. 김수영은 이미 1968년 2월에 발표된 「해동(解凍)」이란 짧은 글에서 다음과 같은 진술을 통해 "고요함의 본질"에 대한 이해와 인식을 보여준다: "새싹이 솟고 꽃봉오리가 트는 것도 소리가 없지만, 그보다 더한 침묵의 극치가 해빙의 동작 속에 담겨있다. 몸이 저리도록 반가운 침묵. 그것은 지긋지긋하게 소용한 동삭 속에 사랑을 영위하는, 동작과 침묵이 일치되는 최고의 동작이다. (……)피가 녹는 것이라고 생각

80) M. 하이데거, 앞의 책, p.58.
81) M. 하이데거, 앞의 책, p.59.

해 본다. 얼음이 녹는 것이 아니라 피가 녹는 것이다. 그리고 목욕솥 속의 얼음만이 아닌 한강의 얼음과 바다의 피가 녹는 것을 생각해본다. 그리고 거대한 사랑의 행위의 유일한 방법이 침묵이라고 단정한다."[82] '모기소리보다 더 작은 목소리'는 작품에서 통일성이 일어나는 순간의 비유이기도 하다. 바로 '고요함' 속에서 진리의 '증여'이자 '근거지움'이자 '시작'으로서의 "아무도 하지 못한 말"이 비로소 정립되는 것이다.

이상에서 하이데거의 문맥을 매개로 하여 얻게 된, 시의 본질로서의 고유한 내면성과 통일성에 대한 김수영의 새로운 인식의 내용을 해명해 보았다. 하지만 위에서 검토한 단락 가운데 아직 해명하지 못한 문제가 있다. 그것은 "아무도 하지 못한 말"이 어째서 "자유의 과잉"이나 "혼돈"과 동일한 맥락에 자리잡을 수 있는가 하는 점이다. 그점을 해명하기 위해서 그 이전에 나오는 단락의 문맥들과의 연관을 고려해야만 한다. 우선 김수영은 '혼돈'과 '자유'에 대해 말하기 위해 영국의 시인이자 소설가인 로버트 그레이브즈의 다음과 같은 구절을 자신의 시론의 문맥 안으로 이끌어 들인다.

> 사회생활이 지나치게 주밀하게 조직되어서, 詩人의 존재를 허용하지 않게 되는 날이 오게 되면, 그때는 이미 중대한 일이 모두 종식되는 때이다. 개미나 벌이나, 혹은 흰개미들이라도 지구의 지배권을 물려받는 편이 낫다. 국민들이 그들의 '과격파'를 처형하거나 추방하는 일은 나쁜 일이고, 또한 국민들이 그들의 '보수파'를 처형하거나 추방하는 것은 마찬가지로 나쁜 일

82) 전집 2, pp.96~97.
김수영은 자신의 시작노우트(전집2, p. 301)에서도 그런 침묵에 대해 다음과 같이 말한다: "나의 진정한 비밀은 나의 생명밖에는 없다. 그리고 참말로 죄하고 있는 것은 침묵이다. 이 침묵을 지키기 위해서라면 어떤 희생을 치르어도 좋다." 김수영이 말하는 침묵은, "움직임을 자기 내부에 모으고 있는 고요함, 이를테면 최고의 움직임으로서의 고요함"이라는 하이데거의 문맥에 근거하지 않으면, 그 진의가 제대로 파악될 수 없다.

이다. 하지만, 사람이 고립된 단독의 자신이 되는 자유에 도달할 수 있는 間隙이나 구멍을 사회기구 속에 남겨놓지 않는다는 것은 더욱더 나쁜 일이다—설사 그 사람이 다만 奇人이나 집시나 범죄자나 바보얼간이에 지나지 않는다 하더라도.[83)]

위의 인용문은 현대사회에서의 예술의 상태에 대한 김수영의 이해가 얼마나 첨예하며 철저했는가를 반증해준다. 위에서 "사회생활이 지나치게 주밀하게 조직되어서"란 구절은, 현대 사회가 점점 더 적나라하게 총체적으로 조직되어 관리되는 상태에 이르렀음을 가리킨다. 그런 상태에서는 다른 모든 것들과 마찬가지로 예술도 그 사회가 지정하는 위치에 고정되게 된다. 한 개인의 자유가 정치적 독재에 의해 억압받는 것과 마찬가지로, 총체적으로 관리되는 사회에서는 진정한 창조를 염원하는 예술가의 자유가 억압받게 되는 것이다. 독재 아래에서는, 김수영의 말처럼, '내용'의 자유는 물론이거니와 '형식'의 자유도 인정되지 않는다.[84)] 그와 같이 직접적인 저항의 의사 표명을 하는 것으로서의 '내용'의 자유가 억압되는 사회에서는, 예술 작품을 예술작품으로 만드는 최소한 예술성으로서의 내재적 법칙인 '형식'의 자유도 인정되지 않는 것이다. 그런 '형식'의 고안물들은 일종의 장식품의 운명으로 얽혀 들어간다. 다시 말해 '내용'의 자유를 인정하지 않는 사회에서는 단순한 장식품으로서의 '형식'의 고안물들만을 허용하는 것이다. 그런 맥락에서, "정치적 금기에만 다치지 않는 한, 얼마든지 '새로운' 문학을 할 수 있다는 말을 할 수 있겠는가"라는 김수영의 문제 제기는 현대 사회에서 예술의 상태에 대한 미묘하고도 핵심적인 사안을 건드리고 있는 것이다.[85)] 위에서 그레이브즈는, "사람이 고립된 단독의 자

83) 앞의 책, pp.252~253.
84) 앞의 책, p.252.
85) 앞의 책, 같은 면.

신이 되는 자유에 도달할 수 있는 間隙이나 구멍을 사회기구 속에 남겨 놓지 않는다는 것은 더욱더 나쁜 일이다—설사 그 사람이 다만 奇人이나 집시나 범죄자나 바보얼간이에 지나지 않는다 하더라도"라고 말한다. 그레이브즈의 문맥에 나오는 "奇人이나 집시나 범죄자나 바보얼간이"는, 지나치게 주밀하게 조직된 사회, 즉 총체적으로 관리되는 사회에서는 허용되지 않는 형상이다. 이러한 형상들은, 그토록 주밀하게 조직되었음에도 불구하고 그 사회에 아직 화해되지 않은 면이 있다는 사실을 드러내기 때문이다. 그들은 평범한 사람들이지만 기이한 형상을 지니고 있다. 그처럼 평범한 것의 기이성은 총체적으로 관리되는 사회 속에서 소외된 인간들의 부인되고 묵살된 고통을 대변한다. 김수영은, 그레이브즈의 말을 받아, 기인(奇人)이나 집시나 범죄자나 바보 멍텅구리는 '내용'과 '형식'을 논한 자신의 문맥 속에서 '형식'에 속한다고 말한다. 하나의 예술작품에서 형식이란 단순히 작품의 기교나 기법을 가리키는 것이 아니다. 형식이란, 형상화를 위해 작품에 이끌어 들인 모든 개별적 요인들의 미학적 연관 관계에 대한 총괄 개념이라 할 수 있다. 그처럼 모든 개별적 요인의 미학적 연관 관계인 형식은 예술 작품 속에서 사회적인 관계를 대변하기 때문에, 진정으로 새로운 예술 모두가 원하는 형식의 해방 속에는 무엇보다도 사회적인 해방이 감추어져 있다.[86] 그 때문에 해방된 형식은, 마치 지나치게 주밀하게 조직된 사회에서 기인(奇人)이나 집시나 범죄자나 바보얼간이가 그런 것처럼, 이미 주어져 있는 사회와 현실의 기존 질서에서 역겨운 것으로 여겨지게 되는 것이다. 이와 같이 현대 사회에서 제기되는 예술의 가장 첨예하고도 민감한 문제에 대한 이해를 보여 준 다음 김수영은 '진정한 자유'와 관련한 그레이브즈의 다음 진술을 다시 인용한다.

86) T. W. 아도르노, 『미학이론』(문학과지성사, 1986), p. 394.

그(서방측의 자유세계) 시민들의 대부분은 群居하고, 인습에 사로잡혀있고, 순종하고, 그 때문에 자기의 장래에 대해 책임을 질 것을 싫어하고, 만약에 노예제도가 아직 성행한다면 기꺼이 노예가 되는 것도 싫어하지 않을 정도다. 하지만 종교적 정치적, 知的一致를 시민들에게 강요하지 않는 의미에서, 이 세계가 자유를 보유하는 한 혼란은 허용되어야 한다……[87]

김수영은 위의 인용문에서 "혼란은 허용되어야 한다"는 구절을 특별히 강조한다. 그는 '혼란'을 '자유'와 '사랑'의 동의어로서, 나아가 "문화의 본질적 근원을 발효시키는 누룩의 역할"을 하는 것으로 파악한다. 그리고 그와 같은 역할이 바로 진정한 시의 임무라고까지 말한다. 여기서 말하는 '혼란(혼돈)'은, 이성적인 사회조직을 방해하는 야만 상태를 가리키는 것이 아니라, 사회적 총체성의 독재에 대한 저항의 형상을 가리킨다. 사회적 총체성의 독재라는 지배적인 의식에서 볼 때, 총체적으로 관리되는 억압 상태를 벗어난 다른 상태를 원하는 의식은 경직화된 상태에서 벗어나기 때문에 언제나 무질서하게 여겨지는 것이다. 이제 비로소, 「시여, 침을 뱉어라」의 대미(大尾)를 장식하는 단락에서, 김수영이 어째서 "아무도 하지 못한 말"을 "자유의 과잉"이나 "혼돈"과 동일한 맥락에 놓았는가를 알게 된다. 그 세 가지는 본질상 동일한 의미를 가리켰던 것이다. 본고에서의 앞선 파악에 따르면, 아무도 하지 못한 말을 시작한다는 것은, 진리의 수립을 의미하는 것이었다;진리의 수립은 진리의 넘쳐 흐르는 '증여함'이자 새롭게 '근거지움'이며 '시작(始作)'이었다;새롭고 본질적인 '세계'를 출현시키는 '시작'은, 이미 주어져 있는 세계와 현실의 기존 질서로부터는 연역되거나 증명될 수 없는 것이므로, 언제나 역사 가운데 충격이 일어나게 하는 것이었다;시의 본질로서의 진리의 수립은, 통일성이 일어나는 작

87) 전집 2, p.253.

품 내면의 고요함 속에서 이루어졌었다. 결국 김수영이 새롭게 수립되는 진리로서의 '아무도 하지 못한 말'을 '자유의 과잉'과 '혼돈'이란 말로 부연한 것은, 작품의 고유한 내면성으로의 침잠이 이미 주어져 있는 세계와 현실의 기존 질서를 방치하는 것이 아니라는 점을 강조하기 위함이었을 것이다.

4. 긴장의 시론의 문학사적 의의

이상에서 살펴보았듯이, 김수영은 여러 유형의 대립항들을 자신의 시론으로 이끌어 들인다. 대립항이 이루는 원주(圓周)는 예술의 자율적 본질과 사회적 본질의 첨예한 대립의 문제이다. 시에 대한 그의 생각들이 단편적으로 제시되어 있는 글들에 나오는 그의 진술들에 근거할 때, 그는 그 문제를 오래도록 숙고해왔음을 확인하게 된다. 그토록 오랜 숙고와 고민의 일단을 상당히 정리된 모습으로 보여 준 것이 바로 「생활현실과 시」라는 글이다. 그 글에서 김수영은 '기술자적 발언'·'지사적 발언'·'언어의 서술'·'언어의 작용' 등의 용어를 통해 그 문제를 제기하고 있다. 여기서 '지사적 발언'과 '언어의 서술'은 예술의 사회적 본질을 가리키고, '기술자적 발언'과 '언어의 작용'은 예술의 자율적 본질을 가리킨다. 주지하다시피, 그 문제에 대한 고민은 우리 시문학사에서 김수영에 이르러서야 비로소 촉발된 것이 아니다. 그것은 서구 근대 예술의 성립과 전개 과정에서 끊임없이 제기된 문제이며, 그러한 사정은 우리 근대 시문학사의 성립과 전개에서도 결코 예외적이지 않았다. 다만 김수영에게서 특별한 점은, 그가 서로 긴장 관계에 놓여 있는 그 두 가지 요인을 추상적 이분법의 구도에 머무르게 하지 않고 그것들의 통일성에 대한 해명을 시도하고자 했다는 것이다.

김수영의 대표적 시론인 「시여, 침을 뱉어라」에서 주목되는 것은, 그가 예술의 내용과 형식의 문제를 현실성과 예술성의 문제와 함께 거론하고 있다는 점이다. 그처럼 예술의 내용과 형식만을 말하지 않고, 그것들을 각각 현실성과 예술성에 연결시켜 자신의 시론을 전개해 나가고 있다는 점을 고려할 때, 그가 예술의 사회적 본질과 자율적 본질의 문제에 대한 해명에 관심을 기울이고 있음을 알게 된다. 만일 그가 자신의 시론에서 내용과 형식이라는 개념만을 가지고 작업을 수행했다면, 그것은 그 자체로서 형식적인 범주의 논의 속에 한정되고 말았을 것이다. 김수영은 그 점을 명확히 인식하고 있었고, 자신의 시론의 전개 과정에서 문제 의식을 일관되게 견지했다. 김수영이 시에서 내용과 형식의 문제를 "내용이 반 형식이 반이라는 식으로 도식화해서 생각해서는 아니된다"라고 말했을 때, 그것은 그 문제와 관련한 추상적 이분법을 거부한다는 것을 가리킨다. 김수영의 주장에 따르면, 시에서 내용과 형식을 그와 같이 추상적으로 도식화할 수 없는 이유는 "예술성의 편에서는 하나의 시작품은 자기의 전부이고, 산문의 편, 즉 현실성의 편에서도 하나의 작품은 자기의 전부이"기 때문이라는 것이다. 그 구절에서 김수영이 '현실성'과 '예술성'이라는 용어를 굳이 골라 쓰고 있다는 사실에서도, 그의 의도가 예술의 양면성으로서의 자율성(예술성)과 사회성(현실성)에 대한 해명에 있었음이 확인된다. 사회(혹은 현실)에서 이루어지기를 열망하는 어떤 객관적 실천에 대한 관심은, 김수영의 용어로 표현하면 '언어의 서술'이나 '지사적 발언'이라 할 수 있다. 우리는 그것을 사회적 참여라고 바꾸어 쓸 수도 있을 것이다. 이 경우 참여는, 비록 식섭으로 어떤 조치를 취하는 일에 쉽사리 공감하기는 해도, 단순히 불만스러운 상태를 개선하거나 명시적인 제안을 목표로 하기보다는 그러한 상황의 조건들을 변혁시키려 한다. 그처럼 상황을 변혁시키겠다는 의지와 변혁된 상태에 대한 동경이 작품에 수용되는 경우, 작품이 표명하는 바는 그 자체가 작품에 합당한 소재 내용으로 된다. 그러나 그렇다고 해서 예술 작품이, 다른 그 무엇이 아닌 바로 그것이게 하는 자율적 형식 법칙에서 벗어날 수는 없다. 여기서 형식은 작품에서의 기법이나 기교 혹은 단순히 감각적인 요인만을 의미하지 않는다. 형식은 작품에 수용된 모든 개별적 요인들의 미학적 연관 관계에 대한 총괄 개념이다. 형식 법칙을 벗어나게 되면, 그것은 이미 예술 작품이 아닌 다른 그 어떤 것이 된다. 「생활현실과 시」라는 글에서, "한국의 시인들은 현실도피를 하지 말고 현실을 이기고 일어서라"는 장일우의 주장에 김수영이 적극적으로 동조를 하면서도 이의를 제기하는 것은, 장일우가 예술 작품에서의 그와 같은 내용(현실성)과 형식(예술성)의 긴장 관계를 지나치게 안이하게 생각한다는 점 때문이었다. 다시 말해, 현대의 문제적 상황에 대한 의식 없이는 현대시를 쓸 수 없으므로 시인은 시 쓰기 이전에 그것을 이해할 수 있는 지식인(지사)으로서의 지성을 갖추어야 하지만, 동시에 시인은 시를 쓰는 사람이므로 '언어의 작용'에 투신할 수 있는 기술자로서의 고민도 함께 갖추어야 한다는 것이 시에 대한 김수영의 사유의 핵심이다.[88]

여러 유형을 대립항들을 통하여 김수영이 해명하고자 한 시에서의 '긴장'과 '힘'의 문제는, 1920년대의 '내용과 형식 논쟁'이나 1930년대의 '기교주의 논쟁', 그리고 1960년대의 '순수와 참여 논쟁'의 자장권 안에 포함될 수 있다. 그 논쟁들은 예술의 양면성 속에 잠재하는 예술의 핵심적 본질에 대한 이해에 항상 방해가 되어 왔다. 왜냐하면, 우리 근대문학사에서 그런 논쟁들은 서로 긴장관계를 지니는 두 가지 요인을 단순히 양자택일적인 형태로 제시해 왔기 때문이다. 다시 말해 개별 예술가들에게 그 중에 어느 하나를 선택해야 한다고 강요해 왔던

88) 흔히 김수영의 시론을 우리 참여시의 후진성을 비판한 것으로 파악하는데, 우리의 관점에 볼 때, 그의 시론은 동시에 이른바 우리 순수시의 후진성에 대한 비판이기도 하다.

것이다. 그러나 예술의 본질상 그 양자의 관계는 결코 간단하게 구별할 수 있는 문제도 아니고 고정된 정의를 내릴 수 있는 문제도 아니다. 비록 김수영이 명확한 체계로서 그 문제를 해명하지는 못했다고 하더라도, 시에서 '긴장'의 역학에 대한 나름의 이해를 바탕으로 그 문제에 대한 추상적인 이분법을 넘어서고자 하였다는 점은 충분히 주목되어야 할 것이다.

김수영이 이른바 '참여파'의 논리로써 '예술파(순수파)'의 시를 재단하지 않고 '예술파'의 논리로써 '참여파'의 시를 배제하지 않았던 이유도, '시다운 시' 혹은 '작품다운 작품'이라면 필연적으로 갖추어야 할 시의 본질로서의 '긴장'과 '힘'에 대한 이해와 신념에 있었던 것이다. 본고의 앞절에서 시인이나 작가에게 놓여 있는 '참여'의 두 가지 방향에 대해 언급한 바 있는데, 김수영은 그 두 가지 방향의 참여를 '긴장'의 역학 속에서 함께 포섭하고자 노력하였다. 요컨대, 김수영을 일방적인 의미에서의 참여론자로 규정하려는 시각은 분명히 재고되어야 할 것이다.

Ⅲ. '긴장'과 '힘'의 시적 변용 과정

1. 시쓰기의 기본 전략과 '힘'

김수영이 50년대에 발표한 최초의 작품은 「웃음」이고 그 다음 작품은 「토끼」이다. 그들 작품의 실제 제작 시기는 전자가 1948년이고 후자가 1949년이지만, 그것들은 각각1950년 1월 『신천지』와 1950년 6월 『신경향』을 통해 발표되었다. 50년대의 것으로서 세 번째로 발표된 작품은 1953년 4월 『자유세계』에 게재되었던 「달나라의 장난」이다. 1940년대에 제작되거나 발표된 것으로는 「웃음」과 「토끼」 이외에 「공자의 생활난」을 위시하여 여덟 작품이 있다. 이들 작품들 가운데 가장 활발한 해석적 조명을 받은 것이 바로 「공자의 생활난」이다. 김수영의 시와 관련한 기존의 논의들은 대부분 「공자의 생활난」에 대한 분석을 논의의 출발점으로 삼고 있다. 그 작품 자체는, 나중에 김수영 스스로도 "사화집에 수록하기 위해서 급작스럽게 粗製濫造한 히야까시 같은 작품"이었다면서 "나의 마음의 작품목록으로부터 깨끗이 지워버렸다"

고 술회할 만큼,[1] 결코 주목할 만한 것은 아니다. 하지만 그 작품은 김수영 시의 기본 전략에 관한 시사점을 제공해 준다는 측면에서 살펴볼 필요가 있다.

꽃이 열매의 上部에 피었을 때
너는 줄넘기 作難을 한다

나는 發散한 形象을 求하였으나
그것은 作戰같은 것이기에 어려웁다

국수—伊太利語로는 마카로니라고
먹기 쉬운 것은 나의 叛亂性일까

동무여 이제 나는 바로 보마
事物과 事物의 生理와
事物의 數量과 限度와
事物의 愚昧와 事物의 明晳性을

그리고 나는 죽을 것이다

—「공자의 생활난」 전문

김수영의 시론을 검토한 앞장에서 "작품형성의 과정에서 볼 때는 '의미'를 이루려는 충동과 '의미'를 이루지 않으려는 충동이 서로 강렬하게 충돌하면 충돌할수록 힘있는 작품이 나온다"는 김수영의 진술을 인용한 바 있다. 본고에서는 그 두 가지 충동 혹은 힘은 각각 앨런

1) 전집 2, pp. 227~228.

테잇의 문맥에서의 '엑스텐션(외연)'과 '인텐션(내포)'을 김수영이 자기 나름으로 변용시킨 것으로 파악하였다. 그것들을 김수영의 시론에 나오는 다른 대립항들로 바꾸면 각각 '언어의 서술'과 '언어의 작용'이 된다. 여기서 '언어의 서술'은 의사 소통적 언어 사용을 의미하고, '언어의 작용'은 초현실주의의 '자동기술법(écriture automatque)처럼 의미 전달에 의한 의사 소통을 부정하는 언어사용이다. 김수영은 두 가지 방식의 언어 사용을 자신의 시에서 동시에 포섭한다. 「공자의 생활난」의 경우, 제1연에서 제3연까지는 '언어의 작용' 부분이고, 제4연과 제5연은 '언어의 서술' 부분이다. 다시 말해 전반부는 '의미를 이루지 않으려는 충동'이 작동된 부분이고, 후반부는 '의미를 이루려는 충동'이 작동된 부분이다. 따라서 이 시의 전반부의 구절들을 어떤 산문적인 의미로 치환하려는 시도는 거의 무의미하다. 그 구절들 자체가 의미의 전달을 목표로 한 것이 아니기 때문이다. 의미 전달을 목표로 한 부분은 후반부인데, 거기서 드러나는 것은 화자의 어떤 태도 혹은 의지의 다짐이다. 김수영은 이처럼 하나의 작품 안에 '언어 서술'의 측면과 '언어 작용'의 측면을 동시에 포섭하여 그 양자의 충돌을 통해 '긴장'과 '힘'을 유발시키는 방식을 자신의 시쓰기의 기본 전략으로 삼았다.

위의 작품이 연구자들의 관심을 끈 것은, 종래의 전통적인 시적 관습에 따른 작품들과 비교되는 파격성과, "나는 죽을 것이다"라는 구절이 불러일으키는 묘한 긴장감 때문이었을 것이다. 누구나 죽음에 대해서는 함부로 말할 수 없는 법이다. 그럼에도 마치 일종의 선언처럼 내뱉어진 그 진술이 야기하는 긴장이 작품의 내용에 관심을 갖게 하였던 것이다. 김수영 문학에서 '죽음'의 문제는 본고의 중요한 관심 사항 가운데 하나이긴 하지만, 위의 작품은 별로 신뢰할 만한 작품으로는 보이지 않는다. 작품이란 일정한 내재적 과정의 중단이거나 결과이다.

분석과 해석은 작품의 그런 내재적 과정에 참여함으로써 그 나름의 내재적 과정을 통하여 작품의 진리 내용을 보존하는 것이다. 김수영은 스스로 그 작품에 그러한 내재적 과정이 결여되어 있다고 말하였다. 우리가 이 작품을 신뢰할 수 없는 것도 그 때문이다. "이 작품의 꼼꼼한 분석의 시도는 시인의 의도적인 농락에 말려들어 가는 셈이 되지만 우롱당하면서 상대방의 속셈을 알아보는 것도 유쾌한 전략이 되지 말라는 법은 없다"는 유종호의 주장에도 전혀 일리가 없는 것은 아니나, 그것은 이 작품을 꼭 분석해야 할 필연성으로까지 이어지지는 않는다.[2)]

김수영의 초기시들 가운데 오히려 주목되는 작품은 「달나라의 장난」이다. 이 작품은 김수영이 포로수용소에서 나온 뒤 최초로 발표한 작품이다. 김수영 평전을 쓴 최하림은 여러 가지 정황에 근거하여 김수영이 포로수용소에서 나온 시기를 1952년 12월 초순경으로 보고 있다.[3)] 이 작품이 발표된 것은 1953년 4월이지만, 최하림의 말대로 우리나라의 잡지가 발행 일자보다 실제로는 한 달 내지 보름 먼저 발행되고 수록 원고는 그로부터 한 달 가량 이전에 거두어진다는 사실을 감안하면, 약 2개월 기간 동안 김수영의 생활이 작품으로 수용된 것이 바로 「달나라의 장난」임을 알 수 있다. 여기서 이 작품의 제작 시기와 관련하여 그토록 꼼꼼히 따져보는 이유는, 6·25 기간 동안 의용군으로 끌려가 죽을 고비를 넘기고 포로수용소 생활을 하는 등 나름으로 험난한 고초를 겪고 난 뒤에 씌어진 첫 작품임을 강조하기 위함이다. 사선(死線)을 넘는 고초를 겪고 난 다음에 쓴 작품이라고 해서 그것이 꼭 좋은 작품이 되라는 법은 없다. 그러나 적어도 그런 작품이라면, 거기에는 "사화집에 수록하기 위해서 급작스럽게 粗製濫造한 히야까시 같

2) 전집 별권, p. 244.
3) 최하림, 『김수영』(문학세계사, 1995), pp. 116~118.

은 작품"에서 볼 수 있는 것과 같은 장난기가 개입할 여지는 없다. 거기에는 자연인으로서 혹은 시인으로서 그가 느꼈던 삶과 문학에 관한 어떤 고뇌나 진실 같은 것이 스며들 가능성이 높다. 「공자의 생활난」보다도 「달나라의 장난」을 신뢰하는 이유도 바로 그 점에 있다.

팽이가 돈다
팽이가 돈다
팽이 밑바닥에 끈을 돌려 매이니 이상하고
손가락 사이에 끈을 한끝 잡고 방바닥에 내어던지니
소리없이 회색빛으로 도는 것이
오래 보지 못한 달나라의 장난같다
팽이가 돈다
팽이가 돌면서 나를 울린다
제트機 壁畵밑의 나보다 더 뚱뚱한 주인 앞에서
나는 결코 울어야 할 사람은 아니며
영원히 나 자신을 고쳐가야 할 運命과 死命에 놓여있는 이 밤에
나는 한사코 放心조차 하여서는 아니될 터인데
팽이는 나를 비웃는 듯이 돌고 있다
비행기 프로펠러보다는 팽이가 記憶이 멀고
강한 것보다는 약한 것이 더 많은 나의 착한 마음이기에
팽이는 지금 數千萬年前의 聖人과같이
내 앞에서 돈다
생각하면 서러운 것인데
너도 나도 스스로 도는 힘을 위하여
공통된 그 무엇을 위하여 울어서는 아니된다는 듯이
서서 돌고 있는 것인가

팽이가 돈다

팽이가 돈다

위의 인용 부분은 모두 42행으로 구성된 「달나라의 장난」의 후반부이다. 이 작품은 김수영 시의 특질을 이해하는 데 여러 가지 측면에서 중요한 정보를 제공해 준다. 우선 그 한 가지가 "팽이가 돈다"는 구절의 반복이다. 서양 음악 가운데 심포니의 구조에 비유하자면, 그것은 일종의 주제음과도 같다. 주제음은 작품 전반에서 다양한 변주와 함께 끊임없이 반복된다. 이 작품에서도 그 구절은 도입부로 시작하여 "아이가 팽이를 돌린다"·"지금 팽이가 도는 것을 본다"·" 팽이는 나를 비웃듯이 돌고 있다" 등의 구절로 변주되기도 하고 또 그 자체로서 반복되다가 작품 말미에서 두 번 더 반복된다. 이러한 구조는 김수영의 시 전체에서, 특히 그의 대표작으로 평가되는 작품들에서 그 정도의 차이는 있지만 흔하게 확인된다. 가장 비근한 예가 「눈」(1956)에서 "눈은 살아 있다"라는 구절과 「풀」(1968)에서 "풀이 눕는다"라는 구절이다. 여기서 중요한 것은 구절의 반복 자체가 아니라 그 구절들이 작품 전체에서 갖게 되는 기능과 의미이다. 그것들은 작품의 근본 동기(動機)를 이루는 것이다.

「달나라의 장난」에서도 "팽이가 돈다"는 구절은 작품의 근본 동기이다. 시인은 "제트機 壁畵밑의 나보다 더 뚱뚱한 주인"의 집을 방문한다. 방문의 이유는 작품에 직접 제시되어 있지 않다. 단순한 친교를 위한 방문이었을 수도 있고, 이 작품이 씌어진 시기가 포로수용소에서 풀려난 지 얼마 되지 않은 시점임을 감안하다면, 돈이나 직장 문제와 같은 애로 사항과 관련한 부탁을 위한 방문일 수도 있다. 방문의 이유가 어떤 것이든, 시인은 "주인과의 이야기도 잊어버리고" 그 집 아이가 팽이를 돌리는 모습에 매료된다. 팽이는 "손가락 사이에 끈을 한끝 잡고 방바닥에 내어던지"면, 아니 그렇게 내어던져야 돌게 되어 있는 아이들의 장난감이다. 돌려 주지 않으면 팽이는 스스로 돌지 못한다. 팽이를 생명에 비유한다면, 팽이의 속성이야말로 그것의 운명과 같은 것이라 할 수 있다. 시인의 내면의 어떤 부분을 자극하고, 바로 그 때문에 작품의 근본 동기로 승화된 팽이의 도는 모습은 시인에게 "聖人"과도 같은 모습으로 다가온다. "소리없이 회색빛으로 도는" 팽이의 모습이 시인에게는 마치 "스스로 도는 힘"을 얻기 위해 일순간의 방심도 허용하지 않은 채 무한한 연습을 하고 있는 것처럼 보인 것이다.[4] 팽이의 모습을 통하여, 시인은 스스로 마음에 새겨넣고 있었던 바, "영원히 나 자신을 고쳐가야 할 運命과 使命"을 환기한다. 여기서 우리는 시인이 '운명'과 '사명'을 겹쳐 놓았다는 사실에 주목할 필요가 있다. 운명이란 인간을 지배하는 필연적이고 초월적인 것이다. 거기에는 자아의 자율성이나 능동성이 개입될 여지조차 없다. 사명이란 맡겨진 임무이다. 거기에는 자아의 자율성이나 능동성이 개입된다. 사명이란 자아에게 맡겨진 것이자 자아가 떠맡은 것이기도 하다. 하지만 맡겨지고 떠맡았다고 해서 그것이 무조건 완수되는 것은 아니다. 자아는 그 임무를 수행하기 위해 부단히 이행(履行)해 나가지 않으면 안 된다. 이와 같이 '운명'과 '사명'의 겹쳐짐 속에서 우리는 김수영 문학의 실존지향적 성향을 분명하게 확인하게 된다. 시인은 작품의 말미에서 팽이도 자신도 "스스로 도는 힘을 위하여" 끊임없이 노력해야 할 존재임을 확인하고, 또한 그러할 것을 다짐한다. 스스로 도는 힘의 성취를 위하여 방심조차 하지 않고 부단히 정진하고 이행하는 것, 그것이야말로 김수영의 시의 핵심적 주제이다.

4) 이런 모습은 김수영의 대표작 가운데 하나인 「폭포」에서 훨씬 강화된 형태로 다시 나타난다.

2. '검증의 시학'과 '죽음'

김수영은 1953년 부산에서 선린상고(善隣商高)의 영어 교사 등을 하다가 그 해 겨울 환도하여 주간 『태평양』지에 근무하기도 하며, 1955년에는 평화신문사 문화부 차장으로 6개월 가량 근무하다가 그 해 6월 마포 구수동(舊水洞)에 정착한 다음부터는 번역을 주로 하며 집에서 양계(養鷄)를 하기 시작한다.[5] 그 이후로는 어떤 직장에도 다니지 않고 시작(詩作)과 산문 쓰기 그리고 번역 생활만으로 일관한다. 우리 논의의 관점에서 볼 때, 김수영에게 1950년대는 준비와 모색의 기간이었다. 「달나라의 장난」에서도 확인되다시피, 사선(死線)을 넘는 고초를 겪고 난 뒤에도 김수영은 시작(詩作)이 나아가 문학과 예술이 자신의 '실존'에 결정적이라 할 만큼 중요한 계기임을 자각한 듯하다. 이러한 사정과 관련하여 김수영의 다음과 같은 진술을 살펴볼 필요가 있다.

> 무릇 모든 예술을 지향하는 사람은 허구많은 직업 중에서 유독 예술을 업으로 택한 이유는—자기 나름의 독특한 개성을 살려보기 위해서 독특한 생활방식을 갖지 않을 수 없었기 때문에 시를 쓰고 소설을 쓰고 그림을 그리게 된 것이다. 그리고 독특한 시를 쓰려면 독특한 생활의 방식(즉 인식의 방법)이 선행되어야 하고, 시나 소설을 쓰는 사람들이 문단에 등장하는 방식 역시 이러한 생활의 방식에서 제외될 수 없는 것은 물론이다.[6]

이상의 인용문은, 여러 문예지의 '신인추천' 제도나 일간지의 '신춘문예' 제도가 신인들의 진정한 등용문이 될 수는 없다는 것, 문단에 등단하려는 사람은 자신들이 문학을 선택하게 된 동기가 독특함과 새로

5) 최하림, 앞의 책, pp.116~162.
6) 전집 2, p.145.

움에 있음을 자각하고 그 나름의 독특하고 새로운 등단 방식에 대해 고민해야 한다는 것 등을 피력한 「문단추천제 폐지론」에 나오는 구절이다. 김수영은 위와 같은 발언을 할 만한 충분한 자격이 있었다. 그 스스로 자신이 의도하지 않은 사회적 연관 관계에 연루될 수밖에 없는 직장을 갖지 않은 채, 그만의 '독특한 생활의 방식(즉 인식의 방법)'을 찾기 위해 결단하고 모색했기 때문이다. 그런 맥락에서 1954년 11월 25일자의 일기에 기록된 다음과 같은 내용은 주목할 만한 가치가 있다: "나는 나를 가다듬을 시간이 필요한 것이다! 시간을 나대로의 시간으로 하는 것이 이렇게 어려운 일이다."[7] 이처럼 김수영은 준비와 모색으로 50년대를 보냈다.

준비와 모색의 시간을 그는 '생활'이란 날줄과 '독서'라는 씨줄로 엮어 나갔다. 이 점은 1955년 2월 2일자의 다음과 같은 일기의 구절을 통해서도 확인된다: "독서와 생활과를 혼동하여서는 아니된다. 전자는 받아들이는 것이다. 그러나 후자는 뚫고 나가는 것이다."[8] 김수영의 문학과 독서는 밀접한 관련이 있다.[9] 독서를 통한 서구 문학의 이해는 그가 자기의 문학적 이념을 구체화하고 자기 작품을 점검하는 데 필수적인 것이었다. 그러나 독서 체험만으로 문학이 되는 것은 아니다. 그것을 알았기에 그는 독서를 받아들이는 것으로 규정한 것이다. 문학의 진정한 토양이란 자신의 생활일 수밖에 없다. 김수영의 말에서 흥미로운 사실은 생활을 "뚫고 나가는 것"이라고 규정했다는 점이다. 아마도 그의 욕심으로는 자신의 시간을 진정한 창조를 위한 노력만으로 채워

7) 전집 2, p.78.
8) 전집 2, p.67.
9) 김수영은 그의 「반시론」(1968)에서 이렇게 말하기도 한다: "이제는 애를 써서 책을 읽으려고 하지 않는다. 책을 안 읽는다는 것은 거짓말이지만, 책이 선두가 아니다. 작품이 선두다. 시라는 선취가 없으면 그 뒤에 사색의 행렬이 따르지 않는다. 그러니까 어떤 고생을 하든지간에 시가 나와야 한다. (……)나는 아까 '이제는 애를 써서 책을 읽으려고 하지 않'아도 될 것 같은 말을 했지만, 이것도 결과적으로는 반어가 되고 말았다. 때로는 책도 선두에 세우고 가야 한다. 아직 늙기는 빠르다."

넣고 싶었을 것이다. 그렇지만 그에게는 나날의 삶의 구체적 현장으로서의 생활이 가로놓여 있었다. 그것은 그의 문학적 열정이란 '욕망의 법칙'의 실현을 항상 방해하고 억압하는 냉혹한 '현실법칙'이었다. 동시에 그것은 문학에 대한 그의 열정과 신념까지도 포함한 나날의 삶을 극히 의심스러운 형태로나마 끊임없이 생산하고 재생산하는 토양이기도 하다는 점에서 그가 외면하거나 도피해 버릴 대상이 아니었다. 결국 그가 뚫고 나가야 할 부정적 대상이자 동시에 그렇게 뚫고 나가는 것이 그의 생활이었던 것이다. 그것은 "뚫고 나가는 것"이란 말 그 자체에서 암시되다시피 일종의 행동이기도 했다. 그의 시는 그러한 행동의 진정한 이행 여부를 점검하는 또다른 행동이었다. 이러한 사정을 가리켜 그가 1961년 6월 14일에 쓴 「詩作 노우트」에서 "行動을 위한 밑받침. 행동까지의 運算이며 상승. 한 편의 詩가 완성될 때, 그때는 7할의 고민과 3割의 詩의 총화가 행동이다"라고 하거나 "들어맞지 않던 행동의 열쇠가 열릴 때 나의 詩는 완료되고 나의 詩가 끝나는 순간은 행동의 계시를 완료한 순간이다"라고 한 것은 단순한 멋부림이나 포우즈가 아니었다.[10)]

김수영에게 50년대는 준비와 모색의 기간이었다는 관점에서 볼 때, 김수영에게는 50년대 시를 관통하는 시작(詩作)상의 어떤 원리가 있었다. 그것은 50년대에 씌어진 그의 시 대부분에 적용되는 형상화의 원리로서 그것을 '검증의 시학'이라 부를 수 있다. '검증의 시학'은 그에게는 일종의 일기 쓰기의 원리와도 같은 것이었다. 거의 예외없이 그의 시에 '나'가 붙박혀 있는 것도, 그의 시들이 어떤 단일한 주제로 용이하게 포섭되지 않는 것도, 일기 쓰기의 시적 변용에서 파생된 것들이다. 요컨대 그의 시는, 일기의 산문적 진술의 직접성과 명징한 설명

10) 전집 2, p.99.
이 '시작노트'는 1961년에 씌어진 것이다. 하지만 50년대부터 그 시점까지 이어진 시작 체험의 정리란 점에서, 우리 논의의 이 부분에 인용되어도 크게 문제가 되지 않을 것이다.

성이 시의 형태로의 압축 과정에서 배제돼 버리고, 일기 내용의 중심 매듭점인 질책 · 반성 · 다짐 · 격려 등이 감정과 긴장이 실린 극적(劇的) 담화로 표출된 것이라 할 수 있다. 아래의 작품을 살펴보기로 하자.

> 기운을 주라 더 기운을 주라
> 江바람은 소리도 고웁다
> 기운을 주라 더 기운을 주라
> 달리아가 움직이지 않게
> 기운을 주라 더 기운을 주라
> 무성하는 채소밭가에서
> 기운을 주라 더 기운을 주라
> 돌아오는 채소밭가에서
> 기운을 주라 더 기운을 주라
> 바람이 너를 마시기 전에
>
> —「채소밭 가에서」 전문

김수영의 많은 시가 그렇듯이 이 시도 역시 난해하다. "기운을 주라 더 기운을 주라"란 말이 작품에서 무려 다섯 번이나 반복되고 있는데, 도대체 누가 누구에게 왜 그런 말을 하는지 얼른 납득되지 않는다.[11] 이 시에서 "기운을 주라"는 말은 김수영이 자기 자신에게 그 나름의 어떤 목표에 더 가까이 접근하기 위해 하는 말이다:시원한 강바람이 불어오는 채소밭 옆에서 무성하게 자란 채소들의 싱그러움을 보고 마치 그것이 자신의 내부에서 자라나고 있는 정신의 모습 같아서 스스로를

---

11) 이 시에서 짝수 행의 구절들은, 김수영의 시쓰기의 기본 전략 가운데 '언어의 작용', 즉 무의미부에 속하고, 홀수 행의 구절들은 '언어의 서술', 즉 의미부에 속한다.

격려하고 독려하기 위해 한 말인 것이다.

「채소밭 가에서」(1957. 12)라는 시를 통하여 김수영의 시 쓰기가 어째서 일기 쓰기와 유사한 성격을 보이는가를 살펴보았다. 그 점을 확인하지 않고 그의 시를 접할 때, 「구슬픈 肉體」(1954) 「나비의 무덤」(1955) 「여름 아침」(1956) 등의 작품에 나오는 다음 구절들이 갖는 강렬성과 밀도를 온전히 파악할 수 없게 된다.

> 지나간 생활을 지나간 벗같이 여기고
> 해 지자 헤어진 구슬픈 벗같이 여기고
> 잊어버린 생활을 위하여 불을 켜서는 아니될 것이지만
> 天使같이 천사같이 흘려버릴 것이지만
>
> 아아 아아 아아
> 불은 켜지고
> 나는 쉴사이 없이 가야 하는 몸이기에
> 구슬픈 肉體여
>
> —「구슬픈 肉體」 끝 두 연

> 나비야 나비야 더러운 나비야
> 네가 죽어서 지분을 남기듯이
> 내가 죽은 뒤에는
> 고독의 명맥을 남기지 않으려고
> 나는 이다지도 주야를 무릅쓰고 애를 쓰고 있단다
>
> —「나비의 무덤」 끝연

> 물을 뜨러 나온 아내의 얼굴은

어느틈에 저렇게 검어졌는지 모르나
차차 시골동리사람들의 얼굴을 닮아간다
뜨거워질 햇살이 산 위를 걸어내려온다
가장 아름다운 利己的인 時間 우에서
나는 나의 검게 타야할 精神을 생각하며
區別을 容赦하지 않는
밭고랑 사이를 무겁게 걸어간다

—「여름 아침」 제2연

어쩌면 그는 시를 쓰면서 아예 가상의 화자(話者)와 청자(聽者)를 설정하지 않으려 했는지도 모른다.[12] 그의 시는 그만큼 이기적인 것이었고, 그만큼 자기 참조적 성격이 강한 것이었다. 바꾸어 말하면, '진정한 힘'의 성취라는 필생의 뚜렷한 목표를 두고 그것의 실현(혹은 그가 즐겨 쓰는 말로 '이행')을 위해 자신을 질책하고 격려하는 "가장 아름다운 利己的인 時間 우에서"의 정신적 고투의 산물이 바로 그의 시였다. 일기 쓰기의 시적 변용을 통하여 자기에로의 침잠을 감행한 것이 그의 시이기 때문에 섣불리 어떤 막연한 보편성에 기대어 그의 시를 보려는 태도는 그의 시를 제대로 이해하는 데 방해가 된다. 그의 대표작 가운데 하나인 「폭포」(1957)를 보자.

瀑布는 곧은 絶壁을 무서운 기색도 없이 떨어진다

規定할 수 없는 물결이

12) 김수영의 시의 '화자'와 관련한 언급은 다음의 논의들을 참조하라.
김주연, 「교양주의의 붕괴와 언어의 범속화」, 전집 별권, p.270.
이종대, 『김수영 시의 모더니즘 연구』, 동국대 박사논문, 1993, p.71.
김혜순, 『김수영 시 연구:담론의 특성 연구』, 건국대 박사논문, 1993, p.164.

무엇을 向하여 떨어진다는 意味도 없이
季節과 晝夜를 가리지 않고
高邁한 精神처럼 쉴사이 없이 떨어진다

金盞花도 人家도 보이지 않는 밤이 되면
瀑布는 곧은 소리를 내며 떨어진다

곧은 소리는 소리이다
곧은 소리는 곧은
소리를 부른다

번개와 같이 떨어지는 물방울은
醉할 瞬間조차 마음에 주지 않고
懶惰와 安定을 뒤집어놓은 듯이
높이도 幅도 없이
떨어진다

김수영 자신은 이 시를 가리켜 '懶惰와 安定을 배격한 시'라 규정하였다. 사실 이 시에 대해서는 그것 말고 다른 설명은 불필요하다. 그의 말대로 「폭포」는 그가 자신의 '나타와 안정'을 배격하기 위해 쓴 것이다. 이 시의 구절구절을 분석하여 따지는 것은 그의 말을 확인하는 것에 불과할 뿐이다. 여기서 이 시를 인용한 것은 작품 그 자체를 해석하기 위함이 아니다. "가장 아름다운 利己的인 시간 우에서" 자기가 진정으로 '생활을 뚫고 나가는 생활'을 제대로 이행했는가를 점검하는 그의 시 쓰기의 어떤 특질을 밝혀 보려는 것이 이 시를 인용한 의도이다. 「폭포」에서 배격된 "나타와 안정"은 김수영만의 그것이 아니라 모든 인간의 그것이기도 하다. 시인 자신은 애초에 인간의 "나타와 안정"을 배격한 것이 아니라 자기의 그것을 배격했었다. 그러한 자기에로의 철저한 침잠이 오히려 보편성을 획득한 것이다. 이 점은 분명히 강조돼야만 한다. 그렇다고 그 점을 지나치게 확대하거나 과장해서도 안 된다. 자기에로의 침잠을 철저하고도 치열하게 수행했다는 점에서 그의 시가 갖는 의의는 분명히 인정될 수 있으나, 대개의 경우 그의 시는 작품 그 자체로 볼 때 보편성의 구현이라는 측면이 상대적으로 미흡하다. 앞에서 그의 시를 가리켜 '검증의 시학'이라 말한 이유도 거기에 있다. 요컨대 그의 시는 "횃불로 검은 물속을 비춰가며 고기를 잡는 배가 證言처럼 다가오고"(「말」)란 구절에서의 배처럼 검은 '생활의 허위'를 비춰가며, 자기도 모르는 사이에 닮아 버린 그 허위를 찾아내기 위한 검증의 시다.

김수영 시에서 자주 등장하는 문제 가운데 하나는 죽음이다. 죽음은 모든 예술의 영원한 주제라는 점에서 김수영이 그 문제에 관심을 가졌다고 해서 크게 특별한 것은 없다. 하지만 김수영의 시에서 드러나는 죽음에 대한 관심은 매우 독특한 측면을 보여준다.[13] 그 점과 관련하여 「병풍」(1956)이라는 작품을 살펴보기로 하자.

> 屛風은 무엇에서부터라도 나를 끊어준다
> 등지고 있는 얼굴이여
> 주검에 醉한 사람처럼 멋없이 서서
> 屛風은 무엇을 向하여서도 無關心하다
> 주검에 全面같은 너의 얼굴 우에

---

13) 김수영 문학에서 '죽음'의 문제에 관심을 보인 논의로는 다음과 같은 것들이 있다.
최유찬, 「시와 자유와 '죽음':김수영론」, 『연세어문학』 제18집, 1985. 12, pp.83~104.
김종철, 「시적 진리와 시적 성취」, 전집 별권, pp.82~101.
염무웅, 「김수영론」, 전집 별권, pp.139~165.

龍이 있고 落日이 있다
무엇보다도 먼저 끊어야 할 것이 설움이라고 하면서
屛風은 虛僞의 높이보다도 더 높은 곳에
飛瀑을 놓고 幽島를 점지한다
가장 어려운 곳에 놓여있는 屛風은
내 앞에 주검을 가지고 주검을 막고 있다
나는 屛風을 바라보고
달은 나의 등뒤에서 屛風의 主人 六七翁海士의 印章을 비추어주는 것이었다

—「병풍」 전문

이 작품은 『현대문학』 1956년 2월호에 발표되었던 것으로 발표 당시 조지훈(趙芝薰)으로부터 "시 「병풍」은 2월의 수작(秀作)일 뿐 아니라 충분히 모더니즘으로서의 위치도 확보한 작품이었다. 그가 환도 후 시험하는 방법은 몇 편의 가작(佳作)을 보여주었거니와 이러한 방법은 바야흐로 그 자신도 힘을 얻고 있지만 한때의 방법으로 동호자의 지지를 받을 만하다"는 평가를 받았다.[14] 조지훈은 이 작품에 대한 평가와 관련하여 7행에서 11행까지 인용한 다음 "이 다섯 줄은 가위 절창"이라고 극찬한다.[15] 하지만 그는 자신의 평가의 근거는 제시하지 않는다. 여기서 이 작품에 대한 조지훈의 평가를 소개하는 이유는, 이 작품이 김수영의 대표작 가운데 하나로 꼽히는 동시에 부정적인 의미에서 김수영의 시의 난해성을 드러내는 가장 비근한 예로 꼽히기도 한다는 점

14) 조지훈, 『조지훈 전집 3:문학론』(나남출판, 1996), p.183.
본문의 인용 부분에서 조지훈이 말하는 이러한 방법이란 "외부에 있는 대상이 감성적으로 주는 바 표현으로부터 그 내부를 파악하는 과정"으로서의 해석학적 방법이다. 조지훈은, 김수영이 딜타이나 하이데거류의 철학에 의식적으로 근거하지는 않았지만 대상의 내적 파악에 대한 해석학적 방법을 그의 작시법(作詩法)으로 활용하고 있다고 주장한다(조지훈, 앞의 책, pp.190～192. 참조).
15) 조지훈, 앞의 책, 같은 면.

때문이다.[16] 김수영은 이 작품과 관련하여 "죽음을 노래한 시"라고 언급한 바 있는데,[17] 작품의 핵심을 포착하지 못하면 시인 자신의 언급도 작품 이해에 별다른 도움을 주지 않는다. 이 작품을 가장 먼저 분석해 본 연구자인 염무웅은 작품의 구절들을 뿔뿔이 해체해 놓은 다음 이렇게 말한다: "내 딴에는 상당히 철저하게 따져 본 셈이다. 그런데도 이 분석들이 나에게는 김수영 본인의 '죽음을 노래한 시' 라는 단 한 마디의 결정적인 요약이 갖는 명징성에 멀리 미치지 못하는 것으로 느껴지며, 따라서 작품 자체는 여전히 내 손에 잡히지 않았다는 허전함이 남아 있다."[18] 사실 이 작품은 피상적인 관찰로부터는 '그것이 무엇인 바 어떻게' 로서의 본질을 스스로 은폐한다. 특히 염무웅처럼 김수영 시의 난해성을 부정적인 의미에서 문제적으로 보는 선입견으로부터는 더더욱 그렇다. 이 작품에 다가갈 수 있는 결정적인 징검다리를 놓은 사람은 황동규이다. 그의 다음과 같은 언급은 사태의 핵심을 간파한 것으로 보아도 무방하다: "김수영이 이 시에 대하여 '죽음' 을 언급한 것은 이 시 이해를 위한 하나의 힌트를 주었다고 생각할 수가 있는 것이다. 즉 이 작품에 나타나는 병풍은 일반적인 병풍으로 이해하면 힘들고 빈소에 쳐놓은, 따라서 '죽음을 가지고 죽음을 막고 있는' 병풍임을 알리는 암시로 받아들일 수 있는 것이다."[19] 황동규는 이 작품의 핵심을 장악하고 있는 셈이다. 이 작품에서 '병풍' 은 바로 죽은 이의 빈소에 쳐놓은 것이기 때문이다. 황동규가 제시한 해석의 단서를 근거로 하여 사태의 본질에 걸맞는 해석을 시도한 것이 김기중의 논의이다. 그의 해석에서 가장 탁월하고 결정적인 부분은 다음의 인용문 안에 들어 있다.

16) 염무웅, 「김수영론」, 전집 별권, p.150.
17) 전집 2, p.230.
18) 전집 별권, p.150.
19) 앞의 책, p.18.

이와 같이 빈소에서의 병풍체험은 화자로 하여금 죽음 앞에 선 삶의 문제에 관한 명상으로 이끌고 가지만 다른 한편으로는 그것이 죽음의 한계상황과 관련되는 예술의 의미에 관한 질문과도 관련됨을 알 수 있다. 그것은 마지막 행인 "달은 나의 등 뒤에서 屛風의 主人 六七翁海士의 印章을 비추어 주는 것이었다"의 시행에서 넌지시 암시된다. "主人"의 어사는 병풍 뒤에 놓인 주검이 병풍의 임자일 수 있음을 짐작게 한다. "六七"이 나이를 뜻한다면 그것은 죽은 이의 향년이며 "海士"는 "幽島"와 관련되면서 바닷가에서 산 선비 혹은 바다를 좋아했던 선비적 심성의 인물이겠기 때문이다.[20)]

병풍의 임자가 죽은 이라는 해석이 바로 우리가 가장 탁월하고 결정적이라고 말한 부분이다. 작품의 문맥으로 보아 그것을 좀더 구체적으로 말하자면, 병풍에 들어 있는 예술 작품으로서의 그림의 창작자가 바로 죽은 이인 셈이다. 그의 해석은 이 작품의 본질을 파악하는 데 더없이 중요하다. 그런데 김기중은, 이 작품의 제10행과 제11행에 걸쳐 있는 "가장 어려운 곳에 놓여 있는 屛風은/내 앞에 주검을 가지고 주검을 막고 있다"라는 구절의 해석과 관련하여 "일상 속에서 바람을 막는 도구에 불과하던 병풍은 지금 '주검을 가지고 주검을 막고 있다.' 산 자와 죽은 자, 삶과 죽음 사이에 그 가장 '어려운' 곳에 놓여 둘 사이를 차단하고 있는 병풍이란 이제 단순한 일상적 도구가 아니라 존재론적 깊이를 가지는 대상이 되는데 '무엇에서부터라도 나를 끊어준다'의 4행은 이러한 존재론적 깊이를 지니는 병풍에 대한 화자의 내적 체험을 드러내고 있다"고 말한다.[21)] 병풍이 가장 어려운 곳에 놓여 있는 것은 사실이다. 하지만 병풍은 산 자와 죽은 자, 삶과 죽음 사이에 놓여 있으면서 그 둘 사이를 단순히 차단하고 있기 때문에 가장 어려운 곳에

---

20) 김기중, 「윤리적 밀도와 시의 밀도」, 『세계의문학』 1992년 겨울호, p.351.
21) 김기중, 앞의 책, p.350.

놓여 있는 것이 아니다. 시인은 정확히 "屛風은/내 앞에 서서 주검을 가지고 주검을 막고 있다"라고 말한다. 그 구절 자체에 근거할 때, 병풍이 시인(산 자)과 죽은 자 사이에 놓여 있는 것은 사실이지만, 병풍이 막고 있는 대상의 내용은 그와는 성격이 전혀 다르다. 병풍은 주검을 가지고 주검을 막고 있다. 이는 하나의 주검이 다른 주검을 막고 있다는 것을 뜻한다. 그렇다면 서로 다른 두 주검이란 각각 무엇을 가리키는 것일까. "가지고"라는 어절이 시사하는 바, 하나의 주검은 바로 병풍 안에 들어 있는 예술 작품으로서의 그림을 가리킨다. 그 그림은 "屛風의 主人 六七翁海士"가 그린 것임은 물론이다. 두 주검 가운데 다른 하나는 그 그림의 창작자인 "六七翁海士" 바로 그 자신의 주검이다. 이제 비로소 조지훈이 이 작품을 7행에서 11행까지 인용한 다음 "이 다섯 줄은 가위 절창"이라고 극찬한 이유를 이해하게 된다. 지훈은 이 작품에 대한 해석을 제시하지는 않았지만 그 핵심을 파악하고 있었던 것이다. 예술가의 죽음은, 단순한 생물학적 종말로서의 죽음과는 그 본질상 성격이 다르다. 생물학적 죽음은 그저 더러운 사체(주검)만을 남길 뿐이다. 이에 비해 예술가는 두 가지 주검을 남긴다. 하나의 주검은 자신의 부패해 버릴 몸뚱이다. 그러나 그가 남긴 예술 작품은 다르다. 아니 다를 가능성을 지닌다. 말없는 예술 작품은 일종의 주검과 같은 것일 수도 있지만 그것이 이루어진 내재적 과정에 진정으로 참여함으로써 그것의 진리 내용을 보존하는 보존자를 통해 되살아날 수 있는 것이다. 바로 그런 의미에서 그 주검은 곧 부패해 버릴 몸뚱이로서의 주검을 막을 수 있는 것이다. 작품이라고 해서 모든 것이 다 그 창작자의 생물학적 종말로서의 죽음을 막을 수 있는 것은 아니다. 김수영의 말을 빌려 표현하자면, '진정한 힘'을 갖춘 작품만이 그렇게 할 수 있을 것이다. 이 작품에서 김수영은 예술 작품의 도약 가능성을 통하여 이루어질 수 있는 존재 자체의 도약 가능성을 엿보고 있는 셈이다.

김수영에게 50년대는 중단 없는 전진과 후퇴의 연속이었다. 그 기간 동안 그는 자신에 대한 격려와 질타와 다짐과 자학과 반성으로 보냈다. 그 과정에서 그는 「봄 밤」(1957)과 같은 절제의 의지를 노래한 시를 쓰기도 한다.

애타도록 마음에 서둘지 말라
강물 위에 떨어진 불빛처럼
赫赫한 業績을 바라지 말라
개가 울리고 종이 들리고 달이 떠도
너는 조금도 당황하지 말라
술에서 깨어난 무거운 몸이여
오오 봄이여

한없이 풀어지는 피곤한 마음에도
너는 결코 서둘지 말라
너의 꿈이 달의 行路와 비슷한 回轉을 하더라도
개가 울고 종이 들리고
기적소리가 과연 슬프다 하더라도
너는 결코 서둘지 말라
서둘지 말라 나의 빛이여
오오 人生이여

災殃과 不幸과 格鬪와 靑春과 千萬人의 生活과
그러한 모든 것이 보이는 밤
눈을 뜨지 않은 땅 속의 벌레같이
아둔하고 가난한 마음은 서둘지 말라

애타도록 마음에 서둘지 말라
節制여
나의 귀여운 아들이여
오오 나의 靈感이여

—「봄 밤」 전문

이 시는 굳이 어떤 세세한 분석을 필요로 하는 작품은 아니다. 김수영은, 1955년에 쓴 산문에서, "고독이나 절망도 마음대로 되는 것이 아니다. 고독이나 절망이 용납되지 않는 생활이라도 그것이 오늘의 내가 처하고 있는 현실이라면 조용히 받아들이는 것이 오히려 순수하고 남자다운 일이라고 생각한다"고 말한 바 있다.[22] 이 작품은 바로 그와 같은 진술의 연장선상에서 읽힌다. 앞에 인용한 구절에서 김수영은 '생활'의 문제를 말하고 있는데, 이 시에서는 "눈을 뜨지 않은 땅 속의 벌레같이/아둔하고 가난한 마음"이라는 구절에서 볼 수 있듯이 자신의 내부의 문제에 대해서도 언급한다. 「병풍」을 분석하면서, 김수영은 예술 작품의 도약 가능성을 통하여 이루어질 수 있는 존재 자체의 도약 가능성을 엿보고 있다는 말을 하였다;도약을 가능하게 하는 것은 김수영이 의도하는 바 '진정한 힘'을 갖춘 작품일 것이라고 언급하였다. '진정한 힘'의 시적 성취라는 거의 절대적인 목표에 비추어 볼 때, 그에게서 정신의 집중과 여유를 앗아가는, 경제적 곤궁과 같은 일상생활의 문제나 우리 사회의 후진성과 같은 문제는 그에게 여러 가지 측면에서 커다란 부담으로 작용했을 것이다. 위의 시는 그와 같이 시인의 안팎의 문제로부터 야기되는 절망감이나 초조감 속에서 균형을 잡으려는 절제의 의지를 노래한 작품이라 할 수 있을 것이다.

22) 전집 2, p.24.

3. '피로'와 '무력감'의 원인

김수영이 「봄 밤」을 발표한 것은 1957년 12월이다. 그 해에 발표된 작품이 「영롱한 목표」 「폭포」 「눈」 「서시」 「광야」 등 김수영 시 전체 수준에서 비교적 상위에 속하는 것들임을 볼 때, 1957년은 50년대의 김수영에게 그렇게 절망적인 시기는 아니었던 것 같다. 그런데 김수영은, 1958년에는, 한 해에 보통 12편 내외의 작품을 발표하는 그의 평균적인 생산력에 크게 못미치는 6편의 작품만을 내놓고 있을 뿐이다. 물론, 1959년에는 14편의 작품을 내놓아 작품 제작 편수의 평균 수준을 되찾긴 한다. 여기서 지적하는 것은 작품 편수의 문제 그 자체가 아니라 1957년 이후로 김수영이 모종의 무력감에 빠진다는 사실이다. 「동맥」(冬麥, 1958)이라는 작품에서는,

> 내 몸은 아파서
> 태양에 비틀거린다
> 내몸은 아파서
> 태양에 비틀거린다

라고 말하는가 하면, 「달 밤」(1959)에서는 심지어 이렇게 말하기까지 한다.

> 언제부터인지 잠을 빨리 자는 습관이 생겼다
> 밤거리를 방황할 필요가 없고
> 착잡한 머리에 책을 집어들 필요가 없고
> 마지막으로 夢想을 거듭하기도 피곤해진 밤에는
> 시골에 사는 나는—

달밝은 밤을
언제부터인지 잠을 빨리 자는 습관이 생겼다

이제 꿈을 다시 꿀 필요가 없게 되었나보다
나는 커단 서른아홉살의 중턱에 서서
서슴지않고 꿈을 버린다

피로를 알게 되는 것은 과연 슬픈 일이다
밤이여 밤이여 피로한 밤이여

—「달 밤」 전문

앞에서 살펴본 「채소밭 가에서」나 「폭포」와 비교할 때, 이 작품에서는 시인의 무력감이 쉽사리 확인된다. 시인은 "이제 꿈을 다시 꿀 필요가 없게 되었나보다/나는 커단 서른아홉살의 중턱에 서서/서슴지않고 꿈을 버린다"라고 말한다. '꿈' 이라는 말은 워낙 그 내포가 광범위한 것이어서 그 의미에 대해 함부로 추론할 수는 없다. 하지만 김수영 시 전체의 맥락에 근거하여 그것을 죽음조차 디디고 일어설 수 있는 '진정한 힘' 의 시적 성취와 관련지어 생각해 볼 수는 있을 것이다. 그렇다면 그는 왜 "서슴지않고" 그 꿈을 버리려는 것일까. 시인은 '피로' 때문이라고 말한다. 김수영이 같은 해에 쓴 「싸리꽃 핀 벌판」이란 시에서도 "나는 왜 이다지도 疲勞에 집착하고 있는가"라고 말하는 것으로 보아, 어쩌면 이 시 역시 자신이 "꿈을 버린다"는 사실을 말하려는 것이 아니라 자신이 피로하다는 사실을 말하려는 것인지도 모른다. 하지만 김수영은 자신의 피로의 원인에 대해서는 작품 자체에서 아무런 정보도 제시해 놓지 않았다. 여기서 우리가 1957년 이후의 작품에서 두드러지게 확인되는 김수영의 무력감과 피로에 집착하는 데에는 이유가 있다. 그것은 그 점에 관심을 갖지 않으면 60년대에 진입한 이후 김수영의 시적 변모를 제대로 추적할 수 없기 때문이다. 김수영의 피로의 원인은 1959년에 씌어진 다음과 같은 작품에서 어느 정도 시사를 받을 수 있다.

……活字는 반짝거리면서 하늘아래에서
간간이
자유를 말하는데
나의 靈은 죽어있는 것이 아니냐

벗이여
그대의 말을 고개숙이고 듣는 것이
그대는 마음에 들지 않겠지
마음에 들지 않어라

모두다 마음에 들지 않어라
이 黃昏도 저 돌벽아래 雜草도
담장의 푸른 페인트빛도
저 고요함도 이 고요함도

그대의 正義도 우리들의 纖細도
行動이 죽음에서 나오는
이 욕된 郊外에서는
어제도 오늘도 내일도 마음에 들지 않어라

그대는 반짝거리면서 하늘아래에서

간간이

자유를 말하는데

우스워라 나의 靈은 죽어있는 것이 아니냐

—「死靈」 전문

앞에서 살펴본 「봄 밤」과 마찬가지로 이 시는 김수영의 시에만 국한하더라도 그렇게 성공한 작품이라고는 볼 수 없을 것이다. 그럼에도 굳이 전문을 인용하여 살펴 보는 것은, 50년에서 60년대로 진입하는 과정에서 드러나는 그의 시적 변모를 검토하는 데 이들 두 작품이 매우 중요하기 때문이다. 시인은 "모두다 마음에 들지 않어라/이 黃昏도 저 돌벽아래 雜草도/담장의 푸른 페인트빛도/저 고요함도 이 고요함도"라고 말한다. 시인의 그런 진술은 그가 1960년대에 쓴 산문의 다음과 같은 구절을 환기시킨다.

(……)4월혁명 후의 1년간은 자유는 급제를 했지만 시인들은 여전히 처참한 낙제를 했다. 만약에 그당시에 한국의 기성시인들의 작품이 아름다워 보였다면 그에 못지않게 삼류신문사에 투고돼온 지방의 무명청년들의 시도 아름다웠다. 아니 시뿐만이 아니라 그렇게 추악하게 보였던 한국의 풀떨기와 돌들까지도 아름다워 보였다.[23]

위의 인용문을 통하여 우리는 시인이 "이 黃昏도 저 돌벽아래 雜草도/담장의 푸른 페인트빛도/저 고요함도 이 고요함도" 모두다 마음에 들지 않는다고 한 이유를 알게 된다. 그것은 그것들이 "추악하게 보였던" 까닭이다. 추악함의 원인은 당시의 정치적 악과 관련한 시대적 상황에 있음은 물론이다. 김수영이 피로와 무력감에 빠지는 시점 이후의 당시

23) 전집 2, p. 125.

정치적 상황을 요약해 보면, 1958년에는 조봉암을 제거하려는 진보당 간첩사건(이 사건으로 조봉암은 1958년 10월 25일 사형이 언도 집행된다)과 보안법 제정이 있었고, 1959년에는 『경향신문』 폐간 등 정권 수호를 위한 반민주적이며 반민족적인 불법 사건들이 줄을 이어 벌어졌으며, 특히 1960년 정부통령 선거에서는 자신의 러닝메이트로 출마한 이기붕을 당선시키기 위해 전행정조직을 총동원하여 미증유의 부정선거를 치르기에 이르렀다. 김수영이 위의 시에서 "……活字는 반짝거리면서 하늘아래에서/간간이/자유를 말하는데/나의 靈은 죽어있는 것이 아니냐"라고 말하는 것으로 보아, 그는 당시의 정치적 악과 관련한 시대적 상황에 아무런 시적·이론적·실천적 응전을 하지 못하고 있는 자신을 자책하고 혐오했던 듯하다. 그런 사정이 김수영 개인에게만 국한된 것은 결코 아니었지만, 그 강도 면에서 김수영은 좀더 특별했던 것으로 보인다.

Ⅳ. '진정한 힘'의 모색과 시적 전환

1. 4·19와 '힘'의 가치

4·19와 김수영 문학과의 관계에 대해서는 이미 기존의 논의에서도 충분히 언급되었다. 그럼에도 우리의 논의에서 항목을 따로 마련하여 그 문제에 대해 거론하는 것은 아무래도 그것이 김수영 문학을 이해하는 데에는 더없이 중요하다고 판단했기 때문이다. 그렇다면 김수영에게 4·19가 어떤 의미로 다가왔는가 하는 점을 매우 극명하게 보여주는 다음 인용문을 보기로 하자.

> 형. 나는 형이 지금 얼마큼 변했는지 모르지만 역시 나의 머리 속에 있는 형은 누구보다도 시를 잘 알고 있는 형이오. 나는 아직까지도 '시를 안다는 것보다 더 큰 재산을 모르오. 시를 안다는 것은 전부를 아는 것이기 때문이오. 그렇지 않소? 그러니까 우리들끼리라면 '통일' 같은 것은 아무 문젯거리가 되지 않을 것이오. 사실 4·19 때 나는 하늘과 땅 사이에서 '통일'을 느

꼈소. 이 '느꼈다' 는 것은 정말 느껴본 일이 없는 사람이라면 그 위대성을 모를 것이오. 그때는 정말 '남' 도 '북' 도 없고 '미국' 도 '소련' 도 아무 두려울 것이 없습디다. 하늘과 땅 사이가 온통 '자유독립' 그것뿐입디다. 헐벗고 굶주린 사람들이 그처럼 아름다워 보일 수가 있습디까! 나의 온몸에는 티끌만한 허위도 없습디다. 그러니까 나의 몸은 전부가 바로 '주장' 입니다. '자유' 입니다……[24]

위의 인용문은 해방 후 월북한 시인 김병욱(金秉旭)에 보내는 편지 형식으로 김수영이 쓴 글에 나오는 구절이다. 그 글은 4·19 직후 간행되었던 진보계 신문 『민족일보』에 부분적으로 삭제된 채 게재된 바 있는데, 내용상의 문제로 민음사판 전집에서는 제외되었기 때문에 기존의 논의에서는 그다지 주목되지 않아 왔다.[25] 김수영은 위의 인용문에 바로 이어지는 단락에서는 "以南은 '4월' 을 계기로 해서 다시 태어났고 그는 아직까지 灼熱하고 있소. 맹렬히 치열하게 작열하고 있소"라고 말한다. 말 그대로 4·19는 김수영을 새빨갛게 달구었다. 위의 인용문에서도 '작열' 의 열기가 도처에서 느껴지는데, 우리에게 주목되는 것은 "시를 안다는 것은 전부를 아는 것"이란 구절이며 반복되는 '통일' 이라는 낱말이다. 김수영은 위의 인용문 앞에 나오는 단락에서는 "그래도 지난 십년 동안 내 자신이 생각해도 용하다고 생각하리만큼 나는 현실에 굴복하지 않고 내 자신만은 지켜왔고 지금 역시 그렇소. 그러니까 작품의 好惡는 고사하고 내 자신을 잃지 않고 왔다는 것만으로 나는 형의 후한 점수를 받을 것 같은데 어떠할지?"라고 말한다. 1950년대 김수영의 시를 검토하면서 우리는 그가 자신의 삶을 도약시킬 수 있는 가능성의 근거로서 문학을 생각했었다는 점을 살펴보았다.

24) 김수영, 「저 하늘이 열릴 때」, 『세계의 문학』 1993년 여름호, p.213.
25) 앞의 책, p. 211.

그에게 문학은 속악한 현실로부터 자신을 지키고 더 나아가 그 현실을 이기게 할 수 있는 또 하나의 가능 근거였음을 우리는 위의 인용 구절에서 파악할 수 있다. "시를 안다는 것은 전부를 아는 것"이라는 김수영의 발언이 우리의 판단을 보증해 준다. '통일'이라는 낱말 역시 정치적인 맥락에서만 이해해서는 안 된다. 위의 인용문에서는 물론이거니와 그의 다른 글에서도 김수영이 자주 '통일'에 관해 말하는 것은 다음과 같은 이유 때문이다.

> 시고 소설이고 평론이고 모든 창작활동은 감정과 꿈을 다루는 것이다. 그리고 이 감정과 꿈은 현실상의 척도나 규범을 넘어선 것이다. 말하자면 현실상으로는 38선이 있지만 감정이나 꿈에 있어서는 38선이란 타부는 문제가 되지 않는다. 그런데도 불구하고 우리들은 이 너무나 초보적인 창작활동의 원칙을 올바르게 이행해보지 못했다. 다시 말하자면 우리는 문학을 해본 일이 없고 우리나라에서는 과거 십수년 동안 문학작품이 없었다고 나는 감히 말하고 싶다.[26]

위에서도 확인되듯이 김수영이 말하는 '통일'은, 현실상의 척도나 규범을 넘어선 꿈의 다른 표현이다. 꿈은 현실상의 척도나 규범을 넘어선 것이기에 이미 주어져 있는 기존의 것으로부터는 연역될 수도 추론될 수도 없으며, 또한 바로 그 때문에 이미 주어진 세계와 현실의 기존 질서에 충격을 가할 수 있는 것이다. 김수영이 「반시론」에서 "우리 시단의 참여시의 후진성은, 이미 가슴 속에서 통일된 남북의 통일선언을 소리높이 외치지 못하는 데에 있다. 이것은 우리 참여시의 종점이 아니라 시발점이다"라고 말한 것이나,[27] 앞서 살펴본 신동엽의 「껍데

26) 전집 2, pp.129~130.
27) 전집 2, pp.265~264.

기는 가라」를 그토록 극찬한 것도 꿈의 본질에 대한 인식과 신념 때문이었다.[28] 앞에서 4·19가 김수영을 작열시켰다고 말했는데, 바꾸어 말하면 4·19가 김수영의 신념으로서의 꿈의 본질을 작열시켰다고 할 수 있다.

이상에서 4·19와 김수영의 관계에 대해 살펴보았다. 그처럼 4·19는 김수영에게 중요한 도약의 계기가 되었지만, 그렇다고 그런 도약과 함께 시적 성취 그 자체에서 어떤 도약을 이룬 것은 아니었다. 4·19 이후 그가 맨 처음 쓴 시는 「우선 그 놈의 사진을 떼어서 밑씻개로 하자」(1960. 4. 26)이고, 다음으로 쓴 시는 '4·19 殉國學徒慰靈祭에 붙이는 노래' 라는 부제를 붙인 「기도」(1960. 5. 18)이다.

우선 그놈의 사진을 떼어서 밑씻개로 하자
그 지긋지긋한 놈의 사진을 떼어서
조용히 개굴창에 넣고 어제와 결별하자
그놈의 동상이 선 곳에는
民主主義의 첫 기둥을 세우고
쓰러진 성스러운 學生들의 雄壯한
紀念塔을 세우자
아아 어서어서 썩어빠진 어제와 결별하자

—「우선 그놈의 사진을 떼어서 밑씻개로 하자」 1연

詩를 쓰는 마음으로
꽃을 꺾는 마음으로
자는 아이의 고운 숨소리를 듣는 마음으로

28) 앞에서 우리는 김수영이 신동엽의 그 시를 그토록 극찬하면서도 그의 작품에서 전반적으로 느껴지는 쇼비니즘의 경향을 경계했다고 지적한 바 있다. 그것은 바로 그 시가 '남북의 통일' 을 시발점이 아닌 종점으로 설정하고 있다는 점에 대한 비판이었던 것이다.

죽은 옛 戀人을 찾는 마음으로
잊어버린 길을 다시 찾은 반가운 마음으로
우리는 우리가 찾은 革命을 마지막까지 이룩하자

—「기도」 끝연

위의 인용 부분에서도 확인되듯이 1960년대 초기에 씌어진 김수영 시의 대부분은, 그의 용어를 빌려와 규정하자면, '언어의 작용'이나 '기술자적 발언'의 측면보다도 '언어의 서술'과 '지사적 발언'의 측면을 상대적으로 강하게 보여준다. 그런 측면의 강화가 시의 품격 자체를 떨어트리는 요인이 될 수는 없지만, 4·19 직후에 쓴 김수영의 시들은 그의 시들에만 국한시켜 놓고 보아도 진정한 시적 성취의 면에서는 어떤 두드러진 성과를 이루지는 못한 것으로 판단된다. 하지만 4·19는 김수영 시의 내재적 전개 과정에서는 매우 중요한 계기가 되었다. 특히 1960년 9월 13일자의 다음과 같은 일기 구절은, 50년대 후반에 씌어진 그의 시들에서 발견되는 '피로'와 '무력감'을 감안할 때, 4·19가 그에게 어떤 기능을 하였는가 하는 점을 보다 분명하게 시사해 준다.

힘이 생긴다. 힘이 생길수록 시계 속처럼 규격이 째인 나의 머리와 생활은 점점 정밀하여만 간다. 그것은 동시에 나의 생활만이 아니기 때문에 널리 세상사람들을 고려에 넣어 보아도 그 시계는 더 정밀해진다. 진정한 힘이란 이런 것인가보다. 오 창조.

일하자. 일하자. 두말 말고 일하자.
어서 어서 일하자. 아포리넬의
교훈처럼 개미처럼 일하자.
일하자. 일하자. 일하자. 민첩하
게 민첩하게 일하자.[29)]

만약 김수영에게 4·19와의 만남이 없었다면 그는 자신의 '피로'와 '무력감'에서 영영 벗어나지 못했을 것이다. 그만큼 4·19는 김수영 문학에서 매우 중요한 매개 요인으로 작용했다. 다른 그 무엇보다도 그에게 필생의 주제였던 실존적·시적 목표로서 '진정한 힘'의 추구에 대한 열정을 환기시켰다는 점에서 그랬다. 그런 맥락에서 위의 인용문에 나오는 "그것은 동시에 나의 생활만이 아니기 때문에 널리 세상사람들을 고려에 넣어 보아도 그 시계는 더 정밀해진다. 진정한 힘이란 이런 것인가보다"라는 구절의 의미를 확인하는 일은 우리의 논의에서는 매우 중요한 절차가 된다. 여기서 '진정한 힘'은 우리의 논의에서는 매우 친숙한 구절인데, 그것이 '나의 생활'과의 관련만이 아니라 동시에 '세상사람들'의 관련을 포함한 자각을 통하여 재인식되고 있다는 점이 중요하다. "널리 세상사람들을 고려에 넣"는다는 것은, 바로 위에서 우리가 이미 언급했다시피, 자신이 속해 있는 세계의 역사현실성을 자신에게 떠맡겨진 것으로 받아들인다는 것을 의미한다. 김수영은 그런 떠맡음 속에서 '진정한 힘'의 가치에 대해 생각한다. 김수영 시의 내부 동력원은 '힘에의 의지'라고 말할 수 있다. 김수영에게 '힘에의 의지'는 아직 어떤 힘을 갖추지 못한 자가 힘을 갖기를 원하는 단순한 낭만적인 바람이나 열망을 의미하지 않는다. 김수영에게 '힘에의 의지'는 시인으로서 그의 근본경험을 드러내 준다. 그렇다면 김수영에게 '힘'이란 무엇일까. 그것은 그것 자체의 증대 혹은 고양인 한에서만 '힘'일 수 있다. '힘'의 운동에서 어떤 단계가 목표로 설정되고 나면, 그 특정한 단계에 머무르자마자 그 '힘'은 이미 무력하게 된다. 따라서 그때그때마다 도달된 단계를 초월할 경우에만—자기 자신을 초월하고 자신을 고양할 경우에만—스스로를 더욱 강력하게 할 경우에만 그것은

29) 전집 2, p.338.

'진정한 힘'이 된다. 그와 같이 끊임없이 자신을 강화하는 것으로서, 다시 말해 하나의 지속적인 생성으로서 작동될 때만 그것은 비로소 그 본질적인 가치를 갖는다. 이미 그 이전부터 퇴색하고 변질되던 4·19 정신이 1961년 5월 16일에 일어난 군부 쿠데타 이후 거의 고사(枯死) 지경에 이르는 현실을 고통스러워하면서, 김수영은 약 3개월 동안 「여편네의 방에 와서」(1961. 6. 3)를 비롯한 9편의 '新歸去來' 연작을 쏟아내는데, 그 가운데 여덟 번째 작품인 「누이의 방」(1961. 8. 17)은 김수영 문학에서 '힘의 가치'라는 문제와 관련하여 매우 많은 것을 시사해준다.

> 똘배가 개울가에 자라는
> 숲속에선
> 누이의 방도 장마가 가시면 익어가는가
> 허나
> 人生의 장마의
> 추녀끝 물방울소리가
> 아직도 메아리를 가져오지 못하는
> 八月의 밤에
> 너의 방은 너무 정돈되어 있더라
> 이런 밤에
> 나는 서울의 얼치기 洋館 속에서
> 골치를 앓는 여편네의 댓가지 빽 속에
> 조약돌이 들어있는
> 空間의 偶然에 놀란다
> 누이야
> 너의 방은 언제나

너무도 정돈되어 있다
입을 다문 채
흰실에 매어달려 있는 여주알의 곰보
창문 앞에
安置해놓은 당호박
平面을 사랑하는
코스모스
역시 平面을 사랑하는
킴 노박의 사진과
國內小說冊들……
이런것들이 정돈될 가치가 있는 것들인가
누이야
이런것들이 정돈될 가치가 있는 것들인가

—「누이의 방」 전문

이 시에서, 시인이 어째서 "서울의 얼치기 洋館 속에서/골치를 앓는 여편네의 댓가지 빽 속에/조약돌이 들어있는/空間의 偶然에 놀란다" 라고 말하는지는 알 수 없다.[30] 하지만 시인이 이 작품을 통하여 말하고자 하는 바의 핵심은 파악할 수 있다. 시인은 '창문 앞에 안치해 놓은 당호박' 과 '코스모스' 와 '킴 노박의 사진' 과 '국내소설책들' 이 정돈할 만한 가치가 있는 물건들이냐고 묻는다. 작품에서 시인은 '안치' 라는 말과 '정돈' 이라는 말을 골라 쓰고 있다. 어떤 것들을 안전한 장소에 보관하거나 가지런히 정돈하는 것은 그것들이 가치가 있다고 판단하기 때문이다. 그런 것들은 특별한 가치를 지니고 있다는 의미에서 하나의 '재화(財貨)' 라고 말할 수 있다. 이 경우 '가치' 란 단순히 금전

30) 이 구절 역시 김수영 시의 기본 전략 가운데 '언어의 작용' 에 해당하는 부분이다.

적인 것만을 가리키지는 않는다. 결코 비싸지 않은 물건이라고 하더라고 거기에 어떤 소중한 추억이 담겨 있는 경우엔 그것이 가치가 있다고 말하고, 진정한 예술가의 예술혼이 담겨 있는 훌륭한 예술 작품도 가치가 있다고 말하며, 더 나아가 한 민족의 자유나 독립도 가치가 있다고 말하기 때문이다. 이처럼 가치는 중요한 것으로서 평가하는 것, 긴요한 것, 더 나아가 궁극적으로 문제가 되는 것을 의미한다. 가치란 중요한 것이다. 중요한 것만이 가치를 지닐 수 있다. 따라서 가치는 어떤 것이 과연 중요한 것인가 그렇지 않은 것인가 하는 판단을 요구한다.

위의 시에서 시인이 묻고 있는 것도 바로 판단의 타당성 여부이다. 하지만 무엇을 근거로 어떤 것이 지닌 가치의 타당성을 판단할 수 있는가. 어떤 가치가 타당하다거나 혹은 타당성을 갖는다라고 말하는 것은 그것이 어떤 영역에서 하나의 척도로서 기능한다는 것을 의미한다. 여기서 '척도' 라는 말이 시사하듯이 어떤 것의 가치는 그 자체의 본질 속에 그 근거와 목표를 두고 있다. 만일 인생에 허무를 느낀 한 청년이 '인생이란 무가치한 것' 이라고 말했을 때, 그것은 삶이 그에게 하나의 궁극적인 근거와 목표로서 의미를 상실했다는 것을 가리킨다. 시인은 위에서 '누이의 방' 에 안치되고 정돈된 것들이 과연 가치가 있는 것들이냐고 묻는다. 시인의 질문은 하나의 물음이자 동시에 대답이기도 하다. 시인이 보기에 그런 것들은 안치되고 정돈되어야 할 아무런 가치를 지니고 있지 못하다. 그것들은 그 본질로서의 근거와 목표에 비추어 볼 때 그 자체로서 아무런 가치를 지니고 있지 못하기 때문이다. 위의 작품의 핵심인바, '가치가 있는 것들인가' 라는 시인의 물음은 60년대에 씌어진 그의 많은 시들에서 정도의 차이는 있지만 지속적으로 울려 퍼진다. 심지어 그의 마지막 작품인 「풀」 바로 전에 쓴 「의자가 많아서 걸린다」(1968. 4. 23)라는 작품에서도 다음과 같이 반복된다.

의자가 많아서 걸린다 테이블도 많으면 걸린다
걸린다 테이블 밑에 가로질러놓은
엮음대가 걸리고 테이블 위에 놓은
美製 磁器스탠드가 울린다

마루에 가도 마찬가지다 피아노 옆에 놓은
찬장이 울린다 유리문이 울리고 그 속에
넣어둔 노리다께 반상세트와 글라스가
울린다 이따금씩 강건너의 대포소리가

날 때도 울리지만 싱겁게 걸어갈 때
울리고 돌아서 걸어갈 때 울리고
의자와 의자 사이로 비집고 갈 때
울리고 코 풀 수건을 찾으러 갈 때

三八線을 돌아오듯 테이블을 돌아갈 때
걸리고 울리고 일어나도 걸리고
앉아도 걸리고 항상 일어서야 하고 항상
앉아야 한다 피로하지 않으면
울린다 詩를 쓰다 말고 코를 풀다 말고
테이블 밑에 신경이 가고 탱크가 지나가는
沿道의 음악을 들어야 한다 피로하지
않으면 울린다 가만히 있어도 울린다

〔…중략…〕

닿고 닿아지고 걸리고 걸려지고
모서리뿐인 形式뿐인 格式뿐인
官廳을 우리집은 닮아가고 있다
鐵條網을 우리집은 닮아가고 있다

바닥 없는 집이 되고 있다 소리만
남은 집이 되고 있다 모서리만 남은
돌음길만 남은 難澁한 집으로
기꺼이 기꺼이 변해가고 있다

—「의자가 많아서 걸린다」 1, 2, 3, 4, 5, 8, 9연

위의 시에서는 60년대 김수영 시의 전반적인 특질 가운데 하나인 '요설'과 '반어'를 통한 '야유'와 '풍자'를 확인할 수 있다. 김수영 시의 그 같은 특질은 이미 기존의 논의에서 수없이 반복해서 언급된 사항이므로 굳이 여기서 재론할 필요는 없을 것이다. 이 작품에서 주목해야 할 것은 '소음'이다. 테이블 위에 놓은 '美製 磁器스탠드'와 피아노 옆에 놓은 찬장 안에 넣어 둔 '노리다께 반상세트와 글라스'가 내는 소음. 이 작품 가득히 소음들이 울려 퍼지고 또 울려 퍼진다. 이 '소음'은, 그가 자신의 '시작 노우트'에서 "나의 시 속에 饒舌이 있다고들 한다. 내가 소음을 들을 때 소음을 죽이려고 요설을 한다고 생각해주기 바란다"라고 말할 만큼,[31] 60년대 김수영 시의 중요한 소재 가운데 하나이다. 여기서 소음에 관심을 갖는 것은 소음 자체가 중요하기 때문이 아니다. 작품에서 울려 퍼지는 무수한 '시끄러운 소리'들과 그 소음을 수용하기 위해 시인이 지껄이는 수다스런 말들의 배후에서 울려 퍼지는 또 하나의 소리, 즉 그런 것들이 과연 가치가 있는가라는 시인의

31) 전집 2, p.307.

물음이 바로 우리의 관심사다. 김수영이 말하는 '소음'은 단순히 소리 그 자체만을 가리키지 않는다. "「엔카운터誌」 중의 소음은 '모밀국수'를 먹는 '매춘부 젊은애들'이나 '식모'와 '가정교사'의 얘기뿐만이 아니다. 가장 귀에 거슬리는 소음은 '시간의 인식만이 빛난다'의 '시간의 인식' 같은 말이다"라는 김수영의 진술에서도 확인되듯이, 그것들은 가치에 관한 시인의 물음을 견뎌내지 못한 무가치한 것들을 가리킨다. 그렇듯 60년대 씌어진 김수영 시를 관통하는 것은, 「누이의 방」을 검토하면서 우리가 확인한 시인의 물음, 즉 '그런 것들이 과연 가치가 있는 것들인가'이다.

그렇다면 김수영에게 가치가 있는 것은 무엇이었는가. 그것은 바로 '힘', 다시 말해 '진정한 힘'이었다. 김수영은 '하나의 지속적인 생성'으로 작동되는 '힘' 이외의 것은 그 무엇도 가치있고 귀중한 것으로서 인정하지 않았다. 자신의 생활과 다른 사람의 생활, 그리고 자신의 작품과 다른 사람의 작품의 가치를 판단하는 근거로서 그는 언제나 '힘'을 염두에 두었다. 그처럼 김수영에게서 모든 가치 정립은 '힘에의 의지'로부터 출발하고 그 자신과 그 자신이 바라보거나 관계를 맺는 그 모든 것들에 대한 가치 평가의 척도를 부여하면서 '힘에의 의지'로 돌아간다. 그런 맥락에서 60년대 김수영의 시는 '진정한 힘'을 성취하기 위한 '자기초월운동'의 부단한 이행(履行)이자 그런 이행을 방해하는 무가치한 것들과의 정신적 격투라고 말할 수 있다.

이상에서 4·19와 김수영의 관계를 비롯하여 김수영 문학의 핵심 주제인 '진정한 힘'의 가치에 대해 살펴보았다. 4·19는 김수영에게 다른 그 무엇보다도 자신의 문학의 근원동력인 '신성한 힘'의 가치에 대해 다시 한번 자각하게 하고 확인하게 해주었다는 점에서 큰 의미가 있었다. 60년대 씌어진 그의 시와 산문은, 그의 문학에 내재하는 '진정한 힘'의 "자기초월운동"에 지반을 두고 있는바, "자기초월운동"의 부단한 이행(履行)이자 이행을 방해하는 무가치한 것들과의 정신적 격투라고 말할 수 있다. 이제 절을 달리하여 그런 격투의 흔적들을 살펴볼 필요가 있다.

2. '극적 구상성'과 '대결'

60년대에 이르러서도 김수영은 '검증의 시학'을 지속적으로 관철시켜 나갔지만 50년대의 그러한 시 쓰기의 원리를 무반성적으로 답습한 것은 아니었다. 그는 그것을 자신의 독특한 스타일로 새롭게 구축하는 가운데 작품의 극적 구상성(具象性)을 강화함으로써 50년대의 관념성과 모호함을 극복하고 있다. 50년대에 씌어진 시들의 대부분은 그 내용상의 매듭점인 질책·반성·다짐·격려 등의 목소리만이 지나치게 두드러지고 그것의 계기가 된 상황은 모호하게 처리돼 있었다. 이에 비해 60년대의 시들은, 자기도 모르는 사이에 세상의 허위를 닮아 있는 '나'를 발견하게 된 상황 그 자체를 극화(劇化)하고 있다. 이러한 구상성이나 극화와 관련하여 김수영의 다음과 같은 진술을 살펴볼 필요가 있다.

나는 오랫동안 英詩에서는 피터 비어레크(Peter Viereck)하고, 불란서 시인에서는 쥴 슈뻬삐엘(Jules Superville)을 좋아한 일이 있었다. 두 시인이 다 얼마간 연극성을 지니고 있는 것이 나를 매료한 원인이 되었을지도 모른다. 이 연극성이란 무엇인가? 읽으면 우선 재미가 있다. 좋은 시로 읽어서 재미없는 시가 어디 있겠는가마는, 그들의 작품에는 판도라의 상자를 열어보는 것같은 속된 호기심을 선동하는 데가 있단 말이다. 이것이 작시법상의 하나의 풍자로 되어 있는지는 몰라도 하여간 나는 이 요염한 연극성이

좋았다. 또하나는 그들의 구상성이다. 말하자면—연극에는 으레히 구상성이 따르게 마련이지만—말라르메의 invisibility나 추상적인 술어의 나열같은 것이 일절 자취를 감추고 있는 것이 마음에 들었다. '로맨티시즘' 에 대한 극도의 혐오가 이런 형식으로 나타났는지는 몰라도 그 당시에는 나는 발레리에게도 그다지 마음이 가지 않았다.[32)]

위의 인용문은 1961년 9월 18일에 쓴 것으로 되어 있는 「새로움의 모색」의 모두(冒頭)에 나오는 부분이다. 그 글이 씌어진 시점을 감안한다면, 그가 비어렉과 슈페르비엘의 이른바 연극성을 지닌 시를 좋아한 것은 50년대의 일이다. 위의 인용문에 이어지는 단락들에서 김수영은 두 시인의 '연극성' 과 '구상성' 에 비판을 가하면서 그런 것들을 넘어선 어떤 '새로움의 모색' 에 대해 언급하고 있다. 실제로 김수영은 60년대 내내 '연극성' 과 '구상성' 의 극복 문제를 놓고 고심하지만, 그의 시에서 그런 성향이 말끔히 제거된 것은 아니었다. 오히려 60년대 씌어진 많은 시들은 '연극성' 과 '구상성' 에서 비롯되는 '야유' 와 '풍자' 를 기반으로 하고 있다. 양계를 도와주는 청년의 급료 인상 요구를 들어주지 않기 위해 제시하는 양계 수지타산 보고(「만용에게」, 1962. 10. 25), 자기 아이의 과외공부 현장에서 만난 어떤 학부모에 대한 야유(「여자」, 1963. 6. 2), 비오는 거리에서 그것도 40명 가량의 취객들이 바라보는 앞에서 벌어진 부부싸움(「罪와 罰」, 1963. 10), 자기보다 더 가난하고 훨씬 무거운 짐을 진 것으로 보이는데도 자기보다 더 여유가 있어 보이는 동네 사람과 함께 산보를 하면서 느끼는 자괴감(「강가에서」, 1964. 4. 7), 신문배달하는 아이들의 임무 교체를 위해 함께 온 신문지국장과의 말다툼(「제임스 띵」, 1965. 1. 14), 자기 집에 공부하러 오는, 그래서 자신의 일(시 쓰기나 번역 등)을 적잖이 방해하는 국민하교 6학년 동네 꼬

32) 전집 2, p.167.

마 아이와 벌이는 신경전(「잔인의 초」, 1965. 10. 9), 번역하는 친구를 옆에 놓고 생색을 내기 위해서 잡지 편집자와 전화하는 내용(「電話이야기」, 1966. 6. 14), 집에 들어왔던 도둑이 남긴 흔적을 놓고 벌어지는 가족들의 행동에 대한 풍자(「도적」, 1966. 8.) 등 60년대에 씌어진 많은 시들에서 김수영은 스스로 연출이 되어 작품 안에 연극적 상황을 설정하고 자신도 몸소 주요 등장인물로 등장한다. 위에서 김수영은 연극성이 작시법상의 하나의 풍자로 되어 있는지는 모른다고 말하는데, 그처럼 "요염한 연극성"을 지닌 그의 시들에서는 강한 풍자와 야유가 동반된다. 그는 작품에 설정된 연극적 상황 안에 포섭된 모든 인물들의 생각과 행동을 풍자하고 야유한다. 그리고 야유와 풍자의 이면에는, 우리가 「누이의 방」을 검토하면서 언급한바, '과연 가치가 있는가' 라는 시인의 근본 물음이 깔려 있다. 그 점과 관련하여 「도적」이라는 작품을 살펴보기로 하자.

돈에 치를 떠는 여편네도 도적이 들어왔다는
말에는 놀라지 않는다
그놈은 우리집 광에 있는 철사를 노리고 있다
싯가 七백원가량의 새 철사뭉치는 우리집의
양심의 가책이다
우리가 도적질을 한 것은 아니지만 우리가
훔친 거나 다름없다 아니 그보다도 더 나쁘다
앞에 二층집이 신축을 하고 담을 두르고
가시철망을 칠 때 우리도 그 철망을 치던
일꾼을 본 일이 있다
그 일꾼이 우리집 마당에다 그놈을 팽개
쳤다 그것을 그놈이 일이 끝나고나서

가져갈 작정이었다 막걸리값으로 하려고
했는지 아침쌀을 팔려고 했는지 아마
그정도일 거라 그것을 그놈이 가져
가기 전에 우리가 발견했다
이 횡재물이 지금 우리집 뜰아래 광에
들어있다

나는 도적이 이 철사의 반환을 꾀하고 있다고
생각한다 우리집 건넌방의 캐비네트를
노리고 있다고는 생각되지 않는다 아마
그럴지도 모르지만
나는 광문에 못을 쳐놓았다
그 이튿날 여편네와 식모가 하는 말을 들어보니
철사뭉치는 벌써 지하실에 도피시켜 놓은 모양이었다
도적은 간밤에는 사그러진 담장쪽이 아닌
우리집의 의젓한 벽돌기둥의 정문 앞을
새벽녘에 거닐었다고 한다
시험공부를 하느라고 밤을 새는 큰아이놈의
말이다 필시 그럴거라

—「도적」 2, 3연

이 시에 등장하는 모든 인물들은 제목 그대로 모두 '도적'이다. 시인의 집 마당에 슬쩍 철사를 던져 놓은 인부도, 자기의 것이 아닌 것을 지키려고 광문에 못을 치는 시인도, 더욱 잽싸게 지하실에 도피시켜 놓게 한 시인의 아내도, 주인의 말이라고 무조건 따른 식모도, '도적'이 아니었을지도 모르는 사람을 부모의 말만 듣고 도적이라고 생각한 시인의 큰아들도, 담장에 철조망을 두르는 이층집 주인도 모두가 다 도적이다. 그들은 김수영이 즐겨 쓰는 말로 모두 '양심'을 저버린 죄의 공모관계에 연루돼 있다. 어쩌면 그 '철사' 조차도 많은 사람의 탐심을 유발했다는 점에서 그러한 죄의 공모관계에 연루돼 있을 것이다. 여기서 주목해야 할 점은 '죄의 공모관계'에 관한 것이다. 보편적으로 사회에 의해 매개된 세계에서는 이 세계에서 이루어지는 죄의 연관관계의 외부에 위치하는 것은 아무것도 없다. 문명이나 사회가 내 바깥에 있거나 내가 그 바깥에 있는 것이 아니라, 그것의 한가운데에 내가 있고 그것이 내 한가운데 있다. 문명이나 사회에 죄가 있다면 동시에 내게도 죄가 있게 된다. 김수영은 그 점을 명확히 인식했다. 그래서 그러한 것들을 비판할 때에, 그는 죄의 연관관계의 외부에서 하지 않고 자기도 그 죄에 연루된 일종의 '공범 증인'으로서 그렇게 한다. 이 점과 관련해서, 흔히 김수영에서 비롯된 것으로 파악되는 시의 범속화 문제를 살펴볼 필요가 있다.[33] 그가 작품에 범속성이란 요인을 끌어들인 이유는, 세상의 허위에 감염된 범속성을 굴욕적으로 수락한 데 있지 않다. 그의 진정한 의도는 오히려 그런 것들에 대한 거부와 저항에 있었다. 그는 세상의 허위와 대립되는 진지한 어떤 것을 찾기 위해, 그리고 그것을 단순히 형식적이거나 소재적인 것에서 찾지 않고 허위의 추악한 내용과의 대립에서 이끌어 내기 위해 작품에 적극적으로 범속성이란 계기를 이끌어들였던 것이다.

이상에서 살펴본 '연극성'과 '구상성'은, 그가 시의 본질에 속하는 것이라고 말한 '대결의식'과 함께 60년대에 씌어진 김수영 시의 두 가지 기본 축을 이룬다. 김수영이 말하는 '대결의식'의 문제를 살펴보기로 하자.

---

33) 김주연, 「교양주의의 붕괴와 언어의 범속화」, 전집 별권, pp.260~276.

한번 잔인해봐라
이 문이 열리거든 아무 소리도 하지 말아봐라
태연히 조그맣게 인사 대꾸만 해두어봐라
마루바닥에서 하든지 마당에서 하든지
하다가 가든지 공부를 하든지 무얼 하든지
말도 걸지 말고— 저놈은 내가 말을 걸줄 알지
아까 점심때처럼 그렇게 나긋나긋할줄 알지
시금치 이파리처럼 부드러울줄 알지
암 지금도 부드럽기는 하지만 좀 다르다
초가 쳐있다 잔인의 초가
요놈— 요 어린 놈— 맹랑한 놈— 六학년 놈
에미 없는 놈— 생명
나도 나다— 잔인이다— 미안하지만 잔인이다—
콧노래를 부르더니 그만두었구나— 너도 어지간한 놈이다— 요놈— 죽어라

—「잔인의 초」 전문

이 시에 나오는 아이는, 시인의 말에 따르면, "자기 집이 시끄럽다고 저녁 6시부터 9시까지 우리집에 와서 공부를 하다가 가는, 우리 여편네의 사업관계의 친구의 조카뻘되는 아이이다."[34] "아까 점심때처럼 그렇게 나긋나긋할줄 알지"라는 구절이 시사하는바, 시인은 그 아이의 방문이 자신에게 방해가 됨에도 불구하고 "여편네의 사업관계" 때문에 그 방문을 허락했을 뿐만 아니라 아이에게 친절하게 대해 주었던 듯하다. 우리가 아는 김수영의 기질을 감안할 때, 시인의 배려는 매우 의외스런 일이다. 하지만 이 시의 '시작 노우트'에서 그가 "이놈이 들어왔

34) 전집 2, p.296.

다. 나는 또 난도질을 당한다. 난도질의 난도질이다"라고 말하는 것으로 보아, 그런 배려가 스스로에게는 매우 못견딜 일이었던 것 같다. 이 작품의 시작(詩作) 동기와 관련한 애초의 사정만 놓고 보아도, 우리는 이 시의 문맥상의 의미는 쉽사리 파악할 수 있다. 여기서 중요한 것은 작품에 대한 구구한 설명보다는 작품의 핵심이 환기하는 문제의 검토이다.

이 시의 핵심은 '생명'과 '잔인'이라는 말에 있다. 시인은 이 시가 "생명과 생명의 대치를 취급한 주제면에서나, 호흡면에서나" 1962년에 쓴 「만용에게」와 같은 계열의 작품이라고 말한다;시인은 "「만용에게」를 쓰고 나서 이 대결의식이 마야꼬프스키의 「새로 1시에」라는 작품에서 온 것이라고 생각했는데 이 「잔인의 초」에서 무의식중에 그것이 또 취급된 것을 보니 그것은 아무래도 나의 본질에 속하는 것 같고 시의 본질에 속하는 것같다"라고 하기도 한다.[35] 시인이 "무의식중에"라고 말하는 것은, 그가 「잔인의 초」를 "지옥에서 천사를 만난 것처럼 일사천리로 써갈겼"기 때문이다. 아무튼 여기서 주목되는 것은 '생명과 생명의 대치', 즉 생명의 대결의식인데, '대결의식'은 김수영 문학에서는 매우 흔하게 발견되는 측면이다. 50년대 김수영 시를 검토하면서 살펴본 「달나라의 장난」「폭포」「병풍」 등의 작품들에서도 생명과 생명의 대치라는 의미의 '대결의식'은 아니지만 모종의 대결의식이 잠재돼 있다. 마치 스스로 돌고 있는 것처럼 "소리없이 회색빛으로 도는" 팽이, "高邁한 精神처럼 쉴사이 없이 떨어"지는 폭포, "주검을 가지고 주검을 막고 서있"는 병풍 등 작품의 근본 동기를 이루는 대상들을 김수영은 그저 단순한 대상으로 수용하지 않는다. 그는 그것들이 지닌 내면의 본성과의 대결을 통해 그것들을 자신의 내면으로 이끌어들이고, 그렇게 함으로써 스스로를 도약시키고자 한다. 그런 과정이 '진정

35) 앞의 책, p.297.

한 힘'의 본질적 속성인 '자기초월운동'의 이행임은 이미 우리가 살펴본 바와 같다. 앞에서 김수영이 '생명과 생명의 대치'로서의 대결의식만을 강조하는 것은, 그와 같은 대결의 구도가 훨씬 더 강력한 긴장 관계를 만들기 때문일 것이다. 그런 맥락에서 '잔인'은 '힘'의 한 가지 존재 방식이라 할 수 있다. 다시 말해 '잔인'도 '힘'의 일종인 것이다. 「잔인의 초」의 형상화의 근본 동기는, 아이에 대한 자신의 배려가 아이의 순수함이나 귀여움 때문이 아니라 혹시라도 세속적인 계산 때문은 아닌가 하는 시인의 자의식에 있었다. 아이는 자의식이 없기 때문에 강력하다. 아이는 부모가 가라니까 또 실제로 자기 집보다는 훨씬 더 조용하니까 와서 콧노래를 부르며 놀기도 하고 공부도 하다가 간다. 위의 시에서 '잔인'은, 자신의 세속적인 의식의 계산을 괴멸시키기 위한 것이자 아이의 강력함에 대항하기 위한 것이다. 그것은, '힘'의 근원적 모습이라고 할 수는 없지만, 시인의 의식(혹은 생명)을 지킬 수 있게 한다는 점에서 일종의 힘이다.

'생명'과 '힘'의 일종으로서의 '잔인'을 구체적으로 살펴보기 위해서는 「잔인의 초」의 시작 과정을 검토할 필요가 있다. 시인의 '시작 노우트'에 따르면 「잔인의 초」의 원래 초고는 실제로 이루어진 작품과는 매우 다른 형태로 되어 있었다.

우리는 아무것도 안하고 체바퀴 속에서
돈다
또 다른 머리카락이 튀어든다
그림 그렇지
殘忍의 末端— 용케 내가 서있다
그럼 그렇지
敵은 벌써 저렇게 죽어있다— 콧노래를 부르고 있다

殘忍도 絶望처럼 끝까지 그 자신을 반성하지 않는다

「잔인의 초」와 관련한 '시작 노우트'에 따르면, 시인은 위의 초고를 포기하려고 하였다. 다시 말해 그 초고를 버리려고 하였다. 바로 그 순간 아이가 들어 왔고, 신경전이 벌어졌으며, 그것이 시인을 구제해 주었다. 그 신경전과 함께 「잔인의 초」의 첫 구절인 "한번 잔인해봐라"가 시작되었고 시인은 곧바로 "지옥에서 천사를 만난 것처럼 일사천리로 써갈겼다." 시작(詩作)의 동기라는 측면에서 보자면, 시인이 애초에 버리려고 한 초고나 나중에 작품으로 정착된 것이나 동일하다. 아이에 대한 배려가 자신의 세속적인 계산 때문이 아닌가 하는 자의식의 작동이 바로 그 시작 동기이다. 그런데 시인은 어째서 애초의 초고를 버림으로써 자신의 자의식과 관련한 시작을 포기하려고 하였던 것일까. 시인이 제시하는 이유는 두 가지다. 「잔인의 초」(1965. 10. 9) 바로 전에 씌어진 작품이 「절망」(1965. 8. 28)이고, 「절망」 바로 전에 씌어진 작품이 「敵(一)」(1965. 8. 5)과 「敵(二)」(1965. 8. 6)인데, 위의 초고가 시인에게 불가했던 이유는 '적'이라는 낱말과 "殘忍도 絶望처럼 끝까지 그 자신을 반성하지 않는다"라는 구절이 들어 있기 때문이었다. 김수영이 말하는 '적'은, 시인이 바라보는 것들 가운데 있을 수도 있고 시인 안에 있을 수도 있다. 그와 같은 맥락에서 시인은 "李朝時代의 장안에 깔린 개왓장 수만큼/나는 많은 것을 버렸다/그리고 가장 피로할 때 가장 귀한/것을 버린다"라고 말하는가 하면, 또 "제일 피곤할 때 敵에 대한다/날이 흐릴 때면 너와 대한다/가장 가가운 敵에 대한다/가장 사랑하는 敵에 대한다/偶然한 싸움에 이겨보려고"라고 말한다(「敵(二)」). 김수영의 시각에서 보자면, 「잔인의 초」에 나오는 아이도 '적'이다. 아이 자체가 적인 것이 아니라 시인의 아내가 연루되어 있고 따라서 시인 자신도 연루되어 있는 세속적인 관계에 그 아이가 속해 있기 때문에

적이 되는 것이다. 그럼에도 '적' 이라는 낱말이 들어 있다는 이유로 자신의 초고를 버리려고 한 까닭은 "다시 이 이미지를 사용하는 것이 시들해졌"기 때문이었다. 그것은, 다소 단순하긴 하지만, 바로 그 단순하다는 것 때문에 더없이 중요한 것일 수도 있다. 만약 김수영이 자신의 시작(詩作)에서 그처럼 반복되고 있는 이미지에 무감각했다면, 그는 자신이 즐겨 쓰는 말로 새로움의 이행을 하지 않은 것이 되기 때문이다. "殘忍도 絶望처럼 끝까지 그 자신을 반성하지 않는다"는 구절의 경우도 사정은 마찬가지다. 「절망」은 짧은 작품이므로 인용해 보기로 하자.

風景이 風景을 반성하지 않는 것처럼
곰팡이 곰팡을 반성하지 않는 것처럼
여름이 여름을 반성하지 않는 것처럼
速度가 速度를 반성하지 않는 것처럼
拙劣과 수치가 그들 자신을 반성하지 않는 것처럼
바람은 딴 데에서 오고
救援은 예기치 않은 순간에 오고
絶望은 끝까지 그 자신을 반성하지 않는다

—「절망」 전문

반성이란 자기 자신의 허물을 스스로 돌이켜 살핌이다. 반성 자체가 그 반성의 주체를 변혁시키고 도약시키는 것은 아니지만 그것은 적어도 변혁과 도약의 계기는 될 수 있다. '~이 ~을 반성하지 않는다' 라는 문장 구조는 반성의 과정이 결여된 귀환을 나타내는 것이라 볼 수 있다. 그것은 자기 자신에로 역동적으로 귀환하고 독자적인 방식으로 끊임없이 회귀하는 '진정한 힘' 의 본질로서의 '자기초월운동' 을 통한

'생성'을 만들어내지 못한다. 그것은 죽은 귀환이고 무의미한 순환이며, 그렇기에 아무런 생성도 이루어낼 수 없는 답보(踏步) 상태에 불과하다. 그런 맥락에서 작품의 제목으로 되어 있는 '절망'은 시인 자신과 시인이 속해 있는 세계의 답보 상태에 대한 절망을 의미한다. 그리고 다른 시행들의 문장 구조를 닮지 않은 "바람은 딴 데에서 오고/救援은 예기치 않은 순간에 오고"라는 구절이 시사하는바, 그 어떤 도약과 생성에 대한 염원은 답보 상태에 대한 절망을 불러일으키게 하는 반성의 근거이자 목표이다. 지금 논의의 목표는 이 작품의 세세한 해석에 있는 것이 아니므로 원래 목표로 돌아가기로 하자.

김수영이 「잔인의 초」의 원래 초고를 버리려고 한 까닭은, 그 이전 작품에 나왔던 '적'이라는 이미지가 반복된다는 것과 함께, 초고의 마지막 행인 "殘忍도 絶望처럼 끝까지 그 자신을 반성하지 않는다"가 「절망」의 마지막 행과 지나칠 정도로 유사하다는 것 때문이었다. 그런데, 애초의 초고와 실제로 이루어진 작품 사이의 전이과정에 근거할 때, 김수영이 초고를 버리려 한 데에는 단순한 유사성 말고 그보다 근본적인 다른 이유가 있었던 것으로 보인다. 초고의 마지막 구절, 즉 "殘忍도 絶望처럼 끝까지 그 자신을 반성하지 않는다"는 '잔인'에 대한 설명에 불과하다. 뿐만 아니라 거기에서는 생명과 생명의 대치로서의 대결에서 전제되어야 하는 팽팽한 긴장감이 보이지 않는다. 그 구절에서 우리가 발견하는 것은 시인의 자기연민이다. 바꾸어 말하면 시인은 그 대결에서 패배한 것이나 다름없다. 시인이 초고를 버리려 한 근본적인 이유도 바로 거기에 있는 것으로 보인다. 실제로 이루어진 작품에서는 대결의 팽팽한 긴장감이 첫행부터 끝행까지 지속적으로 이루어진다. 앞에서 '잔인'도 일종의 힘이라고 말한 바 있다. 비록 '힘'의 본질적 모습이라고 말할 수는 없지만, 시인으로 하여금 자기연민에서 벗어나게 함으로써 자신의 의식(혹은 생명)을 지킬 수 있게 하였다는 점에서 그것은 일종의 '힘' 인 것이다. 그것은 '힘' 이기에 그것을 다룬 시가 그것에 대한 설명에 머물러서는 안 된다. 그것을 다룬 시에서는 김수영이 즐겨 쓰는 말로 '이행(履行)' 이 이루어져야 한다. 애초의 초고에는 없지만 실제로 이루어진 「잔인의 초」에서는 바로 그런 '이행' 이 들어 있다. 단순한 설명이 아니라 바로 그 이행을 의도하고 있었기에, 시인은 '시작 노우트' 에서,

> 그것은 '절망' 을 죽이고 지금 진행되고 있는 작품(즉, 「잔인의 초」 가 되려다 만 것—그러나 '잔인의 초' 라는 제목은 먼저 붙인 게 아니라, 작품을 다 쓴 뒤에 붙인 제목이고, 나는 작품의 제목에 대해서는 그다지 신경을 쓰지 않는 사람이다)을 죽이고 나 자신을 죽인다. 아니 죽여야 한다. 그런데 이 초고의 詩行, "殘忍도 절망처럼……" 은 나 자신을 죽이지 못했다.

라고 고백했던 것이다;바로 그 절망의 순간 아이가 다시 방문했고 그로 인해 '잔인의 이행' 을 이룰 수 있었기에 시인은 「잔인의 초」를 가리켜 "죽음의 총성과 함께 스타트한 詩" 라고 말했던 것이다. 이처럼 김수영의 시는 대부분 그의 의식과 죽음의 절박한 순간과의 충돌에 근거하고 있다. 그와 같은 시작상(詩作上)의 전이과정에 근거할 때, 우리는 어째서 애초의 초고에는 없던 '생명' 이라는 말이 실제로 이루어진 작품에서는 강력한 모습으로 자리잡게 되었는가를 알게 된다. 생명은 죽음이라는 말이 없이는 성립되지 않는 일종의 맞짝개념이다. 죽음이 없다면 생명은 결코 중요하지도 않고 의미도 없다. 그런 맥락에서 모든 생명—모든 살아 있는 것의 생명과 의식의 생명과 더 나아가 시적 생명까지도 엄격하다 못해 거의 절대적인 경험으로서의 죽음에 대한 계속적인 복무(服務)라고도 말할 수 있을 것이다. 여기서 '생명' 은 김수영이 말하는 '진정한 힘' 의 다른 표현일지도 모른다. 그것은 죽음에 직면하

여 두려워하지도 않으며 후퇴하지도 않는다. 이처럼 죽음을 견디는 것 그리고 죽음 속에서 정신과 시의 생명을 유지하여 가는 것, 그것이 바로 김수영이 말하는 '진정한 힘'으로서의 '생명'일 것이다. 김수영이 월평을 하는 자리에서 김광섭의 시를 가리켜 "이 시에는 죽음의 깊이가 있다"라고 말하거나,[36] 김현승의 작품에 대해서는 "이 정도의 작품이면 죽음을 디디고 일어선 자기의 스타일을 가진 강인한 정신의 소산이라고 말할 수 있다"고 하고,[37] 신동엽의 시를 해설하면서 "죽음의 야무진 음악"이 울린다고 말하는 것도 모두 다 죽음과의 관계로부터 발생하는 힘과 독특한 긴장에 대한 김수영의 생각을 반영한 것이라 볼 수 있다.

이제까지 60년대의 김수영 시에서 발견되는 '극적 구상성'과 '대결의식'의 문제를 검토하였다. '잔인'은 분명히 '힘'의 일종이긴 하지만 힘의 본질일 수는 없다. 그것은 강력한 것이긴 하다. 하지만 강력하다고만 해서 '진정한 힘'이 되는 것은 아니다. '진정한 힘'은 자신만을 살리고 상대를 죽이는 것이 아니라 상대도 살릴 수 있는 것이어야 한다. 그것은 겉으로는 지나치게 미미한 것처럼 보일 수도 있으나 '자기초월운동'에로의 고요한 침잠 속에서 오히려 위대한 도약과 생성을 이끌어 낸다. 김수영은 「해동」(解凍)에 나오는 다음과 같은 진술을 통해 '진정한 힘'의 성격에 대한 이해와 인식을 보여준다.

> 새싹이 솟고 꽃봉오리가 트는 것도 소리가 없지만, 그보다 더한 침묵의 극치가 해빙의 동작 속에 담겨 있다. 몸이 저리도록 반가운 침묵. 그것은 지긋지긋하게 조용한 동작 속에 사랑을 영위하는, 동작과 침묵이 일치되는 최고의 동작이다. (……)피가 녹는 것이라고 생각해 본다. 얼음이 녹는 것이

---

36) 전집 2, p.197.
37) 전집 2, p.407.

아니라 피가 녹는 것이다. 그리고 목욕솥 속의 얼음만이 아닌 한강의 얼음과 바다의 피가 녹는 것을 생각해본다. 그리고 거대한 사랑의 행위의 유일한 방법이 침묵이라고 단정한다.[38)]

위의 구절이 나오는 「해동」은 1968년 2월에 씌어진 글이다. 1966년 4월에 쓴 「생활의 극복」이라는 글에서는, "우리들의 미래상을 내다볼 수 있는 눈을 주지 않는, 우리들의 주위의 모든 사물을 얼어붙게 하는 모든 형태의 냉전—이것이 우리들의 문화를 불모케 하는 냉전—너와 나 사이의 냉전—나와 나 사이의 모든 형태의 냉전"의 해소라는 "우리들의 생애를 초월한 숙제가 가로놓여 있다"라고 말한다.[39)] 아마도 김수영이 말하는 '진정한 힘'으로서의 "거대한 사랑의 행위"만이 모든 형태의 냉전을 해소할 수 있을 것이다.

3. '여유'와 '긍정'의 연습

1960년대 중반 이후 김수영 시와 산문에서는 분명한 변화가 발견된다. 필자는 그의 모든 글에는 그 이면에 항상 '그것들이 과연 가치가 있는 것인가'라는 물음이 깔려 있다는 말을 한 바 있다. 김수영은 자기 내부와 외부의 모든 것들을 향하여 그 물음을 지속해서 제기해 왔다. 가치에 대한 물음의 제기는 '진정한 힘'의 성취를 위한 필연적인 것이었고, 그 과정에서는 항상 '부정(否定)'이 수반되었다. 김수영의 많은 시는 자신의 물음을 견뎌내지 못하는 무가치한 것들에 대한 부정의 시라고도 말할 수 있다. 그의 시에서 부정은 스스로 생성을 이루어내지

38) 전집 2, pp.96~97.
39) 전집 2, p.62.

못하는 것이나 생성에 방해가 되는 것들에로 향해져 있다. 김수영의 시와 산문에서 확인되는 변화는 부정에 대한 인식의 변화를 가리킨다.

> 우리집에는 올겨울에 처음으로 마루에 난로를 놓았고, 몇십년만에 처음으로 나는 무명 조선바지를 해입었고, 조그만 통의 커피도 한병 마련해 놓았다. 이만한 여유를 부끄럽게 여기는 否定의 잔재가 남아있는 것은 나의 경우에는 너무나 당연한 일이다. 그러나 이 모순의 고민을 시간에 대한 해석으로 해결해 보는 것도 순간이나마 재미있는 일이라고 생각된다. 이런 여유가 고민으로 생각되는 것은 우리들이 이것을 '고정된' 사실로 보기 때문이다. 이것을 흘러가는 순간에서 포착할 때 이것은 고민이 아니다. 모든 사물을 외부에서 보지 말고 내부로부터 볼 때, 모든 사태는 행동이 되고, 내가 되고, 기쁨이 된다. 모든 사물과 현상을 씨—동기—로부터 본다—이것이 새 봄의 담배갑에 적은 새 메모다.[40]

위의 인용문은 이미 앞에서 언급한 바 있는 「생활의 극복」(1966. 4.)이라는 글에 나온다. 위에서 주목되는 부분은 '여유'라는 말과 "모든 사물과 현상을 씨—동기—로부터 본다"라는 구절이다. 김수영은 위의 인용문 바로 앞에 나오는 단락에서는 "나는 사랑을 배우기 시작하는 단계에 있다. 그를 진정으로 사랑하려면 그와 나 사이에 가로놓여있는 무서운 장해물부터 우선 없애야 한다. 그 장해물은 무엇인가. (……)욕심이다. 이 욕심을 없앨 때 내 시에도 進境이 있을 것이다"라고 말하는가 하면, "마음의 여유는 육신의 여유다. 욕심을 제거하려는 연습은 긍정의 연습이다"라고 말하기도 한다. 김수영의 진술들을 고려할 때, 결국 "모든 사물과 현상을 씨—동기—로부터 본다"는 것은 '긍정의 연습'임을 알 수 있다. 사물이나 현상은 언제나 시간의 과정 속에 놓여

40) 전집 2, p.61.

있다. 그것은 고정된 것이 아니라 과정 속에서 변화하는 것이다. 어떤 시점에서는 그것이 비록 부정적인 외양을 취하더라도 부정성은 고정된 것이 아니다. 모든 사물과 현상을 그 동기로부터 보려고 하는 김수영의 노력은, 한 시점에서는 부정적인 모습으로 은닉되거나 위장되어 있지만, 시간의 과정 속에서 부정적인 은폐의 방식을 벗어던짐으로써 새로운 도약이나 생성으로 전환될 수 있는 본질적 가능성을 뚫어보려는 시도일 것이다. 누군가를 진정으로 사랑하려면 그와 나 사이에 가로놓여 있는 장해물서의 '욕심'을 우선 없애야 한다는 김수영의 진술은, 욕심이 대상의 본질을 꿰뚫어 보려는 노력을 방해한다는 점에 대한 자각에서 비롯한 듯하다. '욕심'은 자아의 내부에서 들끓는 도발적 요청이다. 그것은 욕심의 주체와 객체 모두를 닦달한다. 닦달은 사물과 현상의 동기나 그것이 이루어지는 과정을 돌보지 않고 어떤 결과에만 집착하게 한다. '욕심'은 아직 이루어지는 않았지만 어떤 것의 본성 속에 잠재해 있는 가능성의 '씨'를 인정하지 않는다. 과정을 돌보지 않고 결과만을 집착하는 '욕심'은 자신의 도발적 요청에 부응하지 않는 결과를 부정할 뿐만 아니라 과정을 부정하고 애초의 본질적 가능성마저 부정한다. '욕심'의 그와 같은 속성과 관련하여 김수영은 "욕심을 제거하려는 연습은 긍정의 연습이다"라고 말한다. 여기서 긍정은 모든 사태나 현상에 대한 무조건적인 수용이 아니다. 욕심을 제거한다는 것은 욕심의 부정적 속성을 부정하는 것이므로 하나의 과정으로서 부정을 통과한 긍정이다.

긍정의 연습과 함께 제기되는 것이 '여유'의 문제이다. '여유'는 일차적으로 생활의 경제적 여유를 말한다. 처음으로 마루에 난로를 놓고, 몇십 년 만에 처음으로 무명 조선바지를 해입고, 조그만 통의 커피도 한 병 마련해 놓는 여유. 자기 내부와 외부의 모든 것을 향하여 '과연 그럴 만한 가치가 있는 것인가'라는 물음을 제기하는 김수영이기에 그만한 여유조차 부끄럽게 여기는 것은 그의 말대로 당연한 일이다. 앞의 인용문에서 보이는 김수영의 고민은 생활의 경제적인 여유를 정신상의 여유로 승화시킬 수는 없는가 하는 점에 있었을 것이다. 바로 앞에서 필자는 긍정의 연습과 함께 제기되는 것이 '여유'의 문제라고 하였지만, 오히려 그가 누리게 된 생활의 '여유'가 '긍정의 연습'의 문제를 제기했다고 보는 것이 더 정확한 표현일 것이다. 김수영은 60년대 중반 이후 '여유'의 문제를 놓고 매우 고민한 듯하다. 그런데 문제는, 경제적인 여유를 정신적인 여유로 승화시키려는 과정에서 김수영이 직면한 난관(難關)이다. 그점과 관련하여 다음의 인용문을 보기로 하자.

> 문학에는 숙명적으로, 정도의 차이는 있지만 곡예사적 일면이 있다. 이것은, 신이 날 때면 신이 나면서도 싫을 때는 무지무지한 자기혐오를 불러일으킨다. 곡예사란 말에서 연상되는 것이 불란서의 시인 레이몽 끄노의 재기발랄한 시다. 얼마 전에 죽은 꼭또의 문학도 그렇다. 빨리 죽는 게 좋은데 이렇게 살고 있다. 나이를 먹으면 주접이 붙는다. 분별이란 것이 그것이다. 술을 먹을 때도 몸을 아끼며 먹는다.[41]

위의 인용문은 김수영이 1968년에 쓴 「반시론」의 모두(冒頭)에 나오는 구절이다. 그는 바로 다음 단락에서는 "나이가 먹으면서 거지가 안 된다는 것은 생활이 안정되어가고 있다는 말이 된다. 불안을 느끼지 않는다. 그리고 불안을 느끼지 않는 눈으로 세상을 바라보고 남을 판단한다"라고 말하고, 또 그 다음 단락에서는 "생활에 과히 불안을 느끼지 않으면 정신의 불필요한 소모가 없어진다. 도시 마음을 쓸 데가 없는 것같다. 약간의 사치를 하는 것도 싫지 않고 남이 하는 사치도 자기

41) 전집 2, p.255.

의 사치보다 더 즐거웁게 생각된다"고 말한다. 그런 구절들에서 경제적인 여유를 정신적인 여유로 승화시키려는 과정에서 김수영이 직면한 난관(難關)의 내용과 성격을 이해할 수 있다. '힘'이라는 주제에서 볼 때 '여유'는 '잔인'보다는 훨씬 더 성숙되고 본질적인 것이다. '잔인'은 대상을 부정하고 배제하지만, 적어도 '여유'는 대상을 인정(긍정)하고 수용할 수 있다. 하지만 여유의 긍정적인 측면의 배후에는 동시에 부정적인 측면이 도사리고 있다. 생활의 경제적인 여유는 시작상의 정신적인 여유로 승화될 가능성을 내포하지만, 「폭포」에서 김수영이 배격했던 '나타와 안정'으로 함몰될 위험성도 함께 내포한다. '여유'가 '나타와 안정'으로 함몰되고 나면 김수영의 말처럼 모든 것이 둥글게 느껴지게 된다: "하늘은 둥글고 사람도 둥글고 역사도 둥글고 돈도 둥글다. 그리고 詩까지도 둥글다." 그렇게 모든 것이 둥글게 느껴지기 시작하면, '진정한 힘'의 '자기초월운동'이 결정적으로 정지돼 버리고 만다. 그렇다면 '여유'의 문제에서 비롯한 '긍정의 연습'을 포기하고 다시 '과연 가치가 있는 것인가'라는 물음에 필연적으로 수반되는 부정으로 돌아갈 것인가. 이것이 바로 김수영이 직면한 난관의 구체적 내용이다.

스스로 연출자가 되어 작품 안에 연극적 상황을 설정하고 자신도 주요 등장인물로 등장하는 60년대 김수영의 많은 시들에서는 어떤 재기발랄함이 엿보인다. 「罪와 罰」(1963. 10.)에서 40명의 취객들이 모여드는 가운데 우산대로 자신의 아내를 때려 눕히는 장면을 재연할 때, 「강가에서」(1964. 6. 7.)라는 작품에서 "죽은 고기처럼 혈색없는 나를 보고/얼마전에는 애 업은 여자하고 오입했다고" 하는 사내와 우스꽝스런 이인극(二人劇)을 벌일 때, 그리고 그의 마지막 작품인 「풀」(1968. 5. 29.) 바로 전에 쓴 「의자가 많아서 걸린다」(1968. 4. 23.)에서 집안 가득히 울려 퍼지는 소음들 속에서 왔다 갔다 앉았다 일어섰다 하며 기괴한 모노드라마를 보여줄 때 등 60년대 씌어진 그밖의 여러 작품에서 김수영의 희극적인 몸짓을 발견할 수 있다. 김수영 시의 그런 측면은 단순히 희극성 그 자체를 의도한 것이 아니라 '야유'와 '풍자'를 의도한 것임은 물론이다. 여기서 문제는 1961년 시점에서 이미 김수영이 희극배우의 운명을 간파하였다는 데 있다. 그의 60년대 시의 특징 가운데 하나인 '극적 구상성'을 살펴보기 위해 인용했던 「새로움의 모색」(1961. 9. 18.)에서 김수영은 이렇게 말했던 것이다.

> 희극배우는 언제나 건강한 육체로써 민첩한 동작을 할 수 있다는 것도 슈뻬비엘씨는 잘 알고 있다. 그리고 그는 희극배우로서만 늙지 않았지 시인으로서는 이미 오래전에 늙어가고 있다는 것도 알았다. "모든 것에 용기를 내자!" 그러나 이미 늦었다. 그렇지 않기 위해서는 그는 벌써 「나는 혼자 바다위에서」의 무렵에서 그의 연극성을 버렸어야 할 것이다. "이미 詩人인 나를 찾지 말아라/難破人조차도 찾지 말아라" 이후에 말이다. 그러나 그가 그의 연극성을 버리려면 그는 아주 죽어버리는 수밖에는 없다. 시인의 숙명적인 비극이 여기 있다.[42]

위의 인용문에 앞서 인용했던 「반시론」의 구절에서 김수영이 "빨리 죽는 게 좋은데 이렇게 살고 있다"라고 했을 때, 그것은 "시인의 숙명적 비극"과 관련한 고통스런 독백과도 같은 것이었다. 이미 검토하였듯이 60년대 김수영 시의 '야유'와 '풍자'를 떠받쳐 주고 있는 것은 '극적 구상성'이었다. 시의 '구상성'이 제대로 발휘되기 위해서는 희극배우의 '건강한 육체'와 '민첩한 동작'이 필연적으로 요구된다. '건강한 육체'와 '민첩한 동작'이란 단순히 육체적인 것을 가리키는 것이 아니다. 그것은 사태나 현상의 부정적인 측면을 꿰뚫어 볼 수 있는 시

42) 전집 2, p.169.

적 인식상의 건강함이자 민첩함이다. 60년대 중반 이후 김수영은 생활의 경제적 여유와 함께 정신의 건강함이 약화되고 의식의 민첩함이 무디어지는 것을 절감하고 있었던 것으로 보인다. 슈페르비엘에게 닥친 문제가 자신의 문제로 되어 버린 것이다. 김수영은 그런 사정과 관련하여,

> 눈이 온 뒤에도 또 내린다
>
> 생각하고 난 뒤에도 또 내린다
> 응아 하고 운 뒤에도 또 내릴까
>
> 한꺼번에 생각하고 또 내린다
>
> 한줄 건너 두줄 건너 또 내릴까
>
> 廢墟에 廢墟에 눈이 내릴까

와 같은 작품(「눈」, 1966. 1. 29.)이나 '꽃잎' 연작들과 같은 이야기성(혹은 연극성)이 배제된 형식의 작품을 실험함으로써 나름의 변화를 시도하고자 애쓴 흔적이 엿보인다.[43] 하지만 그가 직면한 난관은 단순한 형태상의 변화로써 돌파될 수 있는 성질의 것은 아니었다. 형태상의 변화 그 자체가 무의미한 것은 아니었지만, 그것은 그의 필생의 주제였던 '진정한 힘'의 성취라는 문제와 결합되어야 했기 때문이다. 더욱 문제가 되었던 것은, 슈페르비엘의 '숙명적 비극'을 통찰하면서 김수

---

43) '꽃잎' 연작은 1967년 5월 한 달 동안 연속적으로 씌어졌다:「꽃잎(一)」이 5월 2일,「꽃잎(二)」가 5월 7일,「꽃잎(三)」이 5월 30일에 각각 씌어졌다.

영은 연극성의 와해를 떠받치고 나아가야 할 시의 새로움의 내용과 성격에 대해 이미 이론적으로는 파악하고 있었다는 점이었다.

> 현대시는 이제 그 '새로움의 모색'에 있어서 역사적 徑間을 고려에 넣지 않으면 아니 될 필연적인 단계에 이르렀다. 연극성의 와해를 떠받치고 나가야 할 역사적 지주는 이제 개인의 신념이 아니라 인류의 신념을, 관조가 아니라 실천하는 단계를 밟아 올라가고 있다. 그리고 이러한 실천은 윤리적인 것 이상의, 작품의 image에까지 강력한 영향을 끼치는, 보다 더 근원적인 것으로 되어 있다. 현대의 순교가 여기서 탄생한다. 죽어가는 자기—그 죽음의 실천—이것이 현대의 순교다. 여기에서는 image는 바라볼 것이 아니라, 자기가 바로 image다.[44]

위의 인용문 역시 「새로움의 모색」에 나오는 구절이다. 여기서 말하는 "자기가 바로 image"인 시는 그 내용과 성격이 분명하지는 않다. 아마도 그것은 새로움의 극단적인 형태일 것이다. 그것은 죽음을 담보로 하고 있기 때문이다. 아니 죽음 그 자체이기 때문이다. 그렇기에 그것은 기존의 전통적인 시의 관념으로부터는 연역될 수도 추론될 수도 없는 어떤 것일지도 모른다. 여기서 확인해야 할 것은, 「새로움의 모색」이 씌어진 1961년 시점에서 김수영은 비록 이론적인 수준에서이긴 하지만 이미 '연극성의 와해'와 관련한 고민을 하고 있었다는 점이다. 60년대 중반 이후 김수영이 생활의 경제적 여유를 시작상의 정신적 여유로 승화시키는 방법으로서 '긍정의 연습'을 한다고 하였을 때, 그것은 자기 나름의 시적 새로움의 모색이었다고 보는 것도 그와 같은 사정에 근거한 것이었다. 앞서도 언급했듯이 김수영은 새로움의 모색 과정에서 난관에 직면했다. 그가 의도하는 '긍정의 연습'이 자칫 잘못하

44) 전집 2, p.171.

면 모든 사태나 현상의 무조건적인 수용으로 전락할 위험에 빠졌던 것이다. 김수영이 연습하는 '긍정'은 '부정'의 계기를 포함으로써 오히려 부정을 넘어서는, 보다 본격적이고 본질적인 어떤 것이어야만 했다. 그런 맥락에서 「반시론」은 그가 직면한 시작상의 난관을 나름으로 돌파하는 과정에 대한 보고라고 말할 수 있다. 그 글에서 김수영은 「미인」의 시작 과정을 대해 상세하게 소개한다. 'Y여사에게' 라는 부제가 붙은 그의 「미인」을 살펴보기로 하자.

美人을 보고 좋다고들 하지만
美人은 자기 얼굴이 싫을 거야
그렇지 않고야 미인일까

美人이면 미인일수록 그럴것이니
미인과 앉은 방에선 무심코
따놓은 방문이나 창문이
담배연기만 내보내려는 것은
아니렷다

—「미인」 전문

이 시는 시인이 "낭독회의 청탁으로, 되도록 짧은 작품을 달라는 요청에 따라서 쓴 것이다." 이 시를 쓰기 전까지만 해도 "詩는 청탁을 받고 쓰지 않기로 엄하게 규칙을 정하고 있"었던 김수영이기에, 청탁을 받고 디욱이 '낭독회의 청탁'을 받고 시를 쓴다는 일 자체가 우선 의외일 수밖에 없다. 이 시는 "여편네의 친구되는 미모의 레이디하고 같이 成吉思汗式이라나 하는 철판에 구워 먹는 불고기를 먹고 와서 쓴 것이다." 60년대 김수영 시의 전반적인 특질을 감안한다면, 그런 정황 자체도 역시 의외일 수밖에 없다. 평소의 김수영 같았으면 굳이 가지도 않았을 것이고, 또 돈을 빌리는 따위의 이유로 어쩔 수 없이 참석했다고 하더라도 위에서 볼 수 있는 것과는 전혀 다른 형태의 작품을 썼을 것이기 때문이다. 김수영은 '과연 이런 것들이 가치가 있는가' 라는 주제 아래 자신과 아내와 아내의 친구가 등장하는 삼인극(三人劇)을 연출하였을 것이고, 그 연극은 슬픔을 동반한 극적 분위기와 등장 인물들의 희화적인 연기로 구성된 일종의 희비극(戲悲劇)의 형태가 되었을 것이다. 하지만 이 시에서는 그와 같은 측면들을 전혀 발견할 수가 없다. 이 시에는 비판과 부정의 '풍자' 나 '야유' 도 없고 그것을 수용하기 위한 '요설' 도 없다. 그런 것들 대신 이 시에서 확인되는 것은 '여유' 와 '긍정' 이다. 김수영은 그런 '여유' 와 '긍정' 이 작품에 스며들게 된 계기에 대해 이렇게 고백한다.

> 나는 미인을 경멸하는 좋지 못한 습성이 뿌리깊이 박혀있는데, 이 Y여사는 여간 인상이 좋지 않다. 여유 위에 여유를 넓히려고 활짝 열어놓은 마음의 창문에 때아닌 훈기가 불어들어온 셈이다. 우리들은 화식집 2층의 아늑한 방에 앉아 조용히 세상얘기를 하고 있었는데 Y여사는 내가 피운 담배연기가 자욱해지자 살며시 북창문을 열어준다. 그것을 보고 내가 일어나서 창문을 조금 더 열어놓았다. 그때에는 물론 담배연기가 미안해서 더 열어놓았다. 집에 와서 그날밤에 나는 그 들창문을 열던 생각이 문득 나고 그것이 실마리가 돼서 7행의 短詩를 단숨에 썼다.[45]

김수영의 고백을 통하여, 평소의 습성대로라면 그런 자리에 결코 가지 않았을 그가 굳이 가게 된 이유를 비로소 알게 된다. 그 이유란 바로 '여유' 와 '긍정' 의 연습에 있었던 것이다. 만약 'Y여사' 가 얼굴도

45) 전집 2, p.261.

미인이고 돈도 많긴 하나 교양 없는 천박한 사람이었다면 김수영의 그런 '연습'은 실패했을 것이다. 김수영에게는 매우 다행스럽게도 그녀는 인상이 아주 좋은 사람이었다. 그런 맥락에서, "여유 위에 여유를 넓히려고 활짝 열어놓은 마음의 창문에 때아닌 훈기가 불어들어온 셈이다"라는 그의 진술은 자신의 연습이 제대로 수행될 수 있게 된 데 대한 안도감의 표현이라고 보아도 무방할 것이다. 하지만 이 작품의 시작(詩作) 동기가 그런 안도감에만 있었던 것은 결코 아니었다. 자욱한 담배 연기 때문에 미인이 열어 놓은 북창문을 그가 조금 더 연 사건과 김수영이 "거의 안 보고 외울 만큼 샅샅이 진단한" 하이데거의 「궁핍한 시대의 시인」과의 만남, 그것이 바로 이 작품의 시작 동기였다. 김수영은 「미인」을 쓰고 나서 "노상 그러하듯이 조용히 운산해본" 다음 이렇게 말한다: "내가 창을 연 것은 담배연기 때문이 아니라 그녀의 천사 같은 훈기를 내보내려고 연 것이라는 것을 알았다. 됐다! 이 작품은 합격이다. 창문—담배·연기—바람 그렇다, 바람."[46] 여기서 주목해야 할 것은 "그녀의 천사 같은 훈기"와 "바람"이다. 김수영은 자신의 '미인'을 릴케의 천사에 견준다. 그리고 자신의 시에 나오는 'Y여사'가 천사의 훈기를 지닌 존재로 도약시킨 매개가 '바람'이라고 말한다. '바람'은 릴케의 「오르페우스에게 바치는 소네트」 제3장에 나오는 구절 속에 들어 있는 낱말이다.

> 노래는, 그대가 가르쳐주듯, 욕망이 아니요,
> 결국 얻게 되는 것을 위한 구애도 아니다;
> 노래는 현존재. 그 신에게는 쉬운 일.
> 그러나 우리는 언제나 존재하려는가? 그리고 신은 언제나

46) 전집 2, p.263.

대지와 별들을 우리의 존재로 돌려놓으려나?

그것은 아니다, 젊은이여, 그대가 사랑하여, 비록
그대의 목소리가 이 밖으로 터져나온다 해도,—배워라.

잊도록, 그대가 노래를 시작한다는 사실을. 그것은 흘러가버린다.
진실 속에서 노래하기란 다른 숨결이다.
바라는 것 없는 숨결. 신 안에서의 나부낌. 한 줄기 바람.[47)]

「궁핍한 시대의 시인」에서, 하이데거는 위의 시에 나오는 '바람'과 관련하여 "노래부르는 것은 충만된 자연의 未聞의 中心의 바람의 牽引에 의해서 이끌려 있다. 노래는 그 자체 '하나의 바람'이다"라고 말한다.[48)] 하이데거의 해석에 따르면, 릴케가 말하는 "未聞의 中心"은 그의 다른 주제어들인 "순수한 뭇 힘의 중력, 순수한 관련, 전관련(全關聯), 충만한 자연, 생(生), 모험" 등과 동일한 의미 연관을 갖는다.[49)] 그것들은 우리의 눈에 보이는 영역과 보이지 않는 영역 전체가 포함되는 보다 넓은 열린 영역, 즉 "가장 넓은 주위"나 "온전한 全關聯의 現存領域"으로서의 "이제는 비로소 완전한, 이제 비로소 온전한 세계"를 가리킨다. '바람'은 보다 근원적인 긍정을 통해 그와 같이 비로소 온전하고 완전해진 세계로 모든 존재하는 것들을 견인하는 '힘'이며, 그런 '힘' 자체가 바로 '노래'이다.

김수영이 하이데거의 「궁핍한 시대의 시인」을 거의 안 보고도 욀 만큼 읽었다고 해서 그가 그 내용을 충분히 파악했다고 보기는 어려울 것이다. 더욱이 자신의 '미인'을 릴케의 천사에 견주고, 자신의 작품

47) 릴케, 안문영역, 『두이노의 비가/오르페우스에게 바치는 소네트』(문학과지성사, 1991), pp.73~74.
48) M. 하이데거, 소광희 역, 『시와 철학』(박영사, 1972), p.285.
49) M. 하이데거, 앞의 책, p.237.

안에서도 '신의 입김'과 같은 '한 줄기 바람'이 스쳐 지나갔다고 김수영이 자신한다고 하더라도, 그러한 사실만으로 「미인」의 예술작품으로서의 품격이 보증되는 것도 아닐 것이다. 그럼에도 이 시는, 김수영이 시도하는 시적 전환의 모색과 관련하여 의미 있는 시사점을 제공해 준다. 이 시에서 중요한 것은 바람의 의미이다. 김수영은 바람으로 인해 담배연기가 빠져나갔을 것이라고 말했다. 담배연기가 빠져나간다는 것은 공간이 비워짐을 의미한다. 김수영이 담배연기뿐만 아니라 천사같은 미인의 훈기도 함께 내보냈다고 했을 때, 그 말은 자신의 마음을 비웠다는 것을 암시한다. 김수영은 앞서 인용한 구절에서 "나는 사랑을 배우기 시작하는 단계에 있다. 그를 진정으로 사랑하려면 그와 나 사이에 가로놓여있는 무서운 장해물부터 우선 없애야 한다. 그 장해물은 무엇인가. (……)욕심이다. 이 욕심을 없앨 때 내 시에도 進境이 있을 것이다"라고 말한 바 있다.[50] 마음을 비운다는 것은 욕심을 없애는 것이며, 상대방의 본래 모습이나 그의 숨겨진 가능성을 보지 못하게 하는 부정적 선입견을 없애는 것이다. 김수영이 「미인」에 대한 운산에서 '바람'에 의미를 부여하고, 그것을 릴케의 시에 나오는 '진정한 노래'와 동의어로서의 '바람'에 연결시키는 것도 자신의 시작(詩作) 경험에서 '바람'이 중요한 계기가 되었기 때문일 것이다. 김수영에게서 '바람'은 비움의 매개이다. 비움은 겉으로 드러나는 강력한 힘은 아니다. 하지만, 욕심이나 부정적 편견을 없앰으로써 사물의 본질을 바라볼 수 있는 시야를 열어 주며 더욱 본질적인 것을 중심으로 끌어모으게 해준다는 점에서 그것은 겉으로 드러나지는 않으나 오히려 훨씬 더 강화된 힘의 작용일 것이다.

이상에서 살펴보았듯이 「미인」의 시적 의미는 비움이다. 김수영은 비움의 인식을 통해 시적 전환을 모색한 것이다. 김수영은 60년대 후

50) 전집 2, p.61.

반 무렵부터 새로운 '긴장'과 '힘'의 문제에 대해 고민한 듯하다. 「미인」에서 확인된 '긍정'과 '여유'의 연습 역시 새로운 '긴장'과 '힘'의 모색의 일환이었는데, 그의 마지막 작품인 「풀」 역시 새로운 모색의 일단을 보여준다.

풀이 눕는다
비를 몰아오는 동풍에 나부껴
풀은 눕고
드디어 울었다
날이 흐려서 더 울다가
다시 누웠다

풀이 눕는다
바람보다도 더 빨리 눕는다
바람보다도 더 빨리 울고
바람보다도 더 먼저 일어난다

날이 흐리고 풀이 눕는다
발목까지
발밑까지 눕는다
바람보다 늦게 누워도
바람보다 먼저 일어나고
바람보다 늦게 울어도
바람보다 먼저 웃는다
날이 흐리고 풀뿌리가 눕는다

—「풀」 전문

외형상으로만 보아도 이 시는 그의 여타 다른 작품들과는 선명히 구별되는 매우 특이한 작품이다. 작품의 이면에 '그것이 과연 가치가 있는가'라는 질문도 깔려 있지 않고, 요설도 보이지 않으며, 그 어느 구절에서도 자기 점검의 자의식이 작동된 부분이 눈에 띄지 않는다. 많은 논자들이 이 시에 특별한 관심을 기울였던 일차적인 이유도 김수영의 다른 작품들과는 판이한 그런 외형상의 특이성에 있었을 것이다. 부단한 '새로움의 이행'이 시의 본질이라고 주장했던 그였기에, 많은 논자들은 그와 같은 형태상의 특이함이야말로 그가 시작(詩作) 전개상의 그 시점에서 시도하고자 했던 새로운 방향으로 추정했을 것이다. 이러한 사정과 관련하여 유종호는 "이 작품이 시인의 시적 발전에 있어서의 지속적인 究竟이었을 것인가에 대해서는 불안정한 추측이 가능할 뿐이다"라고 하면서 "배타적인 조직을 노리는 토착어 지향을 통해서 한국의 근대시가 자기발견과 자기정의를 성취한 것이라면 「풀」이 그의 마지막 작품이라는 것은 그의 말투를 빌어 행복한 시간의 우연이라 할 것이다"라고 말하고,[51] 이와는 달리 김현은 "그 시는 김수영이 결국 가야 할 곳이 어디였나를 분명하게 보여준 시이다"라고 말한다.[52] 여기서는 이들 두 사람의 논의에 대한 평가는 유보하기로 하겠다. 왜냐하면 앞으로 시도할 사태 자체의 본질로의 진입을 통해 얻게 된 결론이 그와 같은 논평을 대신할 것이기 때문이다.

김수영의 「풀」을 검토함에 있어 중요한 시사점을 제공해 주는 논의가 있다. 그것은 김인환 교수의 논의이다. 김인환 교수는 「풀」을 구체적으로 분석하거나 해석하지는 않았지만 주목할 만한 지적을 하고 있다.

풀은 바람보다 빨리 울고 빨리 눕기도 하고 바람보다 늦게 울고 늦게 눕

51) 전집 별권, p.257.
52) 앞의 책, p.206.

> 기도 한다. 풀이 바람보다 먼저 일어난다는 것은 특별한 의미표현이 아니라 사실의 객관적인 서술로 보아야 한다. 풀은 발목까지 눕고, 발밑까지 눕고 드디어 풀뿌리가 눕는다. 화자는 풀밭 가운데서 날과 바람과 풀을 관찰하여 그것을 객관적으로 서술하고 있다. 발목과 발밑이란 말로 화자의 위치를 알 수 있다. 객관 서술은 대체로 확대 해석을 차단하게 마련이다. 「산유화」와 「절벽」에서처럼 이 시에서도 바람과 풀은 완전히 일치를 이루어내지 못한다. 눕는 데도 일어나는 데도 우는 데도 웃는 데도 그들 사이에는 미묘한 어긋남이 있다. 순수시는 관념이나 설화가 아닌 사실이나 환상을 표현한다. 우리는 「산유화」나 「절벽」이나 「풀」과 같은 계열의 시를 설화 배경이나 관념 체계를 배제하고 읽어야 할 것이다.[53]

위에서 김인환 교수는 「풀」이라는 작품 자체를 해석하려고 한 것이 아니다. 그의 의도는, 신라의 향가부터 오늘날의 현대시에 이르는 우리의 모든 시작품들을 '설화시'·'관념시'·'순수시'라는 세 가지 유형으로 나누어 설명해 보려는 데 있었다. 그의 유형화에 따르면, 「풀」은 이상(李箱)의 「절벽」, 김소월의 「산유화」, 서정주의 「서풍부」(西風賦) 등과 함께 '순수시'에 속한다. 따라서 「풀」에 대한 그의 언급은, 작품 자체를 이해하려는 데 목적이 있지 않고 '순수시'의 유형적 특질을 설명하려는 데 그 목적이 있다. 그가 제시한바, 우리 시사 전체를 포괄할 수 있는 세 가지 유형은 매우 치밀하게 구축되어 있어 설득력을 지닌다. 아마도 우리 시사에 속해 있는 거의 모든 작품들은, 그 세 가지 유형이 각각의 꼭지점을 이루어 형성하는 삼각형의 세 선분들 사이에 충분히 놓여질 수 있을 것이다. 그런데, 모든 유형화에는 이율배반이—모든 종류의 유형을 만들어내는 근거이기도 하면서, 그런 유형으로도 해결할 수 없는 이율배반이 뒤따르게 된다. 하나의 유형은 낱낱의 작품

53) 김인환, 「소설과 시」, 『상상력과 원근법』(문학과지성사, 993), pp.109~110.

들이 분유(分有)하고 있는 공통의 속성이나 특질을 기반으로 하여 이루어진다. 그처럼 정립된 하나의 유형은, 분류의 어떤 기준에 의해 그 안에 포섭된 작품들의 공통된 속성에 근거하기 때문에, 하나하나의 작품에 내재하는 저마다의 단일성이나 특수성을 은폐하고 억압한다. 어떤 유형의 안정성과 강도는, 그것이 속해 있는 유형으로부터 벗어나려는 낱낱의 작품들의 특수성을 얼마나 잘 억제하느냐에 달려 있다고 보아도 무방하다. 김수영의 「풀」을 굳이 분류한다면, 김인환 교수의 분류대로 '순수시'의 유형에 포섭되는 것이 가장 적절할 것이다. 하지만 유형화는 「풀」이 하나의 작품으로서 다른 작품들과는 결코 분유할 수 없는 그것만의 어떤 특성을 설명해낼 수는 없다. 그런데도 우리가 그런 유형화와 관련된 김인환 교수의 언급을 이끌어들인 이유는, 그가 제시한 '순수시'에 대한 설명이 「풀」을 이해하는 데 매우 중요한 단서를 제공해 주기 때문이다. 위에서 김인환 교수는 "순수시는 관념이나 설화가 아닌 사실이나 환상을 표현한다"고 설명한다. 「풀」은 바로 그와 같은 '사실'과 '환상'을 표현하고 있다.

이 시의 제1연에서 가장 주목되는 부분은 "비를 몰아오는 동풍에 나부껴"라는 구절이다. 이 구절에서 풀이 바람에 나부낀다는 것은 객관적 사실에 대한 서술이라고 말할 수 있다. 그렇다면 시인은 어째서 그와 같은 객관적 사실을 다른 구절에서는 '풀이 눕는다'라거나 '풀이 일어난다'라고 표현한 것일까. 풀이 바람에 불리는 모습은 매우 단순한 형태로 이루어진다. 바람이 불어오면 풀은 마치 사람이 눕는 것과 같은 모습으로 휘어지고 바람이 지나가면 풀은 사람이 일어나는 것처럼 다시 펴진다. 따라서 '풀이 눕는다'라거나 '풀이 일어난다'라는 것은 어떤 특별한 의미 표현이 아니라 그것 역시 사실의 객관적인 서술로 보아야 할 것이다. 하지만 이 시는 단순히 사실의 객관적인 서술로만 보기도 어렵다. 시인은 제2연에서는 "풀이 눕는다/바람보다도 더 빨리 눕는다/바람보다도 더 빨리 울고/바람보다도 더 먼저 /일어난다"
라고 말하기 때문이다. 풀은 객관적으로 바람보다 더 빨리 움직일 수
없는 존재자이다. 다시 말해 바람이 불지 않으면 풀은 결코 나부끼지
않는다. 그런데도 어째서 시인은 바람보다 더 빨리 움직인다고 말하는
것일까. 이러한 물음과 관련하여 우리는 김기중의 다음과 같은 언급을
참조할 필요가 있다.

> 여기서 화자는 가까이 있는 풀뿐만이 아니라 들판 저편의 멀리 있는 풀들
도 바라본다. 가까이 있는 풀들은 바람이 불면 눕고 바람이 지나갔을 때 일
어나지만 멀리 보이는 풀들은 그렇지 않다. 시적 화자가 바람을 촉감으로
느끼기도 전에 이미 바람이 불어오고 있는 동쪽의 멀리 보이는 풀들은 눕는
다. 또한 화자가 촉감과 소리로 바람을 느낄 때쯤이면 이미 바람이 지나온
저편의 풀들은 일어난다. 바람보다 더 빨리 눕고 먼저 일어나는 것이다. 마
찬가지로 바람이 진행하는 방향의 멀리 보이는 풀들은 바람보다 늦게 눕는
것처럼 보인다.[54]

김기중의 설명은 이 작품이 철저하게 객관적 사실에 기초하고 있다
는 점을 다시 한 번 확인시켜 준다. 그의 설명대로 좀더 확대된 공간과
시야를 통하여 볼 때, 풀은 바람보다 더 빨리 움직이는 것처럼 보인다.
하지만 화자가 촉감과 소리로 바람을 느낄 때쯤이면 이미 바람이 지나
온 저편의 풀들은 일어난다고 해서 그것들이 실제로 바람보다 더 빨
리, 즉 자기 스스로의 힘으로 움직이는 것은 아니다. 현실의 외부 공간
에서 풀은 바람보다 더 빨리 움직일 수는 없다. 「달나라의 장난」에서
팽이가 스스로 돌 수 없듯이 풀 역시 스스로 움직일 수 없는 것이다.
스스로 움직일 수 있는 풀의 힘은 객관적인 외부의 현실 공간에서는

54) 김기중, 같은 논문, 같은 책, pp.357~358.

결코 성립될 수 없다. 그것은 하나의 환상이다. 이 작품의 핵심은 환상과 그것의 근거인 사실의 '대극적인 긴장'에 있다. 김수영 시의 기본 전략은 '언어의 서술'과 '언어의 작용'과 관련된 구절들을 한 작품 안에서 동시에 포섭하는 것이다. 김수영 시에는 '서술'이나 '언어의 작용' 그 어느 한쪽에만 주력한 작품이 없는 것은 아니지만 대개의 경우 그것들을 동시에 수용한다. 그리고 '언어의 서술'과 관련된 부분에 '경구'나 '격언'을 집어 넣거나 대(對)사회적인 발언들을 집어 넣는다. 「풀」의 경우는 '언어의 작용'에 주력한 작품으로 볼 수 있을 것이다. 「풀」에서 주목해야 할 것은 '언어의 작용'과 긴장을 이루는 대립항으로서의 '언어의 서술' 부분이 결여 되어 있음에도 불구하고, 작품에 독특한 긴장이 구축되어 있다는 점이다. 그 긴장은 바람에 나부끼는 풀의 '타율적인 움직임'(사실)과 바람 없이도 움직이는 풀의 '자율적인 움직임'(환상)의 충돌에서 유발된다. '사실'과 '환상'의 충돌에서 빚어지는 긴장은 이 작품에 대한 일방적인 확대해석을 차단하기도 하지만 동시에 무한한 해석의 가능성을 열어주기도 한다. 이 작품의 '힘'은 바로 그 점에 있다. 작품 안으로 수용된 낱말들의 물질성, 그것들의 소리가 그것들만의 고유한 존재를 주장하면서, 사물의 근원에 이르는 길에 대한 무한한 상상을 불러일으키는 것이다.

V. 맺음말

본고는 김수영의 시의식을 해명하기 위해 그의 시론과 시에 나타나는 '긴장'과 '힘'의 문제를 중심으로 고찰하였다.

김수영은 시론에서 '긴장'과 '힘'을 강조하였다. 그는 앨런 테잇의 '긴장의 시론'에 시사받은 시에서의 '긴장의 역학'에 대한 이해를 바탕으로 이를 자기화하여 자신과 다른 시인의 작품을 보는 평가의 기준으로 삼았다. 김수영은 여러 유형의 대립항들을 자신의 시론으로 이끌어들였다. 각각의 대립항이 이루는 원주(圓周)는 예술의 자율적 본질과 사회적 본질의 첨예한 대립의 문제였다. 시에 대한 인식이 단편적으로 제시되어 있는 글들에 나오는 진술들에 근거할 때, 그는 그 문제를 오래도록 숙고해 왔음이 확인되었다. 김수영은 '기술자적 발언'·'지사적 발언'·'언어의 서술'·'언어의 작용' 등의 용어를 통해 그 문제를 제기하였다. '지사적 발언'과 '언어의 서술'은 예술의 사회적 본질을, '기술자적 발언'과 '언어의 작용'은 예술의 자율적 본질을 각각 의미한다. 예술의 자율적 본질과 사회적 본질의 첨예한 대립의 문제는 우리 시문학사에서 김수영에 이르러서야 비로소 촉발된 것이 아니다. 그것은 서구 근대 예술의 성립과 전개 과정에서 끊임없이 제기되어 왔으며, 우리 근대 시문학사의 성립과 전개에서도 결코 예외적이지 않았다. 김수영에게서 특별한 점은, 그가 서로 긴장 관계에 놓여 있는 그 두 가지 요인을 추상적 이분법의 구도에 머무르게 하지 않고 그것들의 통일성에 대한 해명을 시도하고자 했다는 것이다.

김수영의 대표적 시론인 「시여, 침을 뱉어라」에서 주목되는 것은, 그가 예술의 내용과 형식의 문제를 현실성과 예술성의 문제와 함께 거론하고 있다는 점이다. 그처럼 예술의 내용과 형식만을 말하지 않고, 그것들을 각각 현실성과 예술성에 연결시켜 자신의 시론을 전개해 나가고 있다는 점을 고려할 때, 그가 예술의 사회적 본질과 자율적 본질의 문제에 대한 해명에 관심을 기울이고 있음을 알게 된다. 만일 그가 자신의 시론에서 내용과 형식이라는 개념만을 가지고 작업을 수행했다면, 그것은 그 자체로서 형식적인 범주의 논의 속에 한정되고 말았을 것이다. 김수영은 그 점을 명확히 인식하고 있었고, 자신의 시론의 전개 과정에서 일관되게 견지했다. 김수영이 시에서 내용과 형식의 문제를 "내용이 반 형식이 반이라는 식으로 도식화해서 생각해서는 아니된다"라고 말했을 때, 그것은 추상적 이분법을 거부한다는 것을 가리킨다. 김수영의 주장에 따르면, 시에서 내용과 형식을 그와 같이 추상적으로 도식화할 수 없는 이유는 "예술성의 편에서는 하나의 시작품은 자기의 전부이고, 산문의 편, 즉 현실성의 편에서도 하나의 작품은 자기의 전부이"기 때문이라는 것이다. 그 구절에서 김수영이 '현실성'과 '예술성'이라는 용어를 굳이 골라 쓰고 있다는 사실에서도, 그의 의도가 예술의 양면성으로서의 자율성(예술성)과 사회성(현실성)에 대한 해명에 있었음이 확인된다. 사회(혹은 현실)에서 이루어지기를 열망하는 어떤 객관적 실천에 대한 관심은, 김수영의 용어로 표현하면 '언어의 서술' 이나 '지사적 발언' 이라 할 수 있다. 그것을 사회적 참여라고 바꾸어 쓸 수도 있을 것이다. 이 경우 참여는, 단순히 불만스러운 상태를 개선하거나 명시적인 제안을 목표로 하기보다는 그러한 상황의 조건들을 변혁시키려 한다. 그처럼 상황을 변혁시키겠다는 의지와 변혁된 상태에 대한 동경이 작품에 수용되는 경우, 작품이 표명하는 바는 그 자체가 작품에 합당한 소재 내용으로 된다. 그러나 예술 작품이, 다른 그 무엇이 아닌 바로 그것이게 하는 자율적 형식 법칙에서 벗어날 수는 없다. 여기서 형식은 작품에서의 기법이나 기교 혹은 단순히 감각적인 요인만을 의미하지 않는다. 형식은 작품에 수용된 모든 개별적 요인들의 미학적 연관 관계에 대한 총괄 개념이다. 형식 법칙을 벗어나게 되면, 그것은 이미 예술 작품이 아닌 다른 것이 된다. 「생활현실과 시」라는 글에서, "한국의 시인들은 현실도피를 하지 말고 현실을 이기고 일어 서라"는 장일우의 주장에 김수영이 적극적으로 동조를 하면서도 이의를 제기하는 것은, 장일우가 예술 작품에서의 그와 같은 내용(현실성)과 형식(예술성)의 긴장 관계를 지나치게 안이하게 생각한다는 점 때문이었다. 요컨대, 현대의 문제적 상황에 대한 의식 없이는 현대시를 쓸 수 없으므로 시인은 시 쓰기 이전에 그것을 이해할 수 있는 지식인(지사)으로서의 지성을 갖추어야 하지만, 동시에 시인은 시를 쓰는 사람이므로 '언어의 작용' 에 투신할 수 있는 기술자로서의 고민도 함께 갖추어야 한다는 것이 시에 대한 김수영의 사유의 핵심이다.

여러 유형을 대립항들을 통하여 김수영이 해명하고자 한 시에서의 '긴장' 과 '힘' 의 문제는, 1920년대의 '내용과 형식 논쟁' 이나 1930년대의 '기교주의 논쟁', 그리고 1960년대의 '순수와 참여 논쟁' 의 자장권 안에 포함될 수 있다. 우리의 경우, 그런 논쟁들은 예술의 양면성 속에 잠재하는 예술의 핵심적 본질에 대한 이해에 항상 방해가 되어 왔다. 우리 근대문학사에서 그런 논쟁들은 서로 긴장 관계를 지니는 두 가지 요인을 단순히 양자택일적인 형태로 제시해 왔기 때문이다. 개별 예술가들은 그 중에 어느 하나를 선택해야 한다는 결론에 이르렀던 것이다. 예술의 본질상 그 양자의 관계는 결코 간단하게 구별할 수 있는 문제도 아니고 고정된 정의를 내릴 수 있는 문제도 아니다. 비록 김수영이 명확한 체계로서 그 문제를 해명하지는 못했다고 하더라도, 시에서 '긴장'의 역학에 대한 나름의 이해를 바탕으로 그 문제에 대한 추상적인 이분법을 넘어서고자 하였다는 점은 충분히 주목되어야 할 것이다.

김수영이 이른바 '참여파'의 논리로써 '예술파'(순수파)의 시를 재단하지 않고 '예술파'의 논리로써 '참여파'의 시를 배제하지 않았던 이유도, '시다운 시' 혹은 '작품다운 작품'이라면 필연적으로 갖추어야 할 시의 본질로서의 '긴장'과 '힘'에 대한 이해와 신념에 있었던 것이다. 김수영은 작가나 시인이 택할 수 있는 두 가지 방향의 참여—사회적 참여와 문학적 참여를 '긴장'의 역학 속에서 함께 포섭하고자 노력하였다. 그런 점에서 김수영을 일방적인 의미에서의 참여론자로 규정하려는 시각은 분명히 재고되어야 할 것이다.

김수영의 시론에 대한 검토를 바탕으로 하여 본고에서는 '힘으로서의 시의 존재'를 향한 김수영의 시적 모험의 내재적 변화에 주목하였다. 김수영에게 1950년대는 준비와 모색의 기간이었다. 그런 준비와 모색의 기간을 그는 '생활'이란 날줄과 '독서'라는 씨줄로 엮어 나갔다. 김수영에게 50년대는 준비와 모색의 기간이었다는 관점에서 볼 때, 김수영에게는 50년대 시를 관통하는 시작(詩作)상의 어떤 원리가 있었다. 그것은 50년대에 씌어진 그의 시 대부분에 적용되는 형상화의 원리로서 우리는 그것을 '검증의 시학'이라 지칭했다. 요컨대 50년대 그의 시는, 일기의 산문적 진술의 직접성과 명징한 설명성이 시의 형태로의 압축 과정에서 배제돼 버리고, 일기 내용의 중심 매듭점인 질

책 · 반성 · 다짐 · 격려 등이 감정과 긴장이 실린 극적(劇的) 담화로 표출된 것이라 할 수 있다.

50년대 김수영 시에서 또 하나 주목해야 할 것은 '죽음'의 문제이다. 본고에서는 「병풍」을 면밀히 분석해 봄으로써 그 문제를 검토하였다. 「병풍」의 제11행 "내 앞에 주검을 가지고 주검을 막고 있다"는 구절은 이른바 예술가의 죽음에 대한 김수영의 고뇌를 보여주는 것이었다. 말없는 예술 작품은 일종의 주검과 같은 것일 수도 있지만 그것이 이루어진 내재적 과정에 진정으로 참여함으로써 그것의 진리 내용을 보존하는 보존자를 통해 되살아날 수 있다. 바로 그런 의미에서 그 주검은 곧 부패해 버릴 몸뚱이로서의 주검을 막을 수 있는 것이다. 작품이라고 해서 모든 것이 다 그 창작자의 생물학적 종말로서의 죽음을 막을 수 있는 것은 아니다. 김수영의 말을 빌려 표현하자면, '진정한 힘'을 갖춘 작품만이 그렇게 할 수 있을 것이다. 「병풍」에서 김수영은 예술 작품의 도약 가능성을 통하여 이루어질 수 있는 존재 자체의 도약 가능성을 엿보고 있었던 것이다.

60년대에 이르러서도 김수영은 '검증의 시학'을 지속적으로 관철시켜 나갔지만 50년대의 그러한 시 쓰기의 원리를 무반성적으로 답습한 것은 아니었다. 50년대에 씌어진 시들의 대부분은 그 내용상의 매듭점인 질책 · 반성 · 다짐 · 격려 등의 목소리만이 지나치게 두드러지고 그것의 계기가 된 상황은 모호하게 처리돼 있었다. 이에 비해 60년대의 시들은, 자기도 모르는 사이에 세상의 허위를 닮아 있는 '나'를 발견하게 된 상황 자체를 극화(劇化)하고 있다. 60년대에 씌어진 많은 시들에서 김수영은 스스로 연출자가 되어 작품 안에 연극적 상황을 설정하고 자신도 주요 등장인물로 등장한다. 그와 같은 '극적 구상성'을 지닌 시들에서는 강한 풍자와 야유가 동반된다. 그는 작품에 설정된 연극적 상황 안에 수용된 모든 인물들의 생각과 행동을 풍자하고 야유한다.

야유와 풍자의 이면에는 '과연 가치가 있는가' 라는 시인의 근본 물음이 깔려 있다. 김수영에게 가치가 있는 것은 바로 '힘' 이었다. 김수영은 '하나의 지속적인 생성' 으로 작동되는 그런 '힘' 이외의 것은 그 무엇도 가치있고 귀중한 것으로서 인정하지 않았다. 자신의 생활과 다른 사람의 생활, 그리고 자신의 작품과 다른 사람의 작품의 가치를 판단하는 근거로서 그는 언제나 '힘' 을 염두에 두었다. 그처럼 김수영에게서 모든 가치 정립은 '힘에의 의지' 로부터 출발하고 그 자신과 그 자신이 바라보거나 관계를 맺는 그 모든 것들에 대한 가치 평가의 척도를 부여하면서 '힘에의 의지' 로 돌아간다.

본고의 검토에 따르면, 김수영은 60년대 중반 이후부터 생활의 여유를 갖기 시작했다. 여러 산문들에서 김수영이 60년대 중반 이후 그런 '여유' 의 문제를 놓고 매우 고민한 것으로 보이는데, 그 고민의 내용은 경제적인 여유를 정신상의 여유로 승화시킬 수 없는가 하는 것이었다. 김수영의 그와 같은 고민의 이유는, 어떤 한 시점에서는 부정적인 모습으로 은닉되거나 위장되어 있지만, 시간의 과정 속에서 그런 부정적인 은폐의 방식을 벗어던짐으로써 새로운 도약이나 생성으로 전환될 수 있는 사물과 현상의 본질적 가능성을 꿰뚫어 볼 수 있는 힘이 정신상의 여유에서 비롯된다는 그의 이해와 인식에 있었다.

김수영은 60년대 후반에 이르러 새로운 '긴장' 과 '힘' 의 문제에 대해 고민한 것으로 보인다. 「미인」에서 확인된 '긍정' 과 '여유' 의 연습 역시 그와 같은 새로운 '긴장' 과 '힘' 의 모색의 일환이었는데, 그의 마지막 작품인 「풀」 역시 그런 모색의 일단을 보여주었다. 김수영 시의 기본 전략은 '언어의 서술' 과 '언어의 작용' 과 관련된 구절들을 한 작품 안에서 동시에 포섭하는 것이다. 김수영 시에는 '언어의 서술' 이나 '언어의 작용' 그 어느 한쪽에만 주력한 작품이 없는 것은 아니지만 대개의 경우 그것들을 동시에 수용한다. 그리고 '언어의 서술' 과 관련된 부분에 '경구'나 '격언'을 집어 넣거나 대(對)사회적인 발언들을 집어 넣는다. 「풀」의 경우는 '언어의 작용'에 주력한 작품으로 볼 수 있을 것이다. 그런 「풀」에서 주목해야 할 것은 '언어의 작용'과 긴장을 이루는 대립항으로서의 '언어의 서술' 부분이 결여 되어 있음에도 불구하고, 작품에 독특한 긴장이 구축되어 있다는 점이다. 그 긴장은 바람에 나부끼는 풀의 '타율적인 움직임'(사실)과 바람 없이도 자유자재로 움직이는 풀의 '자율적인 움직임'(환상)의 충돌에서 유발되는 것이다. 그와 같이 '사실'과 '환상'의 충돌에서 빚어지는 긴장은 이 작품에 대한 일방적인 확대 해석을 차단하기도 하지만 동시에 무한한 해석의 가능성을 열어 주기도 한다. 이 작품의 '힘'은 바로 그 점에 있다. 작품 안으로 포섭된 낱말들의 물질성, 그것들의 소리가 그것들만의 고유한 존재를 주장하면서, 사물들의 어떤 근원에 이르는 길에 대한 무한한 상상을 불러일으키는 것이다.

이상에서 우리는 이 논문에서 진행된 논의의 요점들을 요약 정리해 보았다. 요컨대 김수영 문학에 대한 본고의 논의는 김수영의 정신의 편력을 추적하는 과정이었다. 김수영의 그런 정신 편력은 '진정한 힘'의 시적 성취를 위한 것이었고, 이미 그의 초기시에서부터 지속적으로 진행된 것이었다. 진정한 힘의 시적 성취를 위한 지적 편력의 과정을 통해 김수영이 전취(戰取)한 미덕 가운데 하나는 자기와 세상의 허위에 대한 반성의 철저함에 있었다. 「풀」의 경우도 단순히 흥미롭기만 한 환상을 다룬 것으로 보아서는 안 된다. 무심코 지나쳐 버릴 수도 있었을 그 환상을 그가 그토록 집요하게 탐색한 데에는 분명한 이유가 있었다. 그것은 그가 '검증의 시학'을 통해서 단련시켰던, 자기와 세상의 허위에 대한 저항과 거절의 의지를 더욱 고양된 생성의 힘으로 전환시키기 위함이었다. 「풀」에서 바람에 의하지 않고는 움직일 수 없는 풀의 상태는, 자본의 지배 논리란 맹목적 법칙에 따라 움직이는 인간의 현재 상태와도 흡사하다. 풀의 자율성이라는 초월적 암호는 그것의 타율성이라는 속박 상태에 대한 위대한 거절을 의미한다. 시인은 그것을 풀의 본성 속에 내재한 것으로 파악하고 풀에게 구체적 형상을 부여해 주었다. 그러한 일은 풀에 대한 시인의 사랑 없이는 성립하지도 못했을 것이다. 자연에 대한 억압은 인간에 대한 억압을 의미하기도 한다. 또한 자연에 대한 사랑은 인간에 대한 사랑을 의미하기도 한다. 시인의 사랑은 단순히 자연을 관상하거나 자연으로 도피하는 태도와는 거리가 멀다. 김수영은, 풀의 움직임의 무한한 가능성 속에 침잠해 들어감으로써 풀에 대한 자기의 사랑을 '이행' 했던 것이다. 이 경우, 사랑이 정신적이라는 것은 굳이 말할 필요도 없다. 문학이 진정으로 탐구해야 할 것은 바로 그와 같은 정신일 것이다. 왜냐하면, 타의적으로 이루어진 현상태의 인간에 만족하지 않고, 우리들 자신은 잘 모르지만 우리들에게 고유한 어떤 특성 속에 침잠하는 진정한 노래를 부르는 시인의 정신만이 인간을 존중하기 때문이다.

참고문헌

■ 시집, 산문집, 번역서

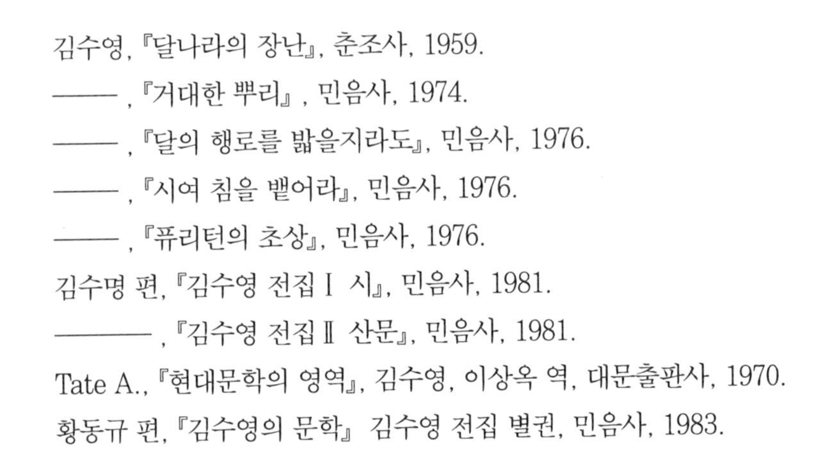
김수영, 『달나라의 장난』, 춘조사, 1959.
——, 『거대한 뿌리』, 민음사, 1974.
——, 『달의 행로를 밟을지라도』, 민음사, 1976.
——, 『시여 침을 뱉어라』, 민음사, 1976.
——, 『퓨리턴의 초상』, 민음사, 1976.
김수명 편, 『김수영 전집 I 시』, 민음사, 1981.
————, 『김수영 전집 II 산문』, 민음사, 1981.
Tate A., 『현대문학의 영역』, 김수영, 이상옥 역, 대문출판사, 1970.
황동규 편, 『김수영의 문학』 김수영 전집 별권, 민음사, 1983.

■ 평론 및 기타

고석규, 「이상과 모더니즘」, 『여백의 존재성』, 지평, 1990.
구모룡, 「도덕적 완전주의」, 『조선일보』, 1982. 1.
김기중, 「윤리적 삶의 밀도와 시의 밀도」, 『세계의문학』, 1992년 겨울호.
김명렬, 「모더니즘의 양면성」, 『세계의문학』, 1982년 가을호.
김병걸, 「김수영의 시와 문학정신」, 『세계의문학』, 1981년 겨울호.
김병익, 「진화, 혹은 시의 다의성」, 『들린 시대의 문학』, 문학과 지성사, 1985.

김상환, 「김수영과 책의 죽음」, 『세계의문학』, 1993년 겨울호.
김소영, 「김수영과 나」, 『시인』, 1970. 8.
김시태, 「50년대와 60년대의 차이」, 『시문학』, 1975. 1.
김영무, 「김수영의 영향」, 『세계의문학』, 1982년 겨울호.
김우창, 「예술가의 양심과 자유」, 『궁핍한 시대의 시인』, 민음사, 1978.
김용직, 「1930년대 한국 모더니즘의 형성과 전개」, 『현대시사상』, 1985년 가을호.
김윤식, 「모더니티의 파탄과 초월」, 『심상』, 1974. 2.
——, 「시에 대한 질문방식의 발견」, 『시인』, 1970. 8.
——, 「김수영 변증법의 표정」, 『세계의문학』, 1982년 가을호.
김이원, 「김수영 시 연구」, 『시문학』, 1993. 6~9.
김인환, 「시인의식의 성숙과정—김수영의 경우」, 『월간문학』, 1972. 5.
——, 「한 정직한 인간의 성숙과정」, 『신동아』, 1981. 11.
김종철, 「시적 진리와 시적 성취」, 『문학사상』, 1973. 9.
——, 「김수영론」, 박철희·김시태 편, 『작가, 작품론』, 문학과비평사, 1990.
——, 「첨단의 노래와 정지의 의미」, 『문학사상』, 1976. 9.
김주연, 「교양주의의 붕괴와 언어의 범속화」, 『정경문화』, 1982. 5.
——, 「비극적 세계관과 새로운 생명」, 『현대문학』, 1993. 6.
김준오, 「한국 모더니즘의 현단계」, 『현대시사상 1』, 1988.
——, 「한국 모더니즘 시론의 사적 개관」, 『현대시사상』, 1991년 가을호.
김지하, 「풍자냐 자살이냐」, 『시인』, 1970. 8.
김춘수, 「후반기 동인회의 의의」, 『심상』, 1975. 8.
김　현, 「시와 시인을 찾아서—김수영 편」, 『심상』, 1974. 5.

——, 「김수영의 풀:웃음의 체험」, 『한국현대시작품론』, 문장사, 1981.
——, 「테로리즘의 문학」, 『문학과지성』, 1971년 여름호.
——, 「자유와 꿈」, 『김수영 시선—거대한 뿌리』 해설, 민음사, 1974.
——, 「김수영에 대한 대한 두개의 글」, 『책읽기의 괴로움/살아있는 시들』 김현문학전집 , 문학과지성사, 1992.
김현경, 「임의 시는 강변의 별빛」, 『주부생활』, 1969. 9.
김현승, 「김수영의 시적 위치」, 『현대문학』, 1967. 8.
——, 「김수영의 시사적 위치와 업적」, 『창작과비평』, 1968년 가을호.
김화영, 「미지의 모험 · 기타」, 『신동아』, 1976. 11.
김흥규, 「시론 30년의 궤적」, 『심상』, 1975. 8.
노대규, 「시의 언어학적 분석:김수영의 '눈'을 중심으로」, 『매지논총』 3집, 1987. 2.
백낙청, 「김수영의 시세계」, 『현대문학』, 1968. 6.
——, 「시민문학론」, 『창작과비평』, 1969년 여름호.
——, 「역사적 인간과 시적 인간」, 『창작과비평』, 1977년 여름호.
서우석, 「시와 리듬」, 『문학과지성』, 1978년 봄호.
송재영, 「시인의 시론」, 『현대문학의 옹호』, 문학과지성사, 1979.
신동엽, 「지맥 속의 분수」, 『한국일보』, 1968. 6.
안수길, 「양극의 조화」, 『현대문학』, 1968. 8.
염무웅, 「김수영론」, 『창작과비평』, 1976년 겨울호.
오규원, 「한 시인과의 만남」, 『현실과 극기』, 문학과지성사, 1976.
유종호, 「현실참여의 시:수영, 봉건, 동문의 시」, 『세대』, 1963. 1~2.
——, 「시의 자유와 관습의 굴레」, 『세계의문학』, 1982년 봄호.
이남호, 「현실과 문학과 모더니즘」, 『세계의문학』, 1988년 가을호.

이상옥, 「자유를 위한 영원한 여정」, 『세계의문학』, 1982년 겨울호.
이숭원, 「김수영론」, 『시문학』, 1983. 4.
이어령, 「서랍 속에 든 불온시를 분석한다」, 『사상계』, 1968. 3.
———, 「문학은 권력이나 정치이념의 시녀가 아니다」, 『조선일보』, 1968. 3. 10.
이영섭, 「김수영의 '신귀거래' 연구」, 『연세어문학』 제18집, 1985. 12.
이 탄, 「김수영의 이상주의」, 『한국현대시사연구』, 일지사, 1983.
임중빈, 「자유와 순교(上)」, 『시인』, 1970. 8.
전봉건, 「사기론」, 『세대』, 1965. 2.
정과리, 「현실과 전망의 긴장이 끝간 데」, 『문학, 존재의 변증법』, 문학과 지성사, 1985.
정남영, 「김수영의 시와 시론」, 『창작과비평』, 1993년 가을호.
정재찬, 「김수영론:죄의식과 저항, 시적 진실과 죽음」, 『문학사상』, 1989. 9.
정현종, 「시와 행동, 추억과 역사」, 『월간조선』, 1982. 1.
천이두, 「삭임의 미학적 윤리적 표상」, 『현대문학』, 1992. 9.
최동호, 「분단기의 현대시」, 『현대시의 정신사』, 열음사, 1995.
최정희, 「거목같은 사나이」, 『현대문학』, 1968. 8.
최하림, 「60년대 시인 의식」, 『현대문학』, 1974. 10.
홍사중, 「탈속의 시인 김수영」, 『세대』, 1968. 7.
황동규, 「절망 후의 소리」, 『심상』, 1974. 9.
———, 「정직의 공간」, 『달의 행로를 밟을지라도』 해설, 민음사, 1976.

■ 학위논문

김종윤, 「김수영 시연구」, 연세대 박사논문, 1987.
김혜순, 「김수영 시연구—담론의 특성연구」, 건국대 박사논문, 1993. 8.
민병기, 「30년대 모더니즘 시의 심상체계연구」, 고려대 박사논문, 1985.
유재천, 「김수영의 시 연구」, 연세대 박사논문, 1986.
윤정룡, 「1950년대 한국 모더니즘 시 연구」, 서울대 박사논문, 1991.
이광수, 「1950년대 모더니즘 시 연구」, 고려대 박사논문, 1995.
이건제, 「김수영 시의 변모양상 연구」, 고려대 석사논문, 1990.
이남오, 「윤동주 시의 의도연구」, 고려대 박사논문, 1989.
이종대, 「김수영 시의 모더니즘 연구」, 동국대 박사논문, 1993.
조명제, 「김수영 시 연구」, 전주우석대 박사논문, 1994.

■ 단행본

김기림, 『시론』, 백양당, 1947.
김명인, 『한국근대시의 구조연구』, 한샘, 1988.
김성기 외, 『모더니티란 무엇인가』, 민음사, 1994.
김용직 외, 『한국현대시연구』, 일지사, 1975.
김우창, 『궁핍한 시대의 시인』, 민음사, 1987.
김욱동, 『바흐친과 대화주의』, 나남, 1990.
김윤식, 『근대한국문학연구』, 일지사, 1973.
——— , 『한국현대시론비판』, 일지사, 1976.

———, 『한국현대문학사』, 일지사, 1983(증보판).
———, 『근대시와 인식』, 시와시학사, 1992.
김윤식 · 김 현, 『한국문학사』, 민음사, 1973.
김인환, 『문학과 문학사상』, 열화당, 1978.
———, 『상상력과 원근법』, 문학과 지성사, 1993.
———, 『비평의 원리』, 나남출판, 1994.
김종길, 『시론』, 탐구당, 1975.
김준오, 『한국현대장르비평론』, 문학과지성사, 1990.
———, 『시론』, 삼지원, 1991(3판).
김 현, 『한국문학의 위상』, 문학과지성사, 1977.
문덕수, 『한국모더니즘시 연구』, 시문학사, 1981.
박용철, 『박용철전집(평론집)』, 시문학사, 1940.
백 철, 『신문학사조사』, 백철문학전집 4, 신구문화사, 1968.
백낙청, 『민족문학과 세계문학 I』, 창작과비평사, 1978.
———, 『민족문학과 세계문학 II』, 창작과비평사, 1985.
서우석, 『시와 리듬』, 문학과지성사, 1981.
서준섭, 『한국모더니즘 문학 연구』, 일지사, 1988.
성기옥, 『한국시가율격의 이론』, 새문사, 1986.
송 욱, 『시학평전』, 일조각, 1963.
송하춘 · 이남호 편, 『1950년대의 시인들』, 나남, 1994.
오규원, 『현대시작법』, 문학과 지성사, 1990.
오생근, 『현실의 논리와 비평』, 문학과 지성사, 1994.
오세영, 『20세기 한국시연구』, 새문시, 1989.
오탁번, 『한국현대시사의 대위적 구조』, 고려대 민족문화연구소, 1988.
유종호, 『시란 무엇인가』, 민음사, 1995.

이남호, 『문학의 위족』, 민음사, 1990.
이상섭, 『문학비평용어사전』, 민음사, 1976.
——, 『복합성의 시학:뉴크리티시즘 연구』, 민음사, 1987.
이선영, 『한국문학대사전』, 문원각, 1973.
이승훈, 『한국현대시론사』, 고려원, 1993.
이어령, 『저항의 문학』, 예문관, 1965.
이정민 외 편, 『언어과학이란 무엇인가』, 문학과지성사, 1977.
이창배, 『20세기 영미시의 형성』, 민음사, 1979.
이형기, 『시란 무엇인가』, 한국문연, 1993.
정현종 · 김주연 · 유평근 편, 『시의 이해』, 민음사, 1983.
조연현, 『한국현대문학사』, 인간사, 1968(증보판).
최동호, 『현대시의 정신사』, 열음사, 1985.
——, 『불확정시대의 문학』, 문학과지성사, 1987.
——, 『한국현대시의 의식현상학적 연구』, 고려대 민족문화연구소, 1989.
——, 『평정을 시학을 위하여』, 민음사, 1991.
——, 『하나의 道에 이르는 시학』, 고려대출판부, 1997.
최하림, 『자유인의 초상』 김수영 평전, 문학세계사, 1981.
가스통 바슐라르, 『공간의 시학』, 곽경수 역, 민음사, 1990.
로만 야콥슨, 『문학 속의 언어학』, 신문수 편역, 문학과지성사, 1989.
루시앙 골드만, 『숨은 신』, 송기형 · 정과리 역, 연구사, 1986.
마르셀 레몽, 『프랑스 현대시사』, 김화영 역, 문학과지성사, 1983.
빅토르 어얼리치, 『러시아 형식주의』, 박거용 역, 문학과지성사, 1983.
유진 런, 『마르크시즘과 모더니즘』, 김병익 역, 문학과지성사, 1986.
츠베탕 토도로프, 『구조시학』, 곽광수 역, 문학과지성사, 1977.
테리 이글턴, 『문학이론입문』, 김명환 · 정남영 · 장남수 공역, 창작과

비평사, 1986.
A. 하우저, 『문학과 예술의 사회사:현대편』, 백낙청·염무웅역, 창작과 비평사,1974.
F.—W. 폰 헤르만, 『하이데거의 예술철학』, 이기상·강태성 역, 문예출판사, 1997.
J.P. 리샤르, 『시와 깊이』, 윤영애 역, 민음사, 1984.
M. 하이데거, 『시와 철학:휠덜린과 릴케의 시세계』, 소광희 역, 박영사, 1972.
————, 『형이상학 입문』, 박휘근 역, 문예출판사, 1994.
————, 『현상학의 근본문제들』, 이기상 역, 1994.
————, 『예술작품의 근원』, 오병남 · 민형원 역, 예전사, 1996.
N. 프라이, 『비평의 해부』, 임철규 역, 한길사, 1982.
페터 뷔르거, 『지배자의 사유』, 김윤상 역, 인간사랑, 1996.
T.S.엘리어트, 『문예비평론』, 최종수 역, 박영사, 1974.
T.W.아도르노, 『아도르노의 문학이론』, 김주연 역, 민음사, 1985.
————, 『미학이론』, 홍승용 역, 문학과지성사, 1984.
Allen Tate, *The Man of Letters in the Mordern World*, New York:Meridian Books, 1955.

제2부

서정시와 사회성

한국 현대 서정시론의 한 양상

조지훈의 시론을 중심으로

이 글은 1950년대 대표적 시론으로 평가할 수 있는 조지훈의 시론을 검토하기 위한 것이다. 글의 전개에 앞서 우선 확인해야 할 사항이 한 가지 있다. 그것은 한국 현대 서정시론의 한 양상을 살펴 보기 위한 텍스트로서 어째서 조지훈의 시론을 선택했는가 하는 점이다. 이 문제를 확인하기 위해서는 서정시론의 개념을 정리할 필요가 있다.

서정시론은 말 그대로 서정시에 관한 시론이다. 그렇다면 서정시란 무엇인가. '서정시' 라는 용어는, 넓게는 동양의 시학 그리고 좁게는 한국시의 전통에서 자생적으로 생성된 것은 아니다. 그것은 영어 '리릭(lyric)' 의 의역어(意譯語)이다. 리릭은 그리스어 '리리코스(lyricos)' 와 라틴어 '리리쿠스(lyricus)' 에서 온 것으로 '라이어(lyre)' 란 악기에 맞추어 부르는 노래를 의미한다.

'서정시' 라는 용어 사용의 역사적 맥락에서, '리릭' 이 서정시 일반, 즉 오늘날 보편적으로 사용되는 장르상의 명칭으로 통용되기 시작한 것은 19세기에 들어온 이후의 일로 추정되는데, 독일의 경우만 하더라도 19세기의 30년대까지 이 용어가 사용된 적은 없었다고 한다.[1] 서구(특히 독일)에서 '서정적 시문학' 이라는 표현은 '서정적 시' 라든지 '서정적 문학' 이라는 개념과 비슷하게 상당히 오랜 연륜을 가지고 있지만, 18세기까지도 그것은 장르라기보다 다양한 그리고 운율적으로 규정된 형식들의 느슨한 집합체를 지칭했다는 것이다.

'리릭' 이란 용어의 어원상 특성과 관련하여 '서정적 문학 예술' 을 일종의 장르로서 이해하려는 초기의 시도들은 다른 그 무엇보다도 이 장르를 '노래' 또는 '가창성' 으로 규정하려는 경향을 보여왔다.[2] 그러나, 이와 같이 서정시를 무엇보다 송가 혹은 가요와 동일시하는 입장에서 연장되었던 관점은, 이른바 서정적이라고 불리는 시들이 역사적 시간의 경과와 함께 더 이상 가창될 수 있는 것이 아니라고 판명되자 점차로 포기되기에 이르렀으며, 19세기에 들어서면서 완전히 포기되었다. 이러한 과정은 매우 점진적으로 진행되었는데, 그 과정에서 서정시에 관한 개념규정과 관련한 패러다임의 변화가 시작되었다. 그러한 변화의 방향은 서정적 시들은 '가창성을 가지고 있다' 는 생각을 유지하면서 서정시를 '감정 · 감성, 혹은 열정의 표현' 과 같이 서정시에 내재하는 특별한 내용으로 규정하기 시작한 것이다. 따라서 고대적 경향의 '송가' 들이나 '찬가' 들을 서정적 시문학으로 평가할 뿐만 아니라 역시 감성을 그 대상으로 삼고 있다는 이유에서 중세의 '연가' 역시 서정적 시문학으로 취급하기 시작하였다.

서정적 시문학에 대한 개념 규정의 이러한 확장과 더불어 새로운 강조점의 이동이 일어나는데, 서정시를 '고양된 감성의 서술' 이나 '열정적 감정의 직접적 표현' 으로 보는 관점은 19세기에 이르러 헤겔의 미

1) 이 글에서 제시된 서정시 이론의 역사에 대한 간략한 소개는 다음 책을 참고로 한 것이다. 디이터 람핑, 장영태 옮김, 『서정시:이론과 역사』(문학과지성사, 1994).

2) 서정시의 원초적 형태가 노래였다는 점에서는 동양과 서양이 일치하는 듯하다. 동양의 문학 이론에 관한 명저인 유협의 『문심조룡』가운데 시(詩)에 대한 해명을 시도하고 있는 '명시(明詩)' 라는 장에서 이 문제를 검토하고 있는데, 유협도 시의 원초적인 형태를 곡조와 가사가 결합된 것으로 보고 있다.

학에서 볼 수 있는 것처럼 서정시의 주관성 이론으로 체계화되기 시작한다.[3] 독일의 경우 헤겔의 그러한 전통에 의거하여 피셔의 "참된 서정적 중심"이나 에밀 슈타이거의 "서정적 정조"에 관한 이론으로 정교화되었다. 서정시의 이러한 주관성 이론은 19세기 동안에는 거의 의문이 제기되지 않았으나 20세기에 들어와서는 그에 대한 근원적인 의문이 제기되었다.

이는 서정시의 주관성 이론이 서정시의 모든 역사적 형식들의 구체적 현존을 만족하리만치 포섭할 수 없었기 때문이다. 에밀 슈타이거의 이론만 하더라도 그것은 괴테에서 뫼리케 사이의 독일 서정시에서 발견되는 특징들을 개념화한 것이어서, 고대로부터 르네상스 시대에 이르기까지 고전주의 이전의 서정시, 그리고 낭만주의 이후의 현대 서정시들의 경우 그의 이론으로는 잘 포섭되지 않는 측면이 있었다. 이러한 사정과 관련하여 서정시의 역사적 형식들을 전반적으로 포함할 수 있는 서정시의 어떤 원리를 발견해내고 그것을 공식화하려는 시도들이 없었던 것은 아니지만, 그 어떤 것도 지금까지 어떤 이유에서건 너무 제약적이라는 사실이 밝혀졌을 뿐이다.

이처럼 서정시의 본질 구성 요인에 대한 체계적 개념 규정이 서정시의 모든 역사적 형식들을 포함할 수 없게 되자 르네 웰렉 같은 학자는 서정시 이론에 관한 논의의 불충분성과 한계성을 지적하며 심지어 서정시에 관한 이론적 구성을 시도하려는 모든 노력들을 종결할 것을 강력하게 요청하기에 이르렀다: "우리는 서정시의 혹은 서정적인 것의 일

3) 헤겔은 그의 『미학강의』에서 문학의 총칭 개념으로서 시를 서정시 · 서사시 · 드라마의 세 갈래로 구분하고, 자신의 역사철학에 입각하여 그것들이 시간적인 경과 속에서 '정—반—합'의 변증법적 과정을 거친 것으로 파악한다. 그에 의하면, 서사시는 첫번째 문학 장르로서 외면적이고 객관적인 실재성의 형식이다. 두 번째가 서정시인데, 이는 서사적 문학인 서사시의 객관성과 반대 되는 측면을 지닌다. 서정시의 내용은 주관적이며 내면적인 세계이고, 숙고하고 느끼는 감정의 세계이다. 세 번째 문학 장르는 서사시와 서정시 두 형식을 새로운 총체성으로 결합시킨 드라마이다. 헤겔은 드라마를 문학 장르의 최고의 정점으로 파악하는데, 이는 드라마가 서사시의 객관성과 서정시의 주관성을 극적 전개의 '현재성'과 인물의 '행위' 안에서 더 높은 차원으로 통일했다고 보기 때문이다.

반적 성격을 규정하려는 시도를 전면적으로 포기하는 것이 옳을 것이다. 이 시도를 통해서는 오직 극단적인 보편화만이 생겨날 뿐이다."[4] 나아가 그는 서정시를 하나의 장르로서 개념 규정화하려는 시도 대신에 "문학과 역사의 다양성에 대한 연구, 그리고 이와 함께 확고한 관례 가운데서 파악 가능한 장르의 서술에 힘 쓸 것"을 서정시 연구가들에게 권하였다.[5] 지나칠 정도로 단순화에 의한 것이긴 하지만 서구에서 이루어졌던 서정시 이론의 형성과 그 역사적 맥락을 살펴보는 과정에서 우리가 확인한 것은, 하나의 장르로서 서정시란 무엇인가에 대해 의심의 여지 없이 일반화시켜서 설명한다는 것은 거의 불가능할 정도로 지난하다는 점이다. 그러나 서정시에 대한 개념 설정을 완전히 도외시하는 시문학 연구는 근본적으로 매우 심각한 문제점을 내포하고 있다. 왜냐하면, 서정적 시의 역사적 형식들의 엄청난 수효와 다양성 때문에 '서정시의 어떤 원리를 발견해 내는 일'이 지극히 어렵다고 하더라도 그러한 시도는 서사문학이나 극문학과는 차별되는 시문학의 근본 원리에 대한 질문과 언제나 맞닿아 있기 때문이다. 이 글에서 한국 현대 서정시론의 한 양상을 검토하기 위한 텍스트로서 조지훈의 시론을 선택한 이유도 그와 같은 사정에서 기인한다.

조지훈은 시의 양식적 분화는 소설이나 희곡에 비해 그 색조(色調)가

4) 디이터 람핑, 같은 책, p.18.

5) 르네 웰렉의 지적은 서정시 이론들이 서정적인 것에 대한 본질 해석에 지나치게 집착함으로써 그것들이 불가피하게 사변적인 경향으로 흐르는 데에 불만을 표시한 것으로 보인다. 확고한 관례 가운데서 파악 가능한 장르의 서술에 힘쓰라는 그의 권고와 직접적인 관련이 있는 것은 아니지만 시문학 연구에서 서정시의 처리 문제와 관련하여 김인환 교수의 다음과 같은 견해는 참고할 만한 것이라 판단된다. 김인환 교수는 시의 종류를 설화시와 관념시와 순수시의 세 갈래로 나누고, 순수시에 접근해 있는 설화시나 관념시를 서정시라고 부른다. 설화시는 시에 이야기가 들어 있는 것이고, 관념시는 시인이 강렬하게 느낀 어떤 관념을 열렬하고 진지한 감정 속에서 참신한 비유와 변화 있는 운율을 통해 형상화한 것이며, 순수시는 시에서 이야기와 관념을 배제한 것이다. 그에 의하면, 서정시는 시의 갈래가 아니라 시의 화법에 나타나는 특징인데, 단일한 심정과 단일한 마음의 상태가 이야기나 관념을 해체하여 감정의 언어로 재구성함으로써 사물의 단순성과 신비성을 동시에 드러내 주는 것이다. 그가 관념이나 이야기를 배제한 순수시에 접근해 있는 설화시나 관념시를 서정시라 규정하는 이유도 서정시는 단순하고 감각적인 정열로 이야기나 관념을 흔적 없이 용해했다는 데 있다. 김인환 교수의 견해는 그의 다음 책을 참고하기 바란다.
김인환, 『상상력과 원근법』(문학과지성사, 1993), pp.88~111.

더 복잡하다고 전제하고, 그러한 복잡성을 자세히 관찰해 보면 비록 소재와 방법에 많은 변천과 차이를 지녔다 하더라도 지금까지의 시는 거개가 서정시라고 파악한다.[6] 그는 서정시적 작품 형태는 서사시적 형태와 극시적 형태와 구분하기 위한 것만이 아니라 시 전체의 이름이 되어도 무방하다고 보며, 나아가 현대시가 서구적 지성의 세련을 통한 서정 정신의 부활로써 그 지향을 세워야 한다고 주장한다. 서정시에 대한 조지훈의 이와 같은 이해는 시에 관한 단편적인 글들뿐만 아니라 그의 체계적 시론인 『시의 원리』에서도 일관되게 적용되고 있다.

조지훈의 『시의 원리』는 1953년 피난중의 대구에서 그 초판이 나왔으나 곧 절판되었고, 약간의 보완을 거친 개정판이 나온 것은 1959년이며, 그가 이 책을 기초(起草)한 것은 1947년 봄이었다. 1947년은 광복 직후 이른바 해방공간이라 불리는 시기이다. 이 시기에는 좌익의 민족시와 우익의 순수시가 대립하였다. 임화 · 이용악 · 오장환 · 박아지 · 조벽암 · 설정식 · 유진오 · 김상훈 등 좌익 시인들과 서정주 · 유치환 · 조지훈 · 박목월 · 박두진 · 박남수 · 함형수 등 우익 시인들에게는 사회주의냐 자본주의냐 하는 정치적 선택이 시보다 더 중요했다. 1950년 6 · 25가 발발했다가 1953년 휴전이 이루어지자 이때부터 시인들은 계급 투쟁이나 제국주의 문제보다는 전통과 현대의 문제에 경도하였고, 1960년대 후반에 이르러 김수영과 신동엽은 시에 다시 정치를 도입하였다.

조지훈이 시에 관한 자신의 생각을 글로써 발표하기 시작한 것은 1946년을 전후한 부렵이며, 이때 씌어진 글들의 내용은 때로는 거의

6) 서정시에 대한 조지훈 나름의 견해는 그의 「서정시 형태론」이란 글에 집약되어 있다.
조지훈, 『조지훈 전집 제2권:시의 원리』(나남출판, 1996), pp.239~253. 이 글에서 인용한 조지훈 관련 자료는 나남출판에서 간행한 아홉 권의 『조지훈 전집』에 근거한 것이다. 이하 인용부분은 전집의 권수만을 밝히기로 한다.

그대로 또 때로는 약간의 보완을 거친 상태로 『시의 원리』에 수용되었다. 『시의 원리』의 개정판이 나온 이후인 1960년대에 조지훈은 시작(詩作)과 시론의 전개보다는 민속학과 역사학을 두 기둥으로 하는 한국문화사와 한국학 연구에 주력하였는데, 시에 관한 것으로서 60년대에 발표한 소수의 글들에서도 그는 『시의 원리』를 통해 표명한 자신의 시관(詩觀)에 별다른 변화를 보이지 않았다.

『시의 원리』는 저자 스스로도 규정하고 있듯이 시문학 일반의 기초를 단편적이 아닌 전체적인 구조로써 전개한 글로서는 문단 초유의 것이라 할 만하다. 우리 근대 시문학사에서 그것이 다른 그 무엇보다 더욱 독창적인 시론이라고 할 수는 없으나, 시문학의 근본 원리 문제를 그처럼 전체적이고 체계적으로 정리한 시론은 그 당시로서는 분명히 문단 초유의 것이었으며, 그 이후로도 『시의 원리』를 넘어서는 체계적인 시론을 찾기 어려운 실정이다. 『시의 원리』의 이러한 기념비적 성격에도 불구하고 1960대와 그 이후에 태어난 독자들에게 조지훈의 시와 시론이 큰 관심의 대상이 되지는 못하였다. 이들 세대가 스스로 책을 찾아 읽기 시작할 시기인 1970년대 후반과 1980년대에는 최고 집권자의 교체조차 대중 스스로 할 수 없는, 최소한 민주주의조차 이루어지지 않는 어두운 시대였으므로, 당시 그들은 시보다도 오히려 정치 문제에 큰 관심을 가졌으며 나아가 최소한 민주주의를 확보하기 위한 정치적 실천이나 투쟁의 방법론을 놓고 고민하였다. 뿐만 아니라 70년대에 이르러 우리 사회가 본격적인 산업 사회로 접어들게 됨에 따라 계급 투쟁과 제국주의 문제가 구체적 현실로 다가왔던 까닭에, 그들의 대부분은 자본 사회의 구조적 특성을 파악하는 데 더욱 큰 관심을 쏟았으며, 문학이론을 공부하는 경우에도 루카치로 대표되는 좌파 문학론에 더욱 경도되었고 정치적 실천을 시에 효과적으로 수용하는 문제를 놓고 고심하였다. 이러한 시대적 환경과 성격의 변화를 감안할 때,

『시의 원리』에서 전개된 시관이 전반적으로 낡은 감이 없지는 않으나, 그렇다고 해서 그것의 의미나 가치가 시대적 변화와의 마찰에 의해 완전히 소진되는 것은 결코 아니다. 문학은 정치적 실천이나 투쟁과 같은 사회운동과는 근본적으로 다를 수밖에 없다: "문학은 공리로 표현되는 규칙들의 체계를 중요하게 여기지 않는다. 문학은 제도인 동시에 반제도이다. 문학은 제도가 그 자신으로부터 벗어나기 위하여 마련해 놓은 제도의 모퉁이에 위치한다."[7] 그런 점에서 우리는 도덕 · 정치 · 경제 등이 경험할 수 없는 언어(문학)만의 특수 영역을 인정하지 않을 수 없다. 조지훈의 『시의 원리』는 바로 그와 같은 문학의 자율성과 특수성을 근본적으로 해명해 보려는 의도에서 기술된 것이다. 문학의 자율성과 특수성의 근본원리를 해명해 보려는 의도가 지나치게 앞선 까닭에 현실이나 정치와 문학과의 관련 양상에 대한 해명이 상대적으로 미흡하고, 논증을 위해 이끌어들인 사례들과 개념 적용이 때로는 다소 부적절한 측면이 없지 않으나, 앞서도 언급했듯이 일관된 체계 안에서 문학(시)의 근본 원리를 해명하고자 한 것으로 『시의 원리』를 완전히 극복한 시론을 우리 시문학사에서 찾기 어렵다. 그러므로 우리는 조지훈의 시론을 그대로 답습하기 위해서가 아니라 극복하여 넘어서기 위해서 『시의 원리』를 중심으로 그의 시론을 면밀하게 검토해 볼 필요가 있다.

『시의 원리』 안으로 수용되면서 순화되어 나타나긴 하지만, 1947년을 전후하여 씌어진 시문학 관련 글들에서 조지훈이 다른 그 무엇보다 특별히 강조하고 있는 것은 "순수한 시정신"과 "민족정신"이다.

(……)순수한 시정신을 지키는 이만이 시(詩)로써 설 것이요, 진실한 민

7) 김인환, 같은 책, p.138.

족 정신을 지키는 이만이 민족시를 이룰 것이니 시를 정치에 파는 경향시(傾向詩)와 민족의 해체를 목표로 하는 양두구육(羊頭狗肉)의 민족시인 계급시(階級詩)의 결탁은 도리어 시 및 민족시의 한 이단이 아닐 수 없다. 시류의 격동 속에 흔들리지 않는, 변하는 가운데 변하지 않는 영원히 새로운 것이 시 본래의 정신이며 이른바 자본주의와 함께 일어나고 그와 함께 사라지는 것이 아니고, 언제나 새로운 의의를 가질 수 있는 것이 민족정신이다.[8)]

열세 살 무렵 고향의 소년들과 함께 결성한 '소년회'가 최후의 '어린이날'을 산중에서 비밀히 거행한 것이 발각되어 수색과 구류 끝에 그 모임이 해체되었으며, 그 일로 인해 열세 살 소년이 외가에 다니러 가도 경찰의 내방(來訪)을 받아야 했던 일제 강점기의 어두운 시절을 겪은 그가 '민족정신'을 강조하는 것은 당연한 일일 것이다.[9)] 이른바 좌우 혼란기의 해방 공간에서 조지훈이 민족 진영의 편에 섰었다는 점을 감안 할 때, '경향시'와 '계급시'에 대한 그의 반감 역시 당연한 반응일 것이다. 위의 인용문에서 눈여겨 볼 점은 그가 '계급시'로 상징되는 '사회주의' 노선을 거부했을 뿐만 아니라 '자본주의' 노선에도 별반 신뢰를 두지 않았다는 것이다. 지훈이 강조한 것은 '순수한 시정신'과 '민족정신'인데, 이들 양자는 조지훈 시론의 핵심 요소들이다.

지훈에게 민족이란 범박하게 보아 역사와 운명의 공동체로서 그것인데, 그가 말하는 민족정신이란 역사와 운명의 공동체인 한 민족이 일정한 지역에서 오랫동안 축적해 온 독특한 생명가치에 대한 자존과 자긍의 의식 그 이상도 이하도 아니었다. 그 어떠한 정치적 노선이나 과학 문명이라 하더라도 그러한 독특한 생명가치를 훼손해서는 안 된다는 것이 지훈의 신념이었던 듯하다. 지훈의 그러한 신념은 물질문명

8) 조지훈, 전집 제3권, p.227.
9) 조지훈, 앞의 책, p.199.

중심주의나 서구 중심주의에 대항하는 근거가 되었으며, 그의 전통론의 토대가 되었다. 지훈의 전통론은 어느 정도 복고주의 의식이 수반하고 있지만 그렇다고 그것은 결코 보수주의를 의미하는 것은 아니었다. 지훈의 전통론은 한 민족의 고유한 문화 보존 능력과 문화 해석 능력과 문화 창조 능력을 인정해야 하며, 그 민족은 그처럼 고유한 능력을 바탕으로 하여 타문화와 연합하고 세계 문화에 기여해야 한다는 것이었다.[10] 지훈이 "현대시가 과학문명에 부응하고 추수해야만 하고, 그러기 위해서 자가(自家)의 민족적 감성과 관조와 같은 좋은 의미의 전통을 헌신짝처럼 집어던지고 뒤늦고 설익은 양풍(洋風) 구화(歐化)에 탐닉하는 것을 인정하지 않을 뿐만 아니라 배격하는 것"이라고 단호하게 말하고,[11] 또한 그가 우리 근대시의 출발점이 "세계시의 공명(共鳴)"에 있었다고 전제하면서도 "세계시란 그 내용에서나 형식에서나 완전히 민족시로서 전통을 이룬 다음 세계시의 일원으로 등장할 수 있는 것이지 아직 자기의 전통을 바르게 파악하지 못한 모색기의 우리 시단에서 세계시란 흔히 미숙한 모방을 일삼는 사대주의에 떨어질 수 있다는 것"을 경계한 것도 그의 전통론에 근거한 것이었다.[12]

지훈의 민족정신은 해방 공간 당시의 두 가지 정치 노선으로부터 일정한 거리를 두기 위한 것이었으며, "(……)우리 시인의 지상 명제는 순수한 민족정신과 순수한 시정신의 합일에만 있다"[13]는 구절에서도 확인되듯이 이를 자신의 시론과 적극적으로 매개하려고 노력하였다. 그렇다면 그의 시론에서 또 하나의 핵심 요소인 "순수한 시정신"이란 무엇인가. 우선 "순수한 시정신"에서 '순수한'이라는 말은 어떤 정치

10) 지훈의 『한국문화사서설』은 우리 민족의 독특하고 고유한 문화 보존 · 해석 · 창조의 능력을 체계적으로 규명하기 위한 시도였다. 다음 책을 참조하기 바란다.
조지훈, 『조지훈 전집 제7권:한국문화사서설』(나남출판, 1996).
11) 조지훈, 전집 제3권, p.213.
12) 조지훈, 앞의책, p.224.
13) 조지훈, 앞의 책, p.238.

적 노선에 대한 신념이나 의식 형태가 시 그 자체보다 우선해서는 안 된다는 것, 다시 말해 문학과 예술의 자율성을 강조하기 위한 것이다. 해방 공간에 쏟아져 나왔던바, 생경한 관념만을 단순하게 나열하거나 고정된 정치 체계를 향한 굳은 신념만을 조악하게 서술함으로써 예술 작품의 수준에 미치지 못한 시들에 대한 거부감 때문이었겠지만, 지훈은 그러한 시들을 전략적으로 옹호하기 위해 동원된 '시대의식'이니 '현실'이니 '사상성'이니 하는 비평 용어들을 경계하였다. 여기서 우리는, 한 시대를 중첩 결정하는 것은 경제 층위와 정치 층위와 의식 형태의 층위라는 사실을 들어 다음과 같이 물어 볼 필요가 있다. 시에서 '시대의식'과 '현실'과 '사상성'을 배제해 버린다면, 지훈이 생각하는 시(문학)는 예술 작품을 예술 작품으로 만드는 최소한의 예술성 이외의 것을 모두 배제해 버린 어떤 것이 아닐까. 그렇다면 이제 시는 하나의 텅 빈 구조로서 내용 없는 형식이 되어 버리지 않겠는가. 지훈은 이러한 질문에 대해 다음과 같이 답변한다.

> 대저 사람이 땅 위에서 밥을 먹고사는 이상 사회성이나 시대정신을 전연 버릴 수 없고 사람이 무엇을 생각하는 동물인 이상 사상성이 없을 수 없다. 그런데 공리성의 입장에서 어떤 문학에 대하여 생활이 없다, 시대정신이 등한하다, 사상이 몰각되었다 등의 반박적 제언(提言)을 한다는 것은 엄밀히 살펴 보면 다음과 같은 사실을 발견할 수 있다. 생활이 없다는 생활은 주로 물질생활을 의미한다는 것, 시대정신이란 주로 역사적 필연성을 표방하고 그 필연성의 노선을 가정한다는 것, 사상성이란, 어떤 기성주의의 공식이라는 것이다.[14]

위의 인용문의 내용이 우리가 제기한 질문을 근본적으로 만족시켜

14) 조지훈, 앞의 책, p.24.

주는 것은 아니지만, 최소한 우리는 다음과 같은 사실을 확인할 수는 있다:지훈이 부정한 것은 '시대의식' 이나 '현실' 이나 '사상성' 그 자체가 아니라 선험적으로 고정된 계급구조나 필연적으로 확정된 정치체계에 대한 맹종이었다. 어떠한 계급이나 정당도 진리를 선험적으로 수용할 수 없다는 점에서 우리는 지훈의 생각에 동의할 수 있다. 지훈은 "이미 시가 시 아닌 일체의 생활 속에 뿌리를 두는 이상 어떠한 소재와 동기로 쓰든지 시인의 문학적 역량만 우수하다면 훌륭한 작품이 낳아질 수 있는 것이지만, 한편으로 시 아닌 것의 시적 창조를 거쳐야만 비로소 시가 될 수 있는 이상 작품의 소재와 동기의 우수(優秀)만으로 훌륭한 작품이 이루어질 수 없는 것이다"라고 하였는데,[15] 지상에 살고 있는 인간의 생존 조건을 심화시키고 향상시킬 수 있는 아무리 위대한 사상이라고 하더라도 작품의 측면에서 그것은 어디까지나 소재에 불과한 것이기에 우리는 지훈의 그런 주장을 충분히 받아들일 수 있다.

지훈이 말하는 '시정신' 이란 것도 넓은 의미에서 시의 소재이다. 지훈은 "우주의 삼라만상과 인간 생활 일체의 내용"이 시의 소재가 된다고 보았는데, 그런 소재가 정련되는 시의 태반이 바로 '시정신' 이다.[16] 지훈이 보기에 '시정신' 이란 구체적인 작품으로 형상화되기 이전에 시인이 자신의 내부에 지니고 있는 본질적인 어떤 정신이나 성질로, "남에게 빌려 온 지식이 아니요, 남에게 배운 감각이 아니요, 남이 찾은 이념이 아닌 저 자신의 속에서 무르익은 사상, 이것은 벌써 개념도 지식도 이론도 아닌 그의 인격이요, 취미요, 감정이다."[17] 하지만 그러한 시정신은 아직 구체적인 시(작품)로 나타나기 이전의 소재에 불과한 것이며, 그것은 시인의 시적 창조에 의해 구체화되지 않으면 안 된다.

15) 조지훈, 전집 제2권, p.36.
16) 조지훈, 앞의 책, pp.21~22.
17) 조지훈, 앞의 책, p.22.

지훈이 말하는 "시적 창조"란 예술의 본질 구성 요인인 미학적 조형을 의미하기도 하며, "향수(享受)와 구현(具現)이 합치된 개념"으로 "내용과 형식이 융합된 상태"를 가리키기도 한다.[18)]

지훈의 이러한 생각은 예술과 관련한 원론적인 사실을 확인한 데에 불과한 것이어서 그 자체로는 결코 새로운 것은 아니다. 조지훈 시론의 특징적인 면은 "내용과 형식이 융합된 상태"를 구체적으로 유기적이라 규정하고, 유기적 전체로서 시의 근거를 '자연'과 '생명'에서 찾았다는 데 있다. 지훈에 의하면, "시는 제2의 자연이요, 생명의 표현이므로 하나의 유기체다."[19)]

'시는 하나의 유기체다'라는 지훈의 생각은 코울리지의 '유기적 시론'을 연상하게 하는 측면이 있다. 낭만주의 문학론에 관한 이론서인 *The Mirror and Lamp*에서 에이브럼스(M.H. Abrambs)는, 식물은 종자에서 생기며 성장한다는 것, 식물은 성장할 때 흙 · 공기 · 빛 · 수분 등의 이질적인 요소를 자기 안에서 결합하여 동화한다는 것, 식물은 내부의 활력을 근원으로 하여 자연스럽게 성장한다는 것, 식물의 완성된 구조는 유기적 통일체라는 것 등의 사실에 근거하여 시 창작과정과 시의 구조적 본질을 설명하고자 한 것이 바로 코울리지의 '유기적 시론'이라 해설하고 있다.[20)] 지훈이 "생명은 자라려고 하는 힘이다. 생명은 지금에 있을 뿐만 아니라 장차 있어야 할 것에 대한 꿈이 있다. 이 힘과 꿈이 하나의 사랑으로 통일되어 우주에 가득 차 있는 것이 우주의 생명이 아니겠는가. 우주의 생명이 분화된 것이 개개의 생명이요, 이 개개의 생명의 총체가 우주의 생명이라 볼 것이다"[21)]라고

---

18) 조지훈, 앞의 책, p.30.
19) 조지훈, 앞의 책, p.45.
20) M. H. Abrambs, *The Mirror and Lamp* (Oxford Univ. Press, 1953), pp.171~174.
본문의 인용부분과 관련한 김윤식 교수의 논문이 있는데, 거기서 그는 아울러 조지훈의 시론과 '유기적 시론'의 연관성을 함께 검토하고 있다. 김윤식, 「유기적 시론:30년대 시론 비판」, 『근대시와 인식』(시와시학사, 1992), pp.40~57.

하고, "생명의 꿈과 힘 이것이 바로 시인에게 주어진 상상력의 원소이다. 창조력이다"[22]라고 할 때, 지훈의 생각은 코울리지의 유기적 시론과 매우 유사한 측면을 보여준다. 그러나 이들 양자는 구조적 측면에서 어느 정도 유사성을 보이기는 하지만 근본적으로는 서로 이질적인 측면을 내포하고 있다.

우선 분명한 차이점은 시의 '상상력'에 대한 개념 규정과 설명 방식에서 드러난다. 코울리지가 말하는 상상력은 '결합기능' 혹은 '동화력'으로서의 그것이다. 유기체가 먹이를 변질시켜 자기화한다는 의미로서의 '동화력'과 '함께 자라 하나가 되게 한다'는 의미에서의 '결합기능'에 근거한 것이 코울리지의 상상력이며, 하나의 시 작품은 그와 같은 상상력에 의하여 이루어지기 때문에 유기적인 통일체가 된다. 이에 비해, 지훈이 말하는 상상력은 '영감(靈感)'과 '주의력(注意力)'이 협동하는 창조적 무의식이다.[23] 지훈이 보기에 "'영감'은 우주의 무한 광대한 원주(圓周)를 무의식계라 하고 이 무의식계를 포에지의 세계로 본 다음, 시인의 자아를 그 원의 중심점으로 하여 자아의 중심점이 무의식의 원주 안에 용화되는 절대무의식의 상태를 최선의 방법으로 삼는데 반하여 '주의력'은 자아의 의식중심점을 확대하여 무의식의 원주에까지 침식하는 완전의식의 상태를 최선의 방법으로 삼는 것이다."[24] '영감'과 '주의력'에 대한 지훈의 설명은, 동원된 개념들이 구체성과 명료성을 결여하고 있는 까닭에 그 근본 취지가 잘 전달되지 않는 측면이 있다. 지훈은 "영감과 주의력은 '의식과 무의식', '자기와 대상', '주관과 객관'의 문제로 대치될 수밖에 없다"고 생각하였는데, 그 자체만으로도 적용이나 설명에 신중을 기해야 할 개념들을 매우 거칠게

21) 조지훈, 앞의 책, p.26.
22) 조지훈, 앞의 책, p.79.
23) 조지훈, 앞의 책, p.79.
24) 조지훈, 앞의 책, pp.72~73.

한데 뭉뚱그려 놓는 바람에 설명의 구체성과 명료성을 잃고 말았다. 그러나 다른 부분에서 '영감'은 '무의식의 경이(驚異)'에서 비롯되며 '주의력'은 '의식의 성찰'에서 비롯되는 '사실력(寫實力)'이라고 하면서 이들 양자를 시창작에 대한 방법과 견해의 양대 유형과 관련시키고자 하는 것을 볼 때,[25] 우리는 지훈이 말하는 '영감'과 '주의력'의 특성이 결국 '표현이론'과 '모방이론'의 특징과 연결됨을 알 수가 있다.

'모방이론'은 어떤 것을 바로 그 어떤 것이게 하는 구성의 원리인 보편적 형식이 현실(세계)에도 속하고 작품에도 속한다고 보아 문학과 현실의 관계를 설명하려는 이론이다.[26] 작가는 개별적인 재료와 보편적인 형식을 결합함으로써 특수한 작품을 형성하는 것인데, 이때에 보편적인 형식이 바로 현실의 구성 원리와 동일하다고 보는 것이다. 이에 반해, '표현이론'은 문학과 현실의 관계보다 문학과 현실의 대립을 강조하는 것으로, 보편적인 형식이 아니라 인간의 정신 활동에 유의하여 작품의 성격을 설명하는 방법이다. 정신과 세계가 분리되어 있다면 우리가 문학작품에서 확인할 수 있는 것은 정념의 표현밖에 없는데, 창조적 직관은 알기 위해서가 아니라 제작하기 위하여 정념을 수단으로 사용할 수밖에 없다. 이러한 정념은 지성의 활력 속에 수용되어 작가의 주관성을 객관적 지향성의 상태로 변하게 하며, 영혼 전체로 퍼져나가 개념으로 파악할 수 없는 사물의 특수한 양상을 영혼의 본성과 함께하는 것은 변하게 한다.

우리는 앞에서 지훈이 시적 창조의 근원 동력인 '상상력'을 '영감'과 '주의력'이 협동하는 창조적 무의식이라 규정하였다고 지적한 바 있다. 그처럼 그가 '영감'과 '주의력'의 상호 침투적인 융합작용의 설명에 공을 들인 것은 시의 창작과정에서 이루어지는 의식과 무의식의

25) 조지훈, 앞의 책, p.70, 74.
26) 모방이론'과 '표현이론'에 관한 설명은 김인환 교수의 다음 책에 근거 하였다.
김인환, 『상상력과 원근법』(문학과지성사, 1993), pp.61~63.

상호작용을 해명해 보기 위함이면서 동시에 주관과 객관의 대립 혹은 문학과 현실의 대립을 종합 지양해 보기 위함이었던 것으로 보인다. 지훈의 시론은 전체적으로 '표현이론'에 기우는 듯하지만, 그러면서도 그는 현실과 문학(시)의 구성 원리를 함께 조율할 수 있는 어떤 보편적인 형식의 존재에 대한 믿음도 포기하지 않았다. 지훈에게 그러한 보편적인 형식은 바로 '자연'이었다.

> 시에서 영감과 주의력의 일체화를 '상상적 실현'이라 이름지었거니와 상상적 실현은 가공의 허구가 아니요, 생활의 진실한 체험의 표현이기 때문에 이 상상적 실현은 실상 '자연'이란 한 말로 돌아가지 않을 수 없다.[27]

지훈에게 자연은 '생명의 원상(原像)'으로서 '사물의 근본적 원형'이고, 사람은 대자연의 일부이다; 대자연은 영원히 전일(全一)한 세계이며, 그런 대자연의 생명은 하나의 위대한 사랑이요 그 사랑은 꿈과 힘을 지니고 있다. 지훈은 예술(시)의 보편적 형식을 그러한 자연에서 찾았다. "시뿐 아니라 모든 예술은 자연을 정련하여 그것을 다시 자연의 혈통에 환원시키는 것, 곧 '막연한 자연'에 특수한 의미를 부여함으로써 새로운 의미를 발견하는 것"[28]이라고 함으로써 예술이나 시가 자연 그 자체를 그대로 모방하는 것이 아니라 창조적으로 변용하는 것이라고 보충하였지만, 지훈이 생각하는 예술과 자연은 공통된 보편적 형식에 기반하고 있었다. 그것의 구체적 성격은 바로 질서와 조화이다. 지훈은 그런 자신의 근원적 신념을 다음과 같은 문장으로 요약하였다: "시의 세계는 질서와 조화의 세계이다. 하나의 우주이다."[29]

우리는 지훈이 말한 질서와 조화가 자연의 속성이자 자연미의 구체

27) 조지훈, 앞의 책, p.79.
28) 조지훈, 앞의 책, p.21.
29) 조지훈, 앞의 책, p.27.

적 표현임을 인정한다. 오늘날처럼 분열과 대립이 고착화된 세계 상황에서 '질서와 조화'로 상징되는 자연미는 어떤 근원적인 화해 상태에 대한 암호로서 기능할 수 있다는 것도 인정한다. 인간과 문학의 정신이 지향해야 것은 조화와 화해의 상태에 대한 근원적인 사랑과 그리움이라는 지훈의 예술관 혹은 문학관을 우리는 또한 신뢰할 수 있다. 하지만 우리는 지훈의 그러한 예술관이 어떤 선험적인 지형학을 전제하고 있다는 사실을 지적하지 않을 수 없다.

> 별이 빛나는 창공을 보고 갈 수 있고 또 가야만 하는 길의 지도를 읽을 수 있었던 시대는 얼마나 행복했던가? 그리고 별빛이 그 길을 훤히 밝혀 주던 시대는 얼마나 행복했던가? 이런 시대에 모든 것은 새로우면서도 친숙하며, 또 모험으로 가득 차 있으면서도 결국은 자신의 소유로 되는 것이다. 그리고 세계는 무한히 광대하지만 마치 자기 집에 있는 것처럼 아늑한데, 왜냐하면 영혼 속에서 타오르는 불꽃은 별들이 발하고 있는 빛과 본질적으로 동일하기 때문이다.[30]

"문학은 자연과 인간 사이에 살고 있으므로 문학은 인간을 통해 나타나는 자연의 총체적 결정(結晶)이요 자연을 통해 나타나는 인간 정신의 구경적(究竟的) 표현이라"는[31] 문학관은 세계와 인간의 자연스러운 관계가 조화와 화해의 빛으로 충만했던 시대의 선험적 지형학을 근거로 한 것이다. 하지만 근대의 종착역으로서의 자본주의가 지배하는 세계 상태에서, 자본의 논리는 인간을 자본 사회의 물화된 규칙 안에 속박시킴으로써 인간을 장치와 도구들의 체계에 고용된 하나의 장치 또는 하나의 도구로서 조작한다. 또한 과학적 합리주의 세계관이 지배

30) 게오르그 루카치, 『소설의 이론』, 반성완 역(심설당, 1985), p.29.
31) 조지훈, 전집 제3권, p.41.

하는 오늘의 상황에서 인간과 사물은 자립성을 상실하고 공리적인 계산에 따라 작동되는 객체가 되었고, 수치로 계산되는 추상적인 단위가 되었다. 이제 세계는 그 안에 속한 인간과 사물이 그 어떤 용도에 따라 쓰여지기를 기다리며 저장되어 있는 하나의 커다란 물품 저장소가 되어 버렸다. 분열과 대립이 세계의 항구적인 모습으로 고착된 상황에서 선험적 지형학에 근거한 지훈의 문학관은 과연 존립 가능한 것일까. '상상적 실현' 이라는 지훈의 말을 통해 우리는 시의 본질 구성 요인으로 '질서와 조화' 를 강조한 그의 의도가 현대 세계의 대립과 분열상에 대한 부정과 비판에 있었음을 알 수 있다. 그러나 지훈의 그런 문학관은 서구에서 예술지상주의가 빠져 들었던 함정에 노출될 위험이 있다. 예술지상주의자들은 어떤 소재들이 비예술적이라는 이유 때문에 자신들의 영역에서 배제하는 소재주의에 빠져 들었는데, 이와 유사하게 지훈의 문학관은 질서와 조화의 지향에서 벗어난 어떤 것들을 배제해 버리는 결과를 초래할지도 모른다.

그러나, 그렇다고 해서 지훈의 시론을 턱 없이 문제적이자 낡은 것으로 치부해 버릴 수는 없다. 현대 세계에서는 불가능한 그의 선험적 지형학과는 일정한 거리를 두어야 하겠지만, 동시에 그러한 선험적 지형학으로 인해 가능했던 그의 보편적 부정과 절대적 비순응주의 정신을 우리는 눈여겨 보아야 할 것이다. 지훈은 "마음속에 커다란 허무를 지님으로써 일체를 통찰하면서 퇴폐에 떨어지지 않아 순정으로 진실되게 살려는 심성, 이것이 시를 구성하는 힘이 되는 것이다"라고 하였는데,[32] 여기서 그가 말한 '허무' 는 이성적인 원리에 따라 현실을 바꿀 수 있다는 믿음의 포기나 상실에서 오는 '허무주의' 와는 근본적으로 다른 것이었다. 그것은 주어져 있는 세계나 현실의 타락이나 불의를 결코 인정하지 않으려는 보편적 부정과 절대적 비순응주의의 다른 표

32) 조지훈, 전집 제2권, p.85.

현이었다. 만일 문학에서 그러한 정신이 사라져 버린다면 문학은 주어져 있는 세계와 현실의 기존 질서를 그대로 방치하게 되고, 결코 현실을 밀도 있게 감각하거나 현실을 진실하게 인식할 수 없게 될 것이다. 조지훈은 조화로운 화해상태와 생명의 자연스러운 율동에의 그리움과 사랑을 시의 근본 원리이자 시인의 근본 정신이라 보았다. 분열과 대립이 마치 우리의 운명처럼 고착화된 오늘의 세계 상황을 뚫고 나아가기 위하여, 그리고 인간과 사물에 대한 참다운 감각과 인식을 회복하기 위하여, 우리는 조지훈의 시론을 하나의 준거로 삼아 그로부터 새로운 시적 직관을 이끌어 내도록 노력해야 할 것이다.

서정시와 사회성

金素月의 시 「진달래꽃」의 심층구조 분석을 중심으로

1

서정시, 그 가운데서도 특히 김소월의 시에서 어떤 사회성을 기대한다는 것은 매우 무모한 일처럼 보일 것이다. 서정시란 오히려 사회로부터 멀어져서 주관의 내면성으로 철저하게 침잠할 때에 보다 의미있는 목소리를 창출하며, 우리 시사에서 소월시만큼 서정시의 본질적 성격에 육박한 예도 그리 많지 않기 때문이다. 서정시에서도 사회와 관련된 내용을 직접적으로 추출할 수 있기는 하다. 가령, 소월의 「바라건대는 우리에게 우리의 보섭대일 땅이 잇섯더면」이나 이상화의 「빼앗긴 들에도 봄은 오는가」에서 우리는 그러한 의미의 사회성을 어렵지 않게 포착할 수 있다. 그 두 작품의 화자들이 느끼는 고통과 절망이 일제강점기의 식민지 상황에서 비롯한 것이란 점은 누가 보아도 자명하다. 그러나, 서정시의 사회성이란 문제에 있어 그것을 시인의 사회에 대한 관심이나 입장과 같이 작품의 표면에 직접적으로 드러난 요소와 관련지어서만 설명할 수는 없다. 그럴 경우, 작품의 내재적 공간 깊숙히 잠재돼 있는 더욱 본질적이고도 미묘한 사회성을 소홀히 할 염려가 있다. 서정시가 아무리 개인의 주관적 내면성과 친숙한 문학양식이라 하더라도, 여러 형식법칙을 통해 이룩된 작품의 서정적 언어의 짜임관계 속에는 그 작품을 낳은 사회의 상황이 은밀하게 침전되기 마련이다. 바꾸어 말하면, 어떤 작품이 생산된 시기의 사회적 상황이 작품의 문면에 직접적으로 드러나 있지 않은 경우에도 거기서 우리는 모종의 사회성을 발견하고 이해할 수 있다는 것이다. 이 글은 바로 그와 같은 문제의식에서 출발된다.

서정시에서 사회성을 검토하고자 할 경우, 한 작품이 놓여 있는 당대의 사회와 관련된 사항을 직접적으로 작품으로 끌고 들어가서는 안 된다. 그보다는 우선 작품 그 자체의 형상을 정확하게 응시해야 하며, 바로 그러한 응시로부터 작품에 각인된 사회적 요소들이 창출되도록 해야 한다. 이 글에서는 김소월의 시 「진달래꽃」의 표면구조 그 이면에 은폐돼 있는 심층구조를 분석하는 과정에서 그 작품에 침전된 사회적 요소가 창출되도록 할 생각이다. 이 글은, '심층구조'란 용어에서 암시되다시피, 작품의 분석과정에서 약간의 기호학적 방법을 차용하고자 한다. 「진달래꽃」의 심층구조는 그 표면구조에 의해 철저히 은폐돼 있어서 그것을 알기 위해서는 화자가 발화한 언표들의 기저기능(基底機能:underlying function)을 알아내야만 하기 때문이다. 그리고 그 기저기능은 '눈에―보이는―조직' (visible make-up)으로는 알아낼 수 없고 기저조직(underlying organization)을 통해서만 알아낼 수 있다.

2

흔히 우리가 이해하고 있듯이 「진달래꽃」에는 일종의 이야기가 담겨 있다. 그 이야기는, '나'를 싫증내고 떠나가는 '님'을 말 없이 조용히 보낼 뿐만 아니라 거기에다 꽃까지 뿌리고, 그 꽃을 '사뿐히 즈려밟고' 가라는 소원까지 곁들이며, 마지막 연에서는 이별의 슬픔으로 솟구치는 눈물마저 참아내는 한 여인에 관한 것이다. 그러면, 우선 작품을 살펴보기로 하자.

나보기가 역겨워
가실 때에는
말없이 고히 보내드리우리다

寧邊에 藥山
진달래꽃
아름따다 가실 길에 뿌리우리다

가시는 걸음걸음
놓인 그 꽃을
사뿐히 즈려밟고 가시옵소서

나보기가 역겨워
가실 때에는
죽어도 아니 눈물흘리우리다

이 시에서 화자(話者)의 연인은 그를 '역겨워' 하여 떠나는 것으로 돼 있다. 그렇지만 작품에서 그 사실과 관련된 정보는 분명하게 제시돼 있지 않다. 화자가 그렇다고 하니까 우리는 그런 줄 알 뿐이다. 그러므로 우리는 여기서 화자의 그러한 언표를 발생하게 한 발화상황을 검토해볼 필요가 있다. 문어(文語)든 구어(口語)든, 화자의 언표행위를 발생하게 하는 일련의 정황을 발화상황이라고 부른다. 그것을 근거로 하여 우리는 발화행위가 발생하게 되는 물리적 사회적 환경, 대화자들의 개성, 언표행위를 하는 대화자들의 모습, 대화자들이 서로를 바라보는 견해 등에 관해 면밀히 고찰할 수 있게 된다. 특히 언표행위보다 먼저 일어났던 사건들에 관해 진지하게 고찰할 수 있게 된다. 이미 발화된 내용만 알려져 있고 그 발화상황이 전혀 알려져 있지 않다면, 언표행위를 해석하기가 매우 곤란해진다. 왜냐하면, 무엇이 동기가 되어 그 발화가 생성되었으며 그것이 어떤 효과가 있었는지를 알 수 없을 뿐만 아니라, 언표행위의 진정한 가치와 교신하고자 하는 정보조차도 정확하게 판단할 수 없기 때문이다.

화자의 발화상황과 관련해서 우리는 다음 두 가지 가능성을 검토해 볼 수 있다: "나보기가 역겨워/가실 때에는"이란 언표는, 연인이 정말 화자에 싫증이 났다는 사실 그 자체를 진술한 것이다; 연인이 떠날 수 밖에 없는 이유는 따로 있지만 화자로서는 그것을 막을 수 없어서 일종의 자책으로 한 말이다. 소월 특유의 화법에 근거해 볼 때, 그 언표의 발화상황은 분명히 후자와 관련돼 있음을 알게 된다. 작품에서 그 사실을 알려주는 단서는 '가실 때에는'의 '가다'란 동사이다. 그것은 작품의 표면적인 의미의 맥락에서는 나타나지 않고 은폐돼 있는 '연인의 죽음'이란 발화상황을 은밀하게 암시해 준다. 우리말에서 '가다'란 동사의 의미층위에는 이승의 세계에서 저승의 세계로 떠나간다는 의미가 내포돼 있다. 우리 시사에서 '가다'의 그 같은 의미의 내포를 가장 잘 활용한 시인이 바로 소월이다. 이 점은 다음의 인용구절에서도 분명하게 확인된다.

> 세월은 물과 같이 흘러가지만
> 가면서 함께 가자 하던 말씀은
> 당신을 아주 잊던 말씀이지만
> 죽기前 또 못잊을 말씀이외다
>
> —「님의 말씀」에서

> 내력을 잊어버린 옛時節에
> 났다가 새없이 몸이 가신
> 아씨님 무덤위의 풀이라고
>
> —「담배」 에서

> '가고 오지 못한다' 는 말을
> 철없던 내귀로 들었노라
> 萬壽山을 나서서
> 옛날에 갈라선 그 내님도
>
> —「나는 세상모르고 살았노라」에서

> 深深山川에 붙는 불은
> 가신님 무덤가엣 금잔디
>
> —「금잔디」에서

인용된 구절들에서 사용된 '가다' 에는 모두 이승의 세계에서 저승의 세계로 떠나간다는 의미, 즉 죽음의 의미가 내포돼 있다. 이처럼 '가다' 는 죽음이란 비극적 사건을 삶의 영역에서 수용하기 위해 사용되기도 하는 말이며 그 자체로서 인간의 죽음에 대한 시적 표현이 된다.

「진달래꽃」이 아닌 다른 작품들에서 '가다'가 죽음의 의미로 사용됐다고 해서, 작품에서의 '가다'를 죽음의 의미로 이해해야 한다는 논리는 성립되지 못한다. 이와 동일한 맥락에서, 소월시에 일반적으로 나타나는 담화방법상의 특성을 완전히 도외시한 채 '가다'의 의미를 죽음과 관련된 것으로 파악해서는 안 된다는 논리 역시 성립될 수 없다. 문제의 핵심은 「진달래꽃」 그 자체에서 '가다'를 죽음의 의미로 파악했을 경우 과연 작품이 그러한 해석을 견뎌내느냐 하는 점에 있을 것이다. 그 점을 확인하기 위한 절차로서 작품의 각 연 끝 어절들의 모음을 분석해 보기로 하자.

	(가)		(나)
1연 :	dÎriurida	————	Î ~ i ~ u ~ i ~ a
2연 :	uriurida	————	u ~ i ~ u ~ i ~ a
3연 :	kasiopsos	————	a ~ i ~ o ~ o ~ Î
4연 :	hÎlriurida	————	Î ~ i ~ u ~ i ~ a

위에서 (가)항은 자음과 모음을 함께 분석한 것이고, (나)항은 모음만을 뽑아 놓은 것이다. 그 어절들의 모음이 형성하는 슬픔의 호곡소리를 들어 보라. 더우기 두 번째 i 음은 뒷 음소들의 연결로 인해 장음으로 발음되는 부분이다. 그렇게 읽으면 그것은 구슬픈 만가(挽歌)의 리듬마저 연상하게 한다. 실제로 「진달래꽃」에는 그러한 만가의 요소가 작품의 핵심적 계기로 잠재돼 있다. 만가에서 '가다'는 아주 흔히 쓰이는 말이며, 그 의미는 이승에서 저승으로 떠나간다는 뜻이다.

화자의 발화상황과 관련해서 이제까지 검토한 내용들을 근거로 할 때, 「진달래꽃」에는 두 개의 장면이 중첩돼 있는 것으로 파악할 수 있다. 작품의 표면구조에는 드러나지 않았지만, 화자 앞으로 죽은 연인의 상여 행렬이 지나가는 장면이 작품의 심층구조에 은폐돼 있는 것이다. 그러한 심층구조의 파악 없이 작품을 의미론적으로 해석하고자 할 경우, 어째서 화자가 연인이 떠나는 이유를 자기가 역겨워졌기 때문이라고 말하고, 2연에서 자기를 배반하고 떠나는 연인에게 꽃(그것도 하필이면 진달래꽃)을 뿌려 줄 뿐만 아니라 3연에서는 그 꽃을 사뿐히 그러나 짓이겨 밟으라고 부탁하며, 4연에서 죽어도 눈물을 흘리지 않겠다고 굳게 다짐하는지 그 의미를 제대로 파악할 수 없게 된다. 혹자는 우리가 추출해 낸 작품의 심층구조를 근거 없는 것이라고 말할지도 모른다. 그러나, 그것은 작품의 바깥에서 이끌어들인 것이 아니라 작품 그 자체의 구성적 계기들로부터 추출한 것이기에 그러한 반론을 충분히 이겨낼 수 있다. 이제 우리에게 남은 일은 그러한 심층구조가 작품의 표면구조의 이야기와 얼마나 잘 부합하는가를 확인하는 절차이다. 아무리 그럴 듯한 가설일지라도 그것이 작품의 실제 해석을 통하여 증명되지 않으면, 그것은 전혀 무의미하며 더 나아가 작품 그 자체로 보아 틀린 것이 되기 때문이다.

3

「진달래꽃」에서 '가다'란 동사의 내포적 의미를 죽음으로 파악하면, 이 시는 소월 초기시의 주제인 사랑과 죽음이란 두 개의 초점 위에 놓여진 것이라 볼 수 있다. 사랑하는 연인의 죽음은 화자로부터의 영원한 떠남을 의미한다. 이 경우, 화자가 연인에게 그 어떠한 호소를 한다고 해도 그것을 막을 수는 없다. 1연에서 화자는 연인이 떠나는 것은 자기가 역겨워졌기 때문이라고 말하고, 야속하게 떠나가는 연인을 말 없이 고이 보낸다. 그것은 사랑의 율법에서는 지극히 자연스러운 일이다. 연인의 죽음으로 인해 야기된 절대적 이별 앞에서, 그 책임을 연인에게 묻는다는 것은 그를 진정으로 사랑했던 사람으로서는 상상할 수 없는 태도이다. 이별의 모든 책임은 자기에게로 돌리는 것이 마땅하며, 말 없이 고이 보내는 것도 당연한 귀결인 것이다.

이 시에서 연인의 죽음이란 극적 상황의 전제는 철저하게 은폐된 사실이다. 이제까지 이 시가 살아 있는 두 사람의 이별 이야기로 다양하게 읽힐 수 있었던 것도 그러한 이별의 본래 모습이 은폐돼 있었기 때문이다. 만일 그것이 표면적인 의미의 맥락에서 쉽게 노출돼 버렸다면, 「진달래꽃」은 결코 지금과 같은 다양한 의미의 울림을 갖지 못했을 것이다. 여기서 문제가 되는 것은 그러한 은폐의 사정이다. 작품에서 화자의 첫 언표가 발화되기 이전에 연인은 이미 죽은 몸이었고, 화자 역시 그 점을 분명히 깨닫고 있었다. 그런데도 그 사실을 잊어버리기라도 했다는 듯이, 화자는 마치 현실에서 연인이 자기를 싫어하여 떠나가는 것처럼 말했다. 화자의 그러한 언표의 이면에는 매우 중요한 의도가 숨겨져 있다. 화자는 연인의 떠남을 결코 돌아올 수 없는 저승의 세계로의 떠남이 아닌 그저 이 세상 먼 곳으로의 떠남으로 받아들이려 한 것이다. 죽은 연인을 매장하기 위해 지나가는 그 슬픈 행렬을 보면서도 화자는 그것을 사실로서 받아들이지 않는다. 그것은 연인의 죽음을 자기의 주관적 내면성 속에서는 인정하지 않으려는 화자의 의지를 나타낸다. 바로 그러한 이유 때문에 화자는 현실적인 이별의식(장례절차)과는 구별되는 자기만의 이별의식을 거행하고 있는 것이다(이러한 사정은 나중에 이 시의 마지막 행을 해석하는 데 매우 유효한 단서가 된다).

아무튼 그러한 의도에서 발화된 그 언표의 결과 연인의 죽음은 '가다' 란 동사와 미래시형의 결합을 통해 삶의 영역으로 수용되고 그 순간 연인은 마치 살아 있는 사람과 같은 생동감을 부여받게 된다. 사자(死者)에게 부여된 삶의 생동감이란 어디까지나 가상에 불과한 것임은 물론이다. 그것은 비록 현실적으로는 지속될 수 없는 속성의 것이긴 하지만, 적어도 서정시의 한 위대한 순간 속에서는 놀라운 생동감을 획득한다.

1연에서 다양한 시적 장치들을 통해 가능하게 된, 연인의 죽음이란 비극적 상황과 죽은 연인에게 부여된 삶의 생기는 2연과 3연에서도 그대로 지속되어 마치 살아 있는 두 사람이 이별하는 것과 같은 장면을 연출하게 된다. "寧邊에 藥山/진달래꽃", 어쩌면 두 사람의 사랑의 작은 역사가 담겨 있을지도 모를 그 꽃을 한아름 따서 연인이 '가실길' 에 뿌린다. '가실 길' . 그것은 연인이 가야만 되는 필연적이고도 절대적인 길이다. 여기서 화자가 뿌리는 꽃이 '진달래꽃' 이란 사실은, 그 행위가 죽은 연인을 위한 것임을 암시한다. 기존의 해석들에서는, 그 대목을 단순히 시인의 전기적 사실과 연결시키는 것으로 만족했었다. 그러한 이해는, '진달래꽃' 이 작품 그 자체에서 갖는 의미와 효과에 대해 충분한 설명을 제공하지 못한다. 이 시에서 그 꽃은 죽은 연인의 혼을 진무해 주기 위해 의도적으로 선택된 것일 뿐만 아니라 필수적인 매개물이다. 두견새가 피울음을 토해 놓은 것 같다는 시각적 연상 때문에 두견화라 불리우기도 하는 진달래꽃. 그 꽃과 관련된 고사(故事)의 내용은 떠나는 연인에게 뿌려 주는 꽃으로 왜 하필이면 진달래꽃이 선택되었는가란 의문에 충분한 설명을 제시해 준다. 이로써 우리는 시인이 작품의 제목을 왜 '진달래꽃' 이라고 했는지 그 이유를 알 수 있게 된다. 화자의 이별의식에서 중요한 기능한 담당하고 있는 진달래꽃은 그것이 작품의 제목으로 되면서 그러한 의식(儀式) 그 자체에 대한 일종의 상징으로 기능하게 되는 것이다.

이 시의 3연에서 "사뿐히 즈려밟고 가시옵소서"는, 죽은 사람이기에 저 어둡고 황량한 저승의 세계로 보내야만 하는 그 마음의 고통에 대한 매우 적절하고도 놀라운 표현이다. 그 대목에서 '사뿐히'와 '즈려'는 서로 상반되는 의미의 말이다. 정주 방언에서 '즈려밟다'는 "발 밑에 있는 것을 힘을 주어 밟는 동작을 가리킨다"(李基文, 「素月詩의 言語에 대하여」, 『心象』 1982년 1월호, p.27). 그렇지만 그 둘의 결합은, 작품 그 자체의 내재적 짜임관계에서 보자면, 결코 모순된 표현이 아니다. 거기에는 연인을 통해서만 자기를 해방시키는 화자의 진정할 수 없는 에로티시즘의 그리움이 잠재돼 있다. '가시는 걸음걸음'에서 그 발걸음은 현실에서는 상여꾼들의 그것이다. 그러나 화자는 그것을 연인의 그것이라 생각한다. 죽은 연인이기에 '사뿐히' 밟을 수밖에 없지만, 화자에게는 그 사실이 고통으로 다가온다. 화자는, 연인이 죽은 것이 아니라 그저 돌아올 기약을 하기 어려운 먼 곳으로 떠나는 것이라 생각하지만, 그 기약없음이 화자를 고통스럽게 한다. 화자는 '사뿐히'에 바로 이어 '즈려밟고'라고 말함으로써 이제 앞으로는 결코 만날 수 없는 연인과의 마지막 물리적 접촉을 염원하고 있는 것이다. 여기서 우리는 작품의 제목이 '진달래꽃'으로 되어야만 하는 이유를 다시 한번 확인하게 된다(그 제목은 작품이 실려 있는 시집의 제목이기도 하다). 비록 주관적 내면성의 영역에 국한 된 것이긴 하지만, 진달래꽃에는 화자의 생생한 실존의 흔적이 묻어 있기 때문이다. 그것은 연인에 대한 화자의 기억과 함께 그의 현존의 징표가 되며, 그 때문에 연인은 화자 자신이 죽기까지는 함께 살아 있는 것이 된다.

4연에서 주목되는 대목은 "죽어도 아니 눈물흘리우리다"이다. 이 시의 표면구조의 이야기만으로 본다면, 그 대목의 의미는 매우 모호하다. 그렇지만, 심층구조와 관련지어 파악할 때, 그 대목은 필연적인 귀결이라 할 수 있다. 우리말에서 '죽어도'로 시작되는 관용구는 화자의 의지를 표현하는 말 가운데서도 가장 강렬한 것이다. 그것으로도 모자라 화자는 '아니'의 원래 위치를 도치함으로써 자기의 의지를 더욱 강력하게 표명한다. 이제는 다시 보지 못할 연인의 떠남 앞에서도 절대로 울지 않겠다는 것이다. 위에서 화자는 죽음의 논리에 따라 연인이 저승의 세계로 떠나는 것을 인정하지 않았다. 그는 연인을 산 사람으로서 보내고자 하였다. 작품에서 사용된 그 모든 시적 장치들은 화자의 그러한 의도에서 비롯한 것들이었다. 앞에서 문제가 된 대목 역시 화자의 그러한 의도와 연결지어서만 적절하게 설명될 수 있다. 연인의 시신을 실은 상여행렬이 지나가고 상여꾼들의 슬픈 만가가 울려 퍼지는 가운데 그 행렬을 따르는 사람들은, 아마도 한 사람의 죽음 앞에서 자기들의 운명의 그림자를 엿보고는 눈물을 흘릴 것이다. 그러나 화자는 그렇게 눈물을 흘려서는 안 된다. 왜냐하면, 다른 사람들과 마찬가지로 자기도 함께 울어 버리면, 그것은 자기 스스로가 연인의 죽음을 인정하는 것이 되기 때문이다. 작품에서 화자는 연인의 떠남을 저승의 세계로의 절대적 떠남이 아닌 그저 먼 곳으로의 떠남으로 믿으려 한다. 바로 그렇게 믿으려는 화자의 의지야말로 연인의 떠남과 관련된 작품 그 자체의 내재적 일관성이기도 하다. "죽어도 아니 눈물흘리우리다"란 대목이 작품의 내재적 논리의 맥락에서 필연적일 수밖에 없는 것도 바로 그러한 이유 때문인 것이다.

이제까지 우리는 「진달래꽃」의 표면구조의 이면에 은폐돼 있는 심층구조를 찾아내고 그것을 다시 표면구조와 연관지어 작품을 해석해 보았다. 우리가 찾아낸 그 심층구조에는 장례의식의 한 절차인 발인(發靷)과정이 내재돼 있었다. 이 작품에서는 은폐돼 있었지만, 소월시에는 민간의식(民間儀式)을 빌려온 작품이 「진달래꽃」 이외에도 더 있다. 그 가운데서도 대표적인 경우가 「招魂」과 「비난수하는 맘」이다. '초혼'은 초혼과 발상(發喪)으로 이어지는 고복의식(皐復儀式)의 한 절차이고, '비난수'는 정주 방언에서 무당이나 소경이 귀신에게 비는 말을 가리킨다(이기문, 앞의 책, p.25). 여기서 우리는 매우 홍미로운 사실은 발견하게 된다. 그것은, 그들 세 작품이 민간의식의 차용이란 점에서도 유사하지만 작품의 내재적 측면에서도 거의 동일한 요소를 공유하고 있다는 사실이다.

"함께 하려노라, 오오 비난수하는 나의 맘이어,/있다가 없어지는 세상에는/오직 날과 날이 닭소래와 함께 다라나 버리며,/가까웁는, 오오 가까웁는 그대뿐이 내게 있거라!"로 끝맺고 있는 「비난수하는 맘」의 경우를 살펴보자. 일반적으로 '비난수'의 담당자가 무당이나 소경이란 점을 감안할 때, 그것은 액막이 굿과 관련돼 있음을 알게 된다. 그렇기 때문에 그것을 구성하는 언표의 내용은 대체로 '가라'의 유형으로 돼 있기 마련이다(白石의 시 「오금덩이라는 곧」에 그 일례가 보인다: "잘 먹고 가라. 서리 서리 물러가라. 네 소원 풀었으니 다시 침노 말아라"). 그 이유는, 액막이 굿의 목적이 이승에 미련을 둔 원혼(冤魂)이 방황하며 해곶이를 할까 염려하여 그를 달램으로써 저승의 세계로 제대로 가게 하려는 데 있다는 점에서 찾을 수 있다. 그런데, 「비난수하는 맘」에서는 그러한 비난수를 화자 자신이 직접 담당하면서 그 목적을 전도시킨다. "가까웁는, 오오 가까웁는 그대뿐이 내게 있거라!"에서도 볼 수 있듯이, 화자는 오히려 사자(死者)를 붙잡아 두려고 한다. 이러한 사정은 「招魂」에서도 동일하게 나타난다.

「초혼」에서 우리의 관심을 끄는 대목은, "선채로 이 자리에 돌이 되여도/부르다가 내가 죽을 이름이어!/사랑하든 그 사람이어!/사랑하든 그 사람이어!"이다. 초혼과 발상으로 이어지는 고복의식에서 발상의 절차가 빠져버린 것이 바로 「초혼」이라 할 수 있다. 발상을 하기 위해서는 초혼의 절차에서 죽음이 확인돼야 하는데, 화자는 오로지 초혼만을 거듭하는 것이다. 「초혼」에서 특히 "선채로 이 자리에 돌이 되여도/

부르다가 내가 죽을 이어!"란 구절은, 「진달래꽃」에서의 "죽어도 아니 눈물흘리우리다"란 구절과 작품의 내적 의미의 맥락에서도 그렇고 그 언표의 효과 면에서 그렇고, 서로 일맥상통한다. 연인의 죽음으로 인해 비극적 운명 속에서 홀로 되어 버린 「초혼」의 화자에게, 그 자신을 에워싸고 있는 수많은 사람들이 북적대는 인간적 삶은 오히려 낯선 것이 된다(화자가 연인을 애타게 부르는 공간은 사람들이 북적대고 모여사는 마을에서 멀리 "떨어져 나가앉은 山우헤서"이다). 그러한 화자에게는 자기의 운명과 동떨어져 끊임없이 흘러만 가는 일상적 시간의 지속적 흐름이란 것도 아무런 의미를 갖지 못한다. 「초혼」에서 화자의 돌로의 사물화는 영원한 현재를 통하여 낯선 공간의 불모성과 무의미한 시간의 파괴적 흐름에 저항하려는 의지를 보여준다. 그 돌은 화자가 자기의 존재론적 뿌리를 내릴 수 있는 중심점이다. 비록 그 지점이 아무리 차갑고 황량하며 현실의 실제 영역으로부터 멀리 떨어져 있다고 하더라도, 그것은 영원한 현재를 통하여 연인과의 공속성의 명맥을 유지해 주는 유일한 영역이 되는 것이다. 이러한 사정은 "죽어도 아니 눈물흘리우리다"고 말한 「진달래꽃」의 화자의 경우도 마찬가지이다. 그런 점에서 「초혼」의 그 '돌'은 「진달래꽃」의 '진달래꽃'과도 동일한 의미연관을 지닌다고 볼 수 있다.

4

이상에서 살펴 본 바와 같이, 민간의식을 차용하고 있는 소월시들은 대체로 보냄의의 절차를 배제해 버린다(「진달래꽃」의 경우 연인을 보내긴 하지만, 죽은 사람으로서가 아닌 산 사람으로서 그렇게 한다는 점에서 그것의 본질적인 의미는 동일하다). 그 같은 유형의 작품이 아니더라도, 사랑과 죽음의 초점 위에 놓여진 소월의 대부분의 시들에서 그 화자는 죽은 연인과의 불가능한 유대를 갖기 위해 몹시 애를 쓴다. 진정으로 사랑했던 연인을 잊지 못하는 것은 만인만유의 공통된 정서다. 그렇지만, 소월시의 화자들처럼 죽은 연인을 잊지 못하고 갖은 방법을 동원하여 자기의 의식(혹은 기억) 속에 그를 살아 있는 존재로 붙잡아 두려고 발버둥치는 사람은 극히 드물다. 우리는 대개 현실의 삶을 살아가기 위해, 아니 그렇게 살아가는 동안 자연히 그를 잊기 마련이다. 가끔씩 연인이 못견디게 그리운 순간은 있겠지만, 우리는 소월시의 화자들처럼 그렇게 지속적으로 연인과의 공속성을 유지하기 위해 애쓰지는 않는다.

그렇다면 이제 우리에게는 한 가지 문제만이 남게 된 셈이다. 그것은 소월시의 화자들이 그토록 애타게 찾는 그 죽은 연인이 시인의 차원에서는 과연 무엇이겠는가 하는 점이다. '죽은 연인', 그것은 소월이 속해 있는 시대사적 맥락에서 볼 때 잃어버린 조국일 수밖에 없다. 소월의 조국에 대한 태도는 소월시의 화자들의 연인에 대한 태도와도 같다는 점을 고려하면, 우리는 연인을 대하는 화자들의 태도를 통하여 그것의 특이한 성격을 밝혀낼 수 있게 된다. 소월시의 화자들은 죽은 연인을 잊지 않기 위해 갖은 방법을 동원하면서 몸부림을 친다. 조국에 대한 그의 태도 역시 그와 동일하다고 볼 수 있다. 그 당시의 다른 지식인들과 구별되는 소월의 미덕과 함께 그의 한계를 나타내준다는 점에서, 그것은 결코 소홀히 다룰 수 없는 문제이다. 어떤 개인이 자기의 죽은 연인을 잊지 못하고 언제나 기억하려 애쓰는 모습은 아름답고도 감동적이다. 그렇지만 잃어버린 조국을 죽은 연인처럼 생각한다면 그것은 큰 잘못이다. 그렇게 될 경우, 그 조국은 죽은 연인처럼 영영 되찾을 수 없게 되고 오로지 개인의 기억 속에서만 존재하게 되기 때문이다. 이와 동일한 문제가 조국에 대한 소월의 태도에서도 발생했다. 그것은 소월에게 조국을 되찾으려는 의지가 없었기 때문에 비롯된 문제가 아니다. 문제의 핵심은 바로 그의 시대의식에 있었다. 그가 두보의 「春望」을 빌려와 "이 나라 나라는 부서졌는데/이 山川 여태 山川은 남아 있더냐/봄은 왔다 하건만/풀과 나무에뿐이어"라고 말하고, 그의 시 「물마름」에서 '남이장군'과 '홍경래'를 떠올리며 자신의 신세를 한탄했을 때, 그러한 그의 모습에서 우리는 조선조의 전통적 선비의 모습과 마주치게 된다. 그는 조국의 상실을 단순히 동양의 역사적 맥락에서만 파악했던 것이다. 그는 그것이 자본주의의 지배란 세계사적 맥락에로의 편입이라는 사실을 1920년대에는 깨닫지 못했던 것이다. 그는 30년대에 비로소 그것을 어렴풋이 인식했다. 그의 시 「봄과 봄밤과 봄비」가 그 점을 확인하게 해준다.

主任先生 얼굴이 내눈에 환하다.
오늘밤, 봄밤, 비오는 밤, 비가
햇듯햇듯 보슬보슬 회친회친, 아주 가이업게 귀엽게
비가 나린다, 비오는 봄밤,
普通學校三學年, 비야말로, 세상을 모르고,
가난하고 불상한 나의 가슴에도 와주는가?
五大江의 이름 외이든 地理時間,
津江, 大洞江, 豆滿江, 洛東江, 鴨綠江,
무쇠다리 우헤도, 무쇠다리를 녹일(스를 듯), 비가온다.
燈불이 밝은 것은, 自動車가 들리는 소리, 이는 自動車 노래소래이라.
이곳은 國境, 朝鮮은 新義州, 鴨綠江 鐵橋,
朝鮮人, 日本人, 中國人, 멧名이나 될꼬 멧名이나 될꼬
지나간다, 지나를 간다, 돈 있는 사람, 또는, 끼니조차 번드린 사람,
鐵橋 우헤 나는 섰다. 分明치 못하게? 分明하게?

朝鮮 生命된 苦悶이여!
우러러 보라, 하늘은 감핫고 아득하다.
自動車의 멀리멀리 붙고 붙는 두 눈,
騷音과 騷音과 냄새와 냄새와,
사람이라 어물거리는 다리 우헤는 電燈이 밝고나.
다리 아래는 그늘도 깊게 번듯거리며
푸른 물결이 흐른다, 굽이치며 부얼신부얼신.

—「봄과 봄밤과 봄비」 전문

위의 작품은 그 구성상 크게 두 부분으로 되어 있다. 1행에서 9행까지를 전반부로, 그리고 10행부터 나머지 끝행까지를 후반부로 볼 수 있을 것이다. 전반부에서는 과거와 현재, 즉 회상과 현실이 교차된다. 지금 한 인물이 있는 곳은 압록강 철교 위다. 때는 봄밤이고, 비가 내리고 있다. 밤에 철교 위에서 하염없이 내리는 봄비를 바라보고 있는데, 머리 속으로 문득 어떤 한 영상이 떠오른다. 화자는 그 영상이 그토록 갑작스럽게 기억의 저 깊은 저장고로부터 끌어 올려지는 순간을 가리켜 "환하다"고 묘사한다. 그렇게 회상된 '주임선생'의 얼굴은 회상의 연쇄효과를 일으키며 보통학교 3학년 시절과 그때 지리시간의 수업내용을 순차적으로 떠올리게 한다. 그런 연쇄과정의 내용을 감안하건대, 아마도 '주임선생'의 담당과목은 지리(地理)였던 듯하다. 맨 처음 떠오른 것은 주임선생의 얼굴이었는지 모르지만, "五大江의 이름 외이든 地理時間,/津江, 大洞江, 豆滿江, 洛東江, 鴨綠江,/무쇠다리 우헤도, 무쇠다리를 녹일(스를 듯), 비가온다"란 구절에서도 확인되듯이 그런 회상의 계기는 화자가 서 있는 철교 밑을 흐르는 압록강이었을 것이다. 이어지는 후반부에서는 화자의 눈앞에서 펼쳐지는 현실의 풍경이 주조를 이루고 있다. 꼬리를 물고 이어져 있는 자동차들의 긴 행렬,

그 번쩍거리는 전조등의 불빛과 소음과 냄새, 그리고 쇄도하는 군중들. 그런 풍경들을 바라보면서 화자는, "鐵橋 우헤 나는 섰다. 分明치 못하게? 分明하게?"라는 구절에서 볼 수 있는 것처럼, 자신의 지반(地盤)에 불안감을 느낀다. 그런 불안감은, 밤하늘의 검고 아득한 모습과도 같은 화자의 절망감으로 이어진다. 화자는, 그런 불안감과 절망감에 휩싸인 채, 도도하게 흘러가는 압록강을 물결을 바라본다. 그의 시에 비로소 자본주의의 근대적 징후들이 그로테스크한 모습으로 나타났을 때, 그것은 그가 세계사적 변화를 비로소 자각하게 되었음을 알려 준다. 그러나 그러한 새로운 시대는 그와는 거리가 먼 것일 수밖에 없었다. 김억에게 보낸 편지에서, 그가 "山村 와서 十年 있는 동안에 山川은 별로 變함이 없어 보여도 人事는 아주 글러진 듯 하옵니다. 世紀는 저를 버리고 혼자 앞서서 달아간 것 같아옵니다"라고 말하거나, "이곳 와서부터 '조선에 대한 희망'이 믿을 수 없게 되었습니다"라고 말한 것이 그 점을 증명해 준다.

'사실'과 '환상'의 대극적 긴장

김수영의 「풀」

1

김수영의 「풀」은 그의 마지막 작품이다. 시인이라면 누구에게나 마지막 작품이 있기 마련이다. 하지만 마지막 작품이라고 해서 다 좋은 작품일 수는 없으며, 그 시인의 시세계를 이해하는 데 결정적으로 중요한 작품일 수도 없다. 우리 시사에서 시인의 마지막 작품이 논자들의 관심을 크게 불러 일으킨 경우는 거의 없었다. 가끔 시인의 사후에 미발표작이자 마지막으로 쓴 것으로 추정되는 작품이 발굴되어 논자들의 관심을 불러일으킨 경우가 있다 하더라도, 그것은 지속적인 과정의 중단으로서의 '끝'이 촉발하는 아쉬움 정도에 불과할 뿐이었다. 하지만 김수영의 경우에는 그와 같은 일반적인 사정과는 매우 다른 측면을 보여주었다. 김수영의 「풀」은 논자들의 특별한 관심을 유발시켰고, 그의 대표작 가운데 하나로 평가되기에 이르렀다. 우선 작품을 인용해 보기로 하자.

풀이 눕는다
비를 몰아오는 동풍에 나부껴
풀은 눕고
드디어 울었다
날이 흐려서 더 울다가
다시 누웠다

풀이 눕는다
바람보다도 더 빨리 눕는다
바람보다도 더 빨리 울고
바람보다도 더 먼저 일어난다

날이 흐리고 풀이 눕는다
발목까지
발밑까지 눕는다
바람보다 늦게 누워도
바람보다 먼저 일어나고
바람보다 늦게 울어도
바람보다 먼저 웃는다
날이 흐리고 풀뿌리가 눕는다

—「풀」 전문

그 외형상으로 보아도 이 시는 그의 여타 다른 작품들과는 선명히 구별되는 매우 특이한 작품이다. 많은 논자들이 이 시에 특별한 관심을 기울였던 일차적인 이유도 김수영의 다른 작품들과는 판이한 그런 외형상의 특이성에 있었을 것이다. 부단한 '새로움의 이행' 이 시의 본질이라고 거의 입버릇처럼 주장했던 그였기에, 많은 논자들은 그와 같은 형태상의 특이함이야말로 시작(詩作) 전개상의 그 시점에서 시도하고자 했던 김수영 시의 새로운 방향일지도 모른다고 추정했을 것이다. 이러한 사정과 관련하여 유종호는 "이 작품이 시인의 시적 발전에 있어서의 지속적인 究竟이었을 것인가에 대해서는 불안정한 추측이 가능할 뿐이다"라고 하면서 "배타적인 조직을 노리는 토착어 지향을 통해서 한국의 근대시가 자기발견과 자기정의를 성취한 것이라면 「풀」이 그의 마지막 작품이라는 것은 그의 말투를 빌어 행복한 시간의 우연이라 할 것이다"라고 말하고,[1] 이와는 달리 김현은 "그 시는 김수영이 결국 가야 할 곳이 어디였나를 분명하게 보여준 시이다"라고 말한다.[2] 여기서는 이들 두 사람의 논의에 대한 평가는 유보하기로 하자. 뿐만 아니라 이 시와 관련한 기존의 언급들에 대해서도 논평을 유보하기로 하자. 왜냐하면 이제 앞으로 우리가 시도할 사태 자체의 본질로의 진입을 통해 얻게 된 결론이 그와 같은 논평을 대신할 것이기 때문이다.

2

김수영의 「풀」이라는 사태 자체로의 진입을 시도하고자 하는 우리에게 하나의 출구를 열어 주는 논의가 있다. 그것은 김인환 교수의 논의이다. 김인환 교수는 「풀」을 구체적으로 분석하거나 해석하지는 않았지만 우리가 참조할 만한 매우 흥미로운 지적을 하고 있어 주목된다.

풀은 바람보다 빨리 울고 빨리 눕기도 하고 바람보다 늦게 울고 늦게 눕

1) 전집 별권, p.257.
2) 앞의 책, p.206.

기도 한다. 풀이 바람보다 먼저 일어난다는 것은 특별한 의미표현이 아니라 사실의 객관적인 서술로 보아야 한다. 풀은 발목까지 눕고, 발밑까지 눕고 드디어 풀뿌리가 눕는다. 화자는 풀밭 가운데서 날과 바람과 풀을 관찰하여 그것을 객관적으로 서술하고 있다. 발목과 발밑이란 말로 화자의 위치를 알 수 있다. 객관 서술은 대체로 확대 해석을 차단하게 마련이다. 「산유화」와 「절벽」에서처럼 이 시에서도 바람과 풀은 완전히 일치를 이루어내지 못한다. 눕는 데도 일어나는 데도 우는 데도 웃는 데도 그들 사이에는 미묘한 어긋남이 있다. 순수시는 관념이나 설화가 아닌 사실이나 환상을 표현한다. 우리는 「산유화」나 「절벽」이나 「풀」과 같은 계열의 시를 설화 배경이나 관념 체계를 배제하고 읽어야 할 것이다.[3)]

위에서 김인환 교수는 「풀」이라는 작품 자체를 해석하려고 한 것이 아니라, 신라의 향가부터 오늘날의 현대시에 이르는 우리의 모든 시작품들을 '설화시'·'관념시'·'순수시'라는 세 가지 유형으로 나누어 설명해 보려는 데 있었다. 그의 유형화에 따르면, 「풀」은 이상(李箱)의 「절벽」, 김소월의 「산유화」, 서정주의 「서풍부」(西風賦) 등과 함께 '순수시'에 속한다. 따라서 「풀」에 대한 그의 언급은, 작품 자체를 이해하려는 데 목적이 있지 않고 '순수시'의 유형적 특질을 설명하려는 데 그 목적이 있다. 그가 제시한 바, 우리 시사 전체를 포괄할 수 있는 세 가지 유형은 그 주도면밀함과 설득력에 있어 우리의 관심을 끌기에 충분하다. 아마도 우리 시사에 속해 있는 거의 모든 작품들은, 그 세 가지 유형이 각각의 꼭지점을 이루어 형성하는 삼각형의 세 선분들 사이에 충분히 놓여질 수 있을 것이다. 그런데, 모름지기 모든 유형화에는 모종의 이율배반이—모든 종류의 유형을 만들어내는 근거이기도 하면서, 그런 유형으로도 해결할 수 없는 이율배반이 그림자처럼 뒤따르게 된

3) 김인환, 「소설과 시」, 『상상력과 원근법』(문학과지성사, 1993), pp.109~110.

다. 하나의 유형은 낱낱의 작품들이 분유(分有)하고 있는 공통의 속성이나 특질을 기반으로 하여 이루어진다. 그처럼 정립된 하나의 유형은, 분류의 어떤 기준에 의해 그 안에 포섭된 작품들의 공통된 속성에 근거하기 때문에, 하나하나의 작품에 내재하는 저마다의 단일성이나 특수성을 은폐하고 억압한다. 그런 맥락에서 어떤 유형의 안정성과 강도는, 그것이 속해 있는 유형으로부터 벗어나려는 낱낱의 작품들의 특수성을 얼마나 잘 억제하느냐에 달려 있다고 보아도 무방하다. 김수영의 「풀」을 굳이 분류한다면, 김인환 교수의 분류대로 '순수시'의 유형에 포섭되는 것이 가장 적절할 것이다. 하지만 그와 같은 유형화는 「풀」이 하나의 작품으로서 다른 작품들과는 결코 분유할 수 없는 그것만의 어떤 특성을 설명해낼 수는 없다. 그런데도 우리가 그런 유형화와 관련된 김인환 교수의 언급을 우리 논의에 이끌어들인 이유는, 그가 제시한 '순수시'에 대한 설명이 「풀」을 이해하는 데 매우 중요한 단서를 제공해주기 때문이다. 위에서 김인환 교수는 "순수시는 관념이나 설화가 아닌 사실이나 환상을 표현한다"고 설명한다. 우리가 보기에 「풀」은 바로 그와 같은 '사실'과 '환상'을 표현하고 있다. 이제 작품을 구체적으로 분석해봄으로써 우리의 그런 생각을 증명해 보기로 하자. 이미 앞에서 작품의 전문을 인용한 바 있지만, 면밀한 분석을 위해 여기서 제1연을 다시 인용하기로 한다.

풀이 눕는다
비를 몰아오는 동풍에 나부껴
풀은 눕고
드디어 울었다
날이 흐려서 더 울다가
다시 누웠다

이 시의 제1연에서 가장 주목되는 부분은 "비를 몰아오는 동풍에 나부껴"라는 구절이다. 풀이 바람에 나부낀다는 것은 객관적 사실에 대한 서술이라고 말할 수 있다. 그렇다면 시인은 어째서 그와 같은 객관적 사실을 다른 구절에서는 '풀이 눕는다' 라거나 '풀이 일어난다' 라고 표현한 것일까. 풀이 바람에 불리는 모습은 매우 단순한 형태로 이루어진다. 바람이 불어오면 풀은 마치 사람이 눕는 것과 같은 모습으로 휘어지고 바람이 지나가면 풀은 사람이 일어나는 것처럼 다시 펴진다. 따라서 '풀이 눕는다' 라거나 '풀이 일어난다' 라는 것은 어떤 특별한 의미 표현이 아니라 그것 역시 사실의 객관적인 서술로 보아야 할 것이다. 하지만 이 시를 단순히 사실의 객관적인 서술로만 보기에는 어딘가 미진한 구석이 있다. 시인은 제2연에서는 다음과 같이 말하기 때문이다.

풀이 눕는다
바람보다도 더 빨리 눕는다
바람보다도 더 빨리 울고
바람보다도 더 먼저 일어난다

풀은 객관적으로 바람보다 더 빨리 움직일 수 없는 존재자이다. 다시 말해 바람이 불지 않으면 풀은 결코 나부끼지 않는다. 그런데도 어째서 시인은 바람보다 더 빨리 움직인다고 말하는 것일까. 이러한 물음과 관련하여 우리는 김기중의 다음과 같은 언급을 참조할 필요가 있다.

여기서 화자는 가까이 있는 풀뿐만이 아니라 들판 저편의 멀리 있는 풀들도 바라본다. 가까이 있는 풀들은 바람이 불면 눕고 바람이 지나갔을 때 일어나지만 멀리 보이는 풀들은 그렇지 않다. 시적 화자가 바람을 촉감으로 느끼기도 전에 이미 바람이 불어오고 있는 동쪽의 멀리 보이는 풀들은 눕는다. 또한 화자가 촉감과 소리로 바람을 느낄 때쯤이면 이미 바람이 지나온 저편의 풀들은 일어난다. 바람보다 더 빨리 눕고 먼저 일어나는 것이다. 마찬가지로 바람이 진행하는 방향의 멀리 보이는 풀들은 바람보다 늦게 눕는 것처럼 보인다.[4)]

위와 같은 김기중의 설명은 이 작품이 철저하게 객관적 사실에 기초하고 있다는 점을 다시 한 번 확인시켜 준다. 그의 설명대로 좀더 확대된 공간과 시야를 통하여 볼 때, 풀은 바람보다 더 빨리 움직이는 것처럼 보인다. 하지만 화자가 촉감과 소리로 바람을 느낄 때쯤이면 이미 바람이 지나온 저편의 풀들은 일어난다고 해서 그것들이 실제로 바람보다 더 빨리, 즉 자기 스스로의 힘으로 움직이는 것은 아니다. 현실의 외부 공간에서 풀은 바람보다 더 빨리 움직일 수는 없다. 그것은 풀의 존재적 운명이다. 「달나라의 장난」에서 팽이가 스스로 돌 수 없듯이 풀 역시 스스로 움직일 수 없는 것이다. 스스로 움직일 수 있는 풀의 힘은 객관적인 외부의 현실 공간에서는 결코 성립될 수 없다. 그것은 하나의 환상이다. 이 작품의 핵심은 환상과 그것의 근거인 사실의 '대극적인 긴장'에 있다. 이제 그 점을 확인하기 위해 이 작품에 대한 우리의 분석과 해석으로 나아가기로 하자.

3

김수영의 「풀」에서는 풀의 그 어떤 움직임만이 반복해서 묘사된다.

4) 김기중, 같은 논문, 같은 책, pp.357~358.

「풀」에서 우선 주목해야 할 부분은 "나부껴"이다. 풀의 움직임을 묘사한 표현들 가운데 유독 그 부분만 피동형으로 돼 있다. 다른 표현들은 마치 사람이 스스로 울고, 웃고, 눕고, 일어나는 것처럼 돼 있으나, 그 부분은 스스로는 움직일 수 없는 현실의 모습으로 그려져 있는 것이다. 실제로 풀은 스스로 움직이지 못하고 바람이 불어야만 움직인다. 그것은 우리의 경험 세계의 냉혹한 현실 법칙이며, 풀의 관점에서 보자면 도대체 그 이유를 확인할 수 없는 맹목적인 자연의 법칙이다. 이러한 사실과 관련해서, 우리는 가정을 통해 다음과 같은 생각을 해볼 수가 있다.

만일 풀에게 인간과 같은 자아가 있다면, 바람이 불어야만 움직일 수 있고 그렇지 않으면 움직일 수 없는 자신의 처지, 그 거절할 수 없는 자신의 생태학적 숙명을 어떻게 생각할까. 자기의 숙명을 수락한 경우라면 문제될 것이 없고, 그 숙명을 거절하고 바람 없이도 스스로 움직이고 싶어할 경우엔 문제가 된다. 그럴 경우 아마도 풀은 바람이 불 때 그 바람에 따라 움직이면서 스스로 움직이는 연습을 할 것이다. 스스로 움직이고 싶은 욕구가 강렬하면 강렬할수록 풀은 그 연습에 혼신을 힘을 다할 것이다. 그래서 비록 바람이 불지 않는다고 하더라도 바람 속에서 움직였던 그 기억의 끈을 붙잡고 상상 속에서나마 맹렬하게 연습할 것이다. 여기서, 가정을 전제하고 진행시킨 우리의 상상력을 다시 한번 더 증폭시켜 보자. 애초에 풀의 욕구는 불가능을 향한 환상적인 것이었다. 만일 그 불가능한 형상에 대한 강렬한 그리움이 오랜 세월의 연습 끝에 실제로 실현된다면 그 순간의 풀은 어떤 기분일 것이며 무엇을 할까.

우리의 그러한 상상은 「풀」이란 작품의 내재적 공간 속으로 들어가는 데 요구되는 매우 유용한 열쇠이다. 그것은 작품의 바깥에서 이끌어온 것이 아니라 작품을 이루고 있는 계기적 요소로부터 유발된 것이었다. 실제로 이 작품에서 풀의 그 어떤 움직임과 시인이 밀착해 있고 시인과 언어가 밀착돼 있다. 그렇게 밀착된 언어의 짜임 관계를 통해 이루어진 '풀의 그 어떤 움직임' 을 해명하지 않으면 작품 그 자체도 해명할 수 없게 된다. 앞서 우리의 상상은 그대로 시인의 상상이라 보아도 무방하다. 아니, 시인은 우리보다도 더 나아가 자기의 상상을 진행시키는 가운데에 풀이 스스로 움직이는 환상을 체험했다. 그것이 이 작품의 제작 동기이다.

이 시의 첫 행은 "풀이 눕는다"이다. '풀' 의 움직임을 식물의 수동적인 것이 아닌 능동적인 것으로 바꾸기 위해서, 즉 자신의 환상을 구체적 형상으로 옮겨 놓기 위한 첫 시도로서 그것은 매우 성공적이라 할 수 있다. 정지 상태의 '풀' 이 바람에 움직이게 될 경우, 바람이 어느 방향에서 불어온다 하더라도 첫 움직임은 사람이 눕는 것과 같은 모습이 된다. 그 '첫 움직임' 은, 비록 시인의 환상을 통해 이루어진 것이지만, 풀의 처지에서 그것은 생태학적 숙명으로부터의 해방이다. 이로써 '풀' 의 자율적인 움직임이란 환상은 작품 속에 하나의 구체적 형상으로 구축되기 시작한다. 시인에게 남겨진 작업은 작품의 내재적 일관성 속에서 '풀' 의 그와 같은 자율적인 움직임에 필연성을 부여해 주는 일이다. 첫 행에 이어서 시인은 "비를 몰아오는 동풍에 나부껴/풀은 눕고"(제1연의 2행과 3행)라고 말한다. 원래는 '풀은 비를 몰아오는 동풍에 나부껴 눕고' 라고 해야 했을 것을 작품의 문장 형태로 도치시킨 이면에는 시인의 여러 가지 생각과 계산이 잠재돼 있는 것으로 보인다.

먼저, 현실에서는 풀이 결코 스스로 움직일 수 없지만, 자신의 환상 속에서는 너무나 선명한 그 형상을 시로써 구체화하기 위해 시인은 현실의 바람에 특별한 의미를 부여해야만 했다. 자기의 의식 속에 그 환상이 스쳐 지나가던 순간에 불었던 바람은 단순히 자연 현상으로서의 그것이 아니라, 풀의 그 강렬한 그리움과 맹렬한 연습에 감동한 신이 붙어준 입김과 같은 것으로 말이다.[5] 시인이 제2연과 제3연에서는 단순히 '바람'이라고 했으나 제1연에서는 굳이 "비를 몰아오는 동풍"이라고 묘사한 이유도 바로 거기에 있다. 해가 뜨는 동쪽은 새로운 출발의 이미지이고 비는 생명의 근원인 물의 이미지란 점을 감안한다면, 그 구절이 갖는 의미의 효과를 충분히 인정할 수 있게 된다. 그런 이유들 때문에 그는 "비를 몰아오는 동풍"을 강조하려고 도치시켰다.[6] 다른 하나는, "나부껴"와 "눕고"의 의미 층위가 다름을 나타내려는 데 있다. 이 작품에서 '풀'은 이미 생태학적 숙명에서 벗어난 풀이다. 그러므로 작품에서는 '풀'을 '나부껴'란 움직임과 분리시켜야만 한다. 실제로 작품에서 "비를 몰아오는 동풍에 나부껴/풀은 눕고"의 형태가 됨으로써 '동풍에 나부껴, 풀은 눕고'의 의미 구조를 갖추게 된다. 그 구절을 산문으로 풀어 놓으면, "이제까지 불어 왔던 바람과는 다른, 마치 신의 입김과도 같은 바람에 나부끼는 순간 풀은 스스로 움직이고"란 의미가 된다. 이 시에서, 풀의 움직임의 전개에 있어 이 지점은 매우 중요한 의미를 갖는다. 시인이 자신의 의식에 떠오른 환상을 그저 무심하게 잊고 말았다면, 우리에게는 아무런 일도 일어나지 않았을 것이다. 그렇지만 그가 애써서 자신의 그 우연한 환상을 어떤 내적 필연성의 계기에 의한 것으로 구체화함으로써 그것은 우리의 의식에도 하나

---

5) "비를 몰아오는 동풍"을 '신의 입김'과도 같은 바람으로 해석한 것에 대해 혹자는 이의를 제기할지도 모르겠다. 어쩌면 시인 자신에게 물어보아도 그냥 그렇게 하는 것이 재미있을 것 같아서 그렇게 했다고 말할지도 모른다. 하지만 하나의 텍스트를 해석함에 있어 시인의 애초의 생각이 절대적으로 중요한 것은 아니다. 왜냐하면 텍스트는 시인의 의도라는 자물쇠에 의해 잠겨져 있는 것이 아니기 때문이다. 작품의 내재적 과정에 진정으로 참여하여 그것의 진리내용을 보존함으로써 우리는 시인조차도 설명할 수 없는 것을 설명해낼 수도 있기 때문이다. 문제는 그런 설명을 텍스트 자체가 허용하느냐 하는 데 있을 것이다.

6) '동풍'에 대한 우리의 의미부여와 관련하여 조지훈의 '동쪽'에 대한 다음과 같은 설명은 매우 흥미롭다: "태양은 흰빛으로 상징되고, 우리의 백의(白衣) 애착도 구경 백(白)사면의 의장(儀裝)관습에서 온 것이다. 이러한 신앙은 높은 곳 또는 동쪽이 신의 주거지로 믿어진 것이니, 이 때문에 동쪽[동천(東川)·동천(東泉)]은 제천행사의 터가 되고 소로단[소도(蘇塗)—서낭당]의 소재지도 이와 관련된다. 설령 김수영이 단순히 재미있을 것 같아서 '동풍'이라고 하였다 하더라도 거기에는 우리 민족의 그와 같은 무의식적인 원형심상이 작용했을지도 모를 일이다. 조지훈, 『한국학연구』(나남출판, 1996), p.44. 참조.

의 형상으로 다가오기 시작한 것이다. 아무튼 작품으로 돌아가서, 그 다음에 이어지는 행은 "드디어 울었다"이다. 그토록 오랜 세월의 갈망과 기다림 끝에 풀은 "드디어" 스스로 움직이게 된 자신을 확인한 것이다. 풀이 스스로 움직이게 된 그 첫 체험의 순간에 느낄 수 있는 감동의 표현으로서 "울었다"란 표현은 지극히 적절하다. 다른 것도 아니고 숙명을 넘어선 상태의 감동을 나타내려면 그 표현말고는 달리 없었을 것이다.

그 감동의 순간 다음에 이어지는 구절은 "날이 흐려서 더 울다가"이다. 그것을 풀어 쓰면, "풀은 날이 흐리기 때문에 더 울다가"란 의미가 된다. 이제까지 많은 연구자들이 그 두 가지 사실 사이의 연관성을 논리적으로 해명해 보려고 시도했지만 실패했었다. 그들은 환상을 논리로 풀려고 했기 때문에 실패한 것이다. 환상은 논리로는 풀 수 없는 수수께끼 그 자체이다. 앞에서 시인이 "비를 몰아오는 동풍에"란 표현을 쓴 이유는 그것에 특별한 의미를 부여하려는 데 있는 것으로 우리는 파악했었다. 그런 거룩한 바람은 아무 때나 불지 않는다. 특별한 순간에만 불고 곧 어떤 미지의 영역으로 사라진다. 「풀」이라는 작품의 내재적 공간을 스쳐간 그 바람의 경우도 마찬가지였을 것이다. 그러나 그 흔적만은 존재의 기억 속에 혹은 다른 그 어디에라도 남기 마련이다. 「풀」에서 '날이 흐리다'는 그런 흔적의 형상화라 봐야 한다. 시의 효과면에서 보자면, 어떤 기적적인 일의 발생을 억압하는 현실의 파괴적인 빛을 차단하여 환상을 유지하려는 시인의 노력에 따른 표현이라 이해할 수도 있을 것이다.[7] '풀'에게 그것은 신의 입김과도 같은 그 바람이 사라진 후에도 스스로 움직일 수 있다는 약속의 상징이 된다.[8] 풀이 더

---

7) 이러한 사정과 관련하여 김수영은 「敵(二)」라는 작품에서 "날이 흐릴 때 정신의 집중이 생긴다/神의 아량이다"라고 말하기도 한다.

8) 「풀」의 제3연에서도 "날이 흐리고 풀이 눕는다"란 구절이 지속적으로 반복되는 것도 그 점에 근거한다.

우는 것도 그 때문이리라.

제1연의 끝 행은 "다시 누웠다"이다. 여기서 시인이 '다시'를 사용한 것은 충분히 납득할 만하다. '풀'에게 남은 일은 자기의 자율적 움직임을 무한히 반복해 보는 것이기 때문이다. 음악의 용어를 비유적으로 끌어 오면, 「풀」의 제1연은 일종의 제시부라 할 수 있다. 이제 환상적인 분위기 속에서 낮고 아름답게 울려 퍼진 제시부의 주제(풀의 자율적인 움직임)는 명랑한 재현부(제2연)와 경쾌한 전개부(제3연, 1행~7행)를 거쳐 장엄한 종결부(제3연의 8행이자 작품 전체의 끝행)로 나아간다.

제2연에서 '바람'은 제1연에서의 '비를 몰아오는 동풍'과는 구별되는 현실의 바람이다. 시인은 현실 공간에서 이루어지는 풀의 타율적인 움직임을 나타내는 "나부껴"에 '신의 입김'과도 같은 "동풍"을 연결시키고, 비록 환상이긴 하지만 스스로 움직일 수 있는 힘을 성취한 풀의 자율적인 움직임에 현실의 바람을 연결시키고 있는 것이다. 다시 말해 사실과 환상을 끊임없이 충돌시키고 있는 것이다. 아무튼 '풀'은 그런 현실의 바람 속에서도 스스로 움직일 수 있게 되었다. "바람보다도 더 빨리"와 "바람보다 먼저"는 '풀'의 그러한 자율적 움직임을 나타낸다. '눕는다'·'울고'·'일어난다' 등은 모두 자율적인 움직임이란 동일한 뿌리의 다양한 줄기들이다. 시인은 제2연의 끝행에 '눕는다'보다는 어감이 더 강한 '일어난다'를 배치했다. 이는 자율적인 움직임의 반복을 통해 획득된 '풀'의 자신감을 암시하기 위함일 것이다.

제3연에 이르러 '풀'의 움직임은 더욱 경쾌해진다. 현실의 바람이 아무리 거세게 몰아쳐도 "날이 흐리고"가 상징하는 자율적인 움직임의 약속(혹은 최초로 스스로 움직일 수 있었던 기억)이 있기에 '풀'은 자기의 "발목까지/발밑까지 눕는다". "바람보다 늦게 누워도"와 "바람보다 늦게 울어도"는 바람에 의한 타율적인 움직임을 나타내는 것이겠지만, 그렇다고 하더라도 이제는 풀에게 그것조차 문제가 되지 않는다. 그는 언제라도 "바람보다 먼저" 일어나고 웃을 수 있기 때문이다('도'와 '고'로 연결된 접속법의 형태가 그러한 의미를 보증해 준다). 제3연에서 문제가 되는 부분은 「풀」의 끝행인 "날이 흐리고 풀뿌리가 눕는다"이다. 그 이전까지는 모든 문장의 주어가 '풀'이었는데 갑자기 낯선 '풀뿌리'가 등장한 것이다. 풀뿌리도 풀에 속한 것으로 보면 그 문제를 단순하게 처리할 수도 있겠으나, 그 문제는 그렇게만 보아 넘길 성질의 것이 아니다. 이 부분에 이르러 시인은 명백히 모순적인 요소들을 충실히 참작하여 그것들을 새로운 통일로 몰고갈 야심적인 시도를 하고 있기 때문이다.

이 시에서 '풀'은 이제 스스로 움직일 수 있는 능력을 갖추게 되었다. 그렇지만 그것은 어디까지나 예술의 본질구성 요인인 가상 안에서만 가능하다. 이 작품의 성립 계기가 된 시인의 환상은 그러한 가상 안에서만 그 의미와 아름다움을 유지할 수 있다. 만일 가상에서 벗어나 현실의 경험 세계로 그 환상을 이끌어 들이면, 그것은 거짓이란 판정을 받게 되거나 흉칙스런 형상으로 변질하게 된다. 현실에서 풀의 자율적인 움직이란 절대로 불가능한 것이며, 가능하다고 해도 그것은 식인초(食人草)에게서나 가능한 일이기 때문이다. 시인은 자기가 그토록 공들여 구축한 그 형상이 '식인초'와 같은 끔찍스러운 몰골로 변질되는 것을 바라지 않았다. 그래서 그는 작품에 죽음이란 절대적 계기를 끌어들였다. 「풀」의 마지막 행에서 갑자기 움직임의 주체를 '풀뿌리'로 전환시킨 것은 바로 그와 같은 이유에서이다. 풀뿌리의 움직임은 이 시에서 죽음을 암시한다. 작품에서 '풀'이 생태학적 숙명을 벗어났다고 하더라도 그것은 생명의 총체적 파국으로서의 죽음 그 자체를 극복한 것은 아니었다. 그 '풀'도 결국엔 죽을 수밖에 없다. 그러나 '풀'의 죽음은 자기의 생태학적 숙명을 아무런 저항 없이 받아들였던 다른 풀들의 그것과는 본질적으로 다를 것이다. 시인도 분명히 다르다고 말한다. 자율성에 대한 약속의 상징이었던 "날이 흐리고"와 자율성을 획득한 '풀'의 첫 움직임었던 "눕는다"를 '풀뿌리'에 연결시킨 데에서 우리는 시인의 그러한 의도를 파악할 수 있다. 자율성을 획득한 '풀'의 죽음을 가리켜 생물학적 종말이라고는 말할 수 있어도 존재론적 종말이라고 말할 수는 없다. '풀'이 죽을 때 취한 동작의 묘사인 "풀뿌리가 눕는다"의 움직임이 어떤 것이었는지 우리로서는 알 수 없다. 우리는 최소한 이렇게 말할 수는 있다: '풀'은 죽었지만 죽은 것이 아니라고. 우연스런 환상에서 비롯한 것이기에 언제라도 소멸될 수도 있었던 풀의 자율적 움직이란 환상은, 이 시에서 "풀이 눕는다"는 구절을 통해 구체적인 형상으로 바뀌었고, "풀뿌리가 눕는다"의 구절을 통해 마침내는 생물학적 종말로서의 죽음조차도 넘어서는 존재론적 초월의 상징으로까지 상승한 것이다. 어쩌면 그것은 지나치게 확대된 환상인지도 모른다. 그렇지만 작품의 효과면에서 볼 때, 「풀」이 그와 같은 장엄한 종결부로 맺어지지 않았다면, 일종의 초월적 암호로서의 풀의 자율적 움직임은 지금과 같은 강도를 결코 누리지 못했을 것이다.

4

김수영 시의 기본 전략은 '언어의 서술'과 '언어의 작용'과 관련된 구절들을 한 작품 안에서 동시에 포섭하는 것이다. 김수영 시에는 '언어의 서술'이나 '언어의 작용' 그 어느 한쪽에만 주력한 작품이 없는 것은 아니지만 대개의 경우 그것들을 동시에 수용한다. 그리고 '언어의 서술'과 관련된 부분에 '경구'나 '격언'을 집어넣거나 대(對)사회적인 발언들을 집어넣는다. 김수영이 말하는 '언어의 서술'은 의사 소통적 언어사용을 의미하고, '언어의 작용'은 초현실주의의 '자동기술법(écriture automatque)' 처럼 의미 전달에 의한 의사소통을 부정하는 언어사용이다. 이러한 두 가지 방식의 언어사용은 문학과 관련한 두 가지 방식의 '참여' 와 연결지어 생각해볼 수 있다.

하나는 흔히 참여론자로 알려져 있는 사르트르가 말하는 '참여' 이다. 사르트르의 의미에서의 '참여' 는 역사적인 상황규정으로부터 추론된 정치적 기획의 선택이었다.[9] 그런 의미의 '참여' 는 사회와의 관계에서 발생한다. 그것은 정치적 선택이자 역사적 실천이며 행동이다. 시인이나 작가는 자신이 처해 있는 역사적 상황에 대한 인식과 판단을 통해 스스로를 선택한 자신의 목적을 정립하며, 그러한 목적의 실천을 위해 행동으로 나아간다. 작가나 시인은 행동으로 나아가기 위해 자아의 개인적인 욕구를 누르고, 스스로 선택하고 정립한 정치적 목적설정에 주어진 모든 것을 복종시킨다. 이와 같은 의미의 '참여' 의 극단적인 형태를 자신의 정치적 이념의 실현을 위해 자신의 적으로 설정한 상대를 죽이고 자신도 함께 죽는 테러리스트의 자폭행위와 같은 모습에서 발견할 수 있다. 이와 대비되는 또 하나의 '참여' 는, 문학과의 관계를 맺고 있는 작가나 시인의 서술자로서의 참여이다. 이 경우, 문학 안에 존재하는 서술자로서의 작가와 시인은 세계와 사회 혹은 사물과 타인들로부터 스스로를 격리시키고 스스로도 소외된다. 문학 안에만 살게 됨으로써 현실로부터 떠난 작가나 시인은 현실의 영역에서는 무기력해지고 고독해진다. 이와 같이 고독한 자아는 "자기가 상실되는 극단의 경험에로의 출구를 자신에게 열어주는 부정의 능력을 언어 속에서 발견한다."[10] 이 경우 문학은 자기의 표현이 아니라 자기의 상실이 되는데, 모리스 블랑쇼의 언급은 자기 상실로서의 언어라는 매체가 지닌 성격을 이해하는 데 중요한 단초를 제공해 준다.

---

9) 페터 뷔르거, 김윤상 역, 『지배자의 사유』(인간사랑, 1996), p.115
10) 페터 뷔르거, 같은 책, p.115.

> 이러한 언어는 언어를 말하는 그 누구도, 언어를 식별하는 그 누구도 전제하지 않는다. 이 언어는 스스로 말하고 스스로 쓴다. (……)언어가 인간으로부터 분리되고, 언어가 인간을 모든 사물로부터 분리시키며, 언어가, 누군가에 의해 청취되기 위해 말하는, 누군가의 행위가 아니라고 한다면, 우리는 언어가 언어를 고독의 상태에서 고찰하는 이에게는 자신을 극히 기이한 마술적 힘으로 설명한다는 사실을 파악하게 될 것이다. 언어는 일종의 주체 없는 의식이며 본질로부터 떨어져 나간 탈퇴선언이라고 할 수 있다. 이것은 저항이자 공허를 만들어내고 자기자신을 결여 속에 위치시키는 끊임없는 힘이다. 그러나 언어는 또한 단어들의 물질성, 그것들의 소리, 그것들의 삶에 한정되어 있는, 그리고 우리로 하여금 이러한 현실이 사물의 어두운 근원에로 이르는 그 어떠한 길을 열어 보여주리라고 믿게 만드는 그러한 체화된 의식이기도 하다. 아마도 그것은 속임수일지도 모른다. 그러나 아마도 이런 속임수가 쓰여진 모든 것의 진리일지도 모른다.[11]

위의 인용문에 근거할 때, 진정한 문학적 언어는 타인과의 의사소통의 매개가 아니라, 현실에서 떠난 고독한 자아가 자신과 어우러지는 마치 '마술적'인 행위와도 같은 그러한 행위의 매개이다. 이러한 언어관에 입각한 '참여'는 낱말들의 물질성 속에서 낱말들에로 새롭게 향하는 행위이다. 문학적 참여론자들은 그처럼 "저항이자 공허를 만들어내고 자기자신을 결여 속에 위치시키는 끊임없는 힘"으로서의 언어에로 참여한다. 서술자로서의 작가와 시인은 그런 언어에의 '참여'인 글쓰기를 통해서만 현실에서의 고통과 절망으로부터 벗어난다. 그와 같은 '참여'는 죽음 속의 삶에 비유될 수 있는 극단적인 경험을 이루는데, 왜냐하면 그러한 경험의 연속으로서의 삶은 모든 현실로부터의 소외라는 죽음의 상태와도 같은 삶을 통해 이루어지는 것이기 때문이다.

---

11) 페터 뷔르거, 같은 책, pp.115~116.

「풀」의 경우는 '언어의 작용'에 주력한 작품으로 볼 수 있을 것이다. 「풀」에서 주목해야 할 것은 '언어의 작용'과 긴장을 이루는 대립항으로서의 '언어의 서술' 부분이 결여 되어 있음에도 불구하고, 작품에 독특한 긴장이 구축되어 있다는 점이다. 그 긴장은 바람에 나부끼는 풀의 '타율적인 움직임(사실)'과 바람 없이도 움직이는 풀의 '자율적인 움직임(환상)'의 충돌에서 유발된다. '사실'과 '환상'의 충돌에서 빚어지는 긴장은 이 작품에 대한 일방적인 확대해석을 차단하기도 하지만 동시에 무한한 해석의 가능성을 열어 주기도 한다. 이 작품의 '힘'은 바로 그 점에 있다. 작품 안으로 수용된 낱말들의 물질성, 그것들의 소리가 그것들만의 고유한 존재를 주장하면서, 사물의 근원에 이르는 길에 대한 무한한 상상을 불러일으키는 것이다.

음화적 이중구조와 현실인식

김혜순論

1

X선의 투과에 의해 드러나는 신체 구조의 음화들은 우리의 기분을 묘하게 만든다. 그것들은 결코 아름답지 않다. 거기에는 삶의 초록색이 완벽하게 배제돼 있다. 죽음의 빛깔을 연상시키는 검은 색조를 배경으로 우리들의 두개골과 허파와 위장과 골격이 흉물스럽게 드러난다. 생명의 온기를 결여한 사물로 물화되어 나타나는 신체의 부위들은 잠시나마 우리의 감정을 아득하게 한다. 그것은 죽음 앞에서의 감정과도 유사할 것이다. 죽음 앞에서 우리가 느끼는 감정은 텅 빈 감정일 것이며, 그것은 아득한 감정일 것이기 때문이다.

김혜순의 시는 우리의 일상적 삶과 우리를 둘러싸고 있는 세계와 사물들을 특수한 촬영술로 찍어서 독특하게 현상한 일종의 음화이다. 그의 시들은 우리를 편안하게 하거나 즐겁게 하지 않는다. 그 음화들에서는 언제나 김혜순 특유의 저 무시무시한 파토스가 발생한다. 그것은 우리의 의식 속으로 파고들어 와서 일상적 현실과 사물에 대한 우리의 관습적 인식을 온통 뒤흔들어 놓는다. 김혜순은 자신의 네 번째 시집의 자서에서 이렇게 썼다: "또 시집을 내느냐고 웃는 사람들에게 이 귀신들을 하나씩 선물한다. 부디 머리 풀고 곡하면서 소란스럽기를." 실제로 그의 시는 우리의 의식을 소란스럽게 만든다. 그 소란스러움은 화법(畵法)과 화법(話法)의 이중구조라는 그 음화의 독특한 구조에서 기인한다.

화법(畵法)은 본질적으로 시와 관련된 문제는 아니다. 그것은 회화의 문제이다. 김혜순의 시에서는 그 화법(畵法)의 문제가 매우 중요한 의미를 갖는다. 김혜순은 작품에 회화적 요소를 매우 적극적으로 끌어들이기 때문이다. 김혜순의 회화적 상상력은, 객관적 일관성으로 시각적 이미지들을 조직해야 하는 외적 필연성으로서의 원근법적 시점 고정에 의존하지 않는다. 김혜순의 그것은 어떤 내적 필연성에 따라 시각적 요소들을 자유롭게 결합하고 구성하는 초현실주의적 환상과 표현주의적 왜곡에 입각한 상상력이다.

김혜순의 시에서는, 그래서, 강화된 환상의 자유로운 유희에 의해 우리의 일상적 현실은 제압되고 무시무시하게 고조된다. 모든 것이 수상하고 환상적으로 되어 버린다. 사물의 외관 뒤에는 일그러진 그림자가, 생명이 없는 사물의 배후에는 괴기스럽고 유령 같은 생명이 잠복해 있다. 그의 작품 속으로 편입돼 들어가게 되면, 모든 것이 그로테스크해진다. 그 같이 어둡고 음울하며 그로테스크한 장면이나 영상의 배후에서 풍부한 의미와 형상들의 세계가 이차적으로 튀어나온다. 이러한 현상은, 우리가 어떤 그림을 오래도록 관조하면 화폭 속에 고요하게 응집돼 있던 시각적 요소들이 강렬한 언어적 형상으로 변화하는 것과도 같다. 김혜순의 시적 특질을 형성하는 회화적 화법(畵法)이 거기에 머무르지 않고 강렬한 언어적 형상, 즉 시적 화법(話法)으로 변용되는 것—그것이 바로 김혜순의 시 세계를 관류하는 비밀의 건축술이다.

그의 독특한 시적 건축술은 단순히 한 시인의 개성만을 의미하지 않는다. 거기에는 오늘날 우리가 살아가는 후기 산업사회의 부정적 징후들과 관련된 시인의 정신적 고투의 흔적이 각인돼 있다. 물질적으로는 과거 그 어느 시대보다 풍요로워졌지만 인간의 고유한 특성인 정신의 측면에서는 오히려 더욱 빈곤해진 오늘날의 모순스러운 상황 속에서, 그 같이 어두운 상황에 책임을 지려는 시인의 진지한 고뇌가 거기에 침전돼 있는 것이다. 이 글이 궁극적으로 주목하는 바도 그의 그러한 진지함이다. 그러나, 그것을 말하기 위해서는 먼저 화법(畵法)과 화법(話法)의 음화적 이중구조로 돼 있는 작품 그 자체의 형상을 철저하게 응시해야만 한다.

2

김혜순은 1979년 겨울호 『문학과지성』에 「월식」「도솔가」「마라톤」「담배를 피우는 시인」(이 작품은 시인의 첫 시집에 묶이면서 「담배를 피우는 屍體」로 그 제목이 바뀐다)을 발표하면서 작품 활동을 시작했다. 그의 등단 작품들 가운데서 특히 「담배를 피우는 시체」와 「마라톤」은 우리의 의식을 소란스럽게 만들기에 충분하다. 먼저 그 제목부터 그로테스크한 인상을 주는 「담배를 피우는 시체」를 보기로 하자.

어디서 접시 깨어지는 소리를 들었다.
언제나 그 소리가 들렸다.
옆에서 죽은 여자의 전신이 망가진 기계처럼 흩어졌다.
꺼어먼 뼈 사이로 검은 독충들이 기어나왔다.

내가 한 마리 독충을 들고 웃는다.
혹은 말을 걸어 보고 싶다.
〈내 진 술은 여기서부터 더듬기 시작〉
바, 방에는 검은 독충들이 더, 듬, 으, 며 흩어지고

어리고 섬찍한 금을 긋는다.
내가 죽은 여자의 입술을 주어서 담배를 물려 준다.
그러다가 이내 뺏아가고 다시 물려 준다.
불이 우는 것 같다. 어디서 복숭아 냄새가 난다.

詩 속에 사닥다리라는 말을 넣고 싶다.
사닥다리를 든 내가 계단에서 서성거린다.
창문이 열리고 흰 스카프를 쓴 죽은 여자의 얼굴이 걸려 있다.
아, 아직도 접시 깨어지는 소리가 들린다.

—「담배를 피우는 屍體」 전문

생명이 파열될 때 나는 소리일 수도 있는 '접시 깨어지는 소리'가 작품 전체에 불길한 배음으로 깔려 있고, '죽은 여자'의 이미지가 반복적으로 나타난다. 죽음이란 존재의 소멸을 의미할 뿐만 아니라, 죽은 육체의 부패를 의미한다. 그런 점에서 '죽은 여자의 전신이 망가진 기계처럼 흩어졌다'와 '꺼어먼 뼈 사이로 검은 독충들이 기어나왔다'의 구절은 죽은 육체의 부패를 암시하는 것으로 파악할 수 있을 것이다. 이 시는 어떤 인물의 죽음에 대한 시인의 고통이나 슬픔을 시화한 작품일 수도 있다. 혹은 인간의 죽음과 관련된 초현실주의적 환상을 무의식의 자동기술법으로 숨가쁘게 써내려 간 것일 수도 있다. 시인의

등단시 함께 발표된 작품인 「도솔가」뿐만 아니라 그의 첫 시집의 도처에서 '죽은 어머니' 란 말이 자주 나오는 것으로 보아, 이 시에서 죽음의 문제는 시인의 직접적인 체험과 관련된 것으로 추측되기도 한다. 그렇지만 이러한 유형의 시는 분석은 가능해도 해석은 불가능한 성질의 것이다. 그 같은 작품들을 놓고 해석을 하려는 시도는 엉터리 시에 주석을 붙이는 일보다도 더 어리석은 짓이다. 우리는 작품에 드러난 화자의 언표를 통하여 시인 자신도 의식하지 못한 어떤 내용을 추출해내기도 한다. 그 경우 기본적인 전제는 작품의 표면에 무엇인가가 일단 드러나야 한다는 사실이다. 시인이 작품에 아무런 정보도 제시해 놓지 않는다면, 우리는 그 작품에 대해 접근할 길이 없게 된다. 「담배를 피우는 屍體」의 경우 시인은 이 시의 모티브와 관련된 아무런 정보도 작품에 제시해 놓지 않았다. 우리가 이 시에서 파악할 수 있는 것은, 죽은 여자의 창백한 얼굴과 끔찍스런 부패 이미지 그리고 우리의 신경을 주뼛하게 하는 파열음 정도이다. 이 시에서 우리가 주목해야 할 점은 작품의 그러한 구성요소들이 형성하는 독특한 분위기이다. 어둡고 음울하며 그로테스크한 그 분위기는 김혜순의 다른 시들, 그러한 분위기의 배후에서 풍부한 의미와 형상들의 세계가 이차적으로 튀어나오는 작품들로 퍼져나간다.

밤 汽車의 이빨 사이로
시리게 기어 나갔다.
하,하,하,하 웃으며 달리는
밤 汽車의 입술 가장자리에
나무들이 박혔다.
따라오던 바람이
밤 汽車의 머리채를

송두리째 강바닥에 던졌다.
이빨 사이에서 자꾸 떠밀렸다.
밤 汽車의 이빨 사이로 시리게 기어 나갔다.
안개가 목 위로 차올라 왔다.

—「마라톤」 전문

'밤 기차' 는, 마라톤이란 제목이 암시하다시피, 종착역을 향하여 쉬지 않고 달린다(그 기차는 김혜순 특유의 표현주의적 왜곡에 의해 괴기스러울 정도로 거대하게 확대된 어떤 존재로 변형된다). 그리고 한 인물이 실제 세계에서는 기차의 창문으로 추측되는 '밤 기차의 이빨' 사이로 '시리게 기어' 나간다. 누구나 기차로 장거리 여행을 하다 보면 맑은 공기를 마시기 위해 창문 밖으로 고개를 내밀고 싶은 충동을 느낄 것이며, 실제로 우리는 그렇게 하기도 한다. 작품의 그 인물의 사정은 그렇듯 평온한 휴식의 문제와는 무관한 듯하다. '밤 기차의 이빨' 이라는 이미지에서 시사되는바, 그 인물을 흉칙스럽고 거대한 어떤 존재에게 잡아먹히지 않기 위해 그 이빨 사이로 기어나오는 것처럼 보인다. 이 시는 매우 섬뜩한 인상을 주며 나아가 비극적으로 읽힌다. 작품에서 그 인물의 탈출은 불가능한 것으로 처리돼 있고, 그 인물을 결국 죽음을 맞이하는 것으로 묘사돼 있기 때문이다. 작품의 결말은 '안개가 목 위로 차올라 왔다' 란 구절로 맺어져 있는데, 안개는 물의 아주 작은 입자들이 모여서 된 것이란 점에서 그 구절의 이미지는 익사의 이미지로 보아도 무방할 것이다.

「마라톤」의 표층적 모티브는 달리는 밤 기차와 주변 풍경이다. 시인은 그러한 모티브를 애초에는 거기에 나타나지 않았던 내용에 어울리는 것이 될 때까지 극단적으로 변형시킨 것이다. 이 시에서 죽어가고 있는 한 인물의 처절한 고통에도 불구하고 "하,하,하,하 웃으며 달리는/밤 기차"

는 다양한 의미로 읽을 수 있을 것이다. 그것은 파멸의 종착역을 향해 무섭게 달려가는 이 야만적인 후기 산업사회일 수도 있고, 죽음이란 궁극적 목적지를 향해 달려가는 그 모든 인간적 삶에 대한 상징일 수도 있으며, 삶의 황폐화와 부자유의 극점을 향해 달려가는 폭악한 정치 권력에 대한 비유일 수도 있다. 아무튼 그것은 작품에서 그 인물을 속박하고 억압하는 대상임에는 틀림이 없다. 억압하는 대상이 "하,하,하,하 웃으며 달리는" 모습은, 역설적으로, 그와는 대비되는 억압받는 자의 모습을 강력하게 드러낸다. 어느 시대 어느 사회를 막론하고 억압받는 자의 모습은 중요한 의미를 갖는다. 우리는 언제나 억압하는 자의 강압과 폭력을 망각해서는 안 되기 때문이다. 이 시에서 목 위까지 차오른 안개에 휩싸인 한 인물의 모습은 바로 그러한 강압과 폭력에 대한 일종의 경고로 이해할 수 있을 것이다. 또한 그것은 이 시대를 살아가는 우리 모두의 음울한 음화일 것이다.

김혜순의 시에서는 조화롭고 유기적인 아름다움의 세계는 거의 찾아보기 어렵다. 작품에 구축된 장면이나 이미지들은 모두가 충격적이고 낯설은 모습으로 왜곡되고 변형된 것들이다. 작품 속의 인물들의 표정은 절망과 고통으로 일그러져 있기가 일쑤이다. 그의 시에서는 "세상은 아름답다"란 식의 순진한 믿음은 파괴되고, 그러한 믿음에 기대어 안락해지려는 욕망은 거부된다. 「전염병자들아」란 시에서 어떤 인물은, 현재의 조화라는 긍정적 환상에 감염된 자들을 향하여, 더듬는 말투로, 숨차게, "저기, 저기, 쳐다보라. 유화, 물감으로, 그려진,/행복이, 액자, 속에, 담겨, 있고, 이제, 막, 기쁨의, 사. 카. 린. 이. 강. 물. 처. 럼. 네. 피. 속으로, 들어가고, 있/구나."라고 외친다. 김혜순이 자기의 시에서 조화롭고 유기적인 아름다움의 세계를 일소해 버리는 것은 전통적 서정시의 근본적인 속성에 내재해 있는 모종의 상처에 대한 자각과도 무관하지 않다.

서정시란 본질적으로 인간의 감정을 누그러뜨리는 이미지와 소리를 갖고 있어서 많은 작품들의 경우 흔히 위로의 제스처를 취한다. 이 세상에 엄존하고 있는 불행과 고통에도 불구하고 세상과의 순진한 화해를 바라는 위로의 제스처는 일종의 범죄로까지 전락할 위험성을 내포한다. 그것은, 오늘날 관리되는 사회의 문화 산업이 선전하기도 하고 한 사회의 정치 독재자가 조장하기도 하는, '그럼에도 세상은 아름답고 살만한 것' 이란 식의 지배이데올로기와 유사한 성질의 것으로 변질될 수도 있기 때문이다. 김혜순은「유리」란 시에서 그러한 문제와 관련된 자신의 시적 태도를 매우 극명하게 보여준다. 그 시에서 시인은 인격화된 유리의 목소리를 빌려 "나에겐/달콤한 목소리도 없어/뜨거운 눈물도 없어/그러나 난/단번에 깨어질 줄 알아/온몸으로 날카로운 유리의 파편을 품고/천 갈래 만 갈래/반짝이면서/일순간 너희들의 눈을 멀게 하고/날아오를 줄 알아"라고 말한다. 그렇듯 김혜순의 시에서 우리는 감미로운 정서를 자아내는 '달콤한 목소리' 를 들을 수 없다. 그는 자신의 고독과 내면의 슬픔 속에서도 나약한 자기 연민의 감정에 결코 빠지지 않는다.

노을 속에 머리칼을 처박고
서 있다 보면,
나의 발부터 야금야금 먹어치우는
밤의 정체를 숨죽여 바라보다 보면,
긴 행렬을 짓고
개울을 가로질러 가는
물새떼들을 보다 보면,
뒤따라 슬픔이 자르듯이
가슴에 새겨지는 것을 보다 보면,

얼굴엔 눈물이
생선 비늘처럼 꽂히는 것을
강물에 비춰보다 보면,
나무들이 이리저리 돌아서고
들판이 한없이 접히는 것을 어지러워하다 보면,
느닷없이
플레쉬를 터뜨리듯
내 뺨에 철썩 처얼썩 떨어지는
그의 손바닥을 보다 보면
내 얼굴에서 강둑에 떨어져 번득이는
비늘을 보다 보면, 내 눈알을 쏘아보다 보면
비상 먹은 달이 팽팽하게 떠올라오지

—「日沒」 전문

석양 무렵의 특정한 풍경 속에 한 인물이 "머리칼을 처박고/서 있다". 그 인물은 원인 모를 슬픔에 휩싸여 눈물을 흘린다. 일반적으로 저녁 노을이 환기시키는 정서는 목가적이거나 전원적인 것이며 그것의 주조적 정조는 애상(哀想)적인 것이라 할 수 있다. 이 시의 경우에도 역시 예외는 아니어서 '개울' '강물' '물새떼' '나무' '들판' 등의 목가적이며 전원적인 정서의 시어들과 '슬픔' '눈물' 등의 애상적 정조의 시어들이 작품의 문면에 드러나 있다. 그렇지만 이 시의 실제 분위기는 그러한 정서나 정조와는 거리가 멀다. 작품의 분위기는 한껏 격앙돼 있고 심지어 섬뜩한 인상을 주기까지 한다. 작품을 전체적으로 살펴보면, 그러한 인상의 원인이 분명하게 드러난다. 작품 속에는 '처박다' '쏘아보다' '번득이다' '자르다' '먹어치우다' '팽팽하다' 등의 삭막하고 공격적인 의미의 말들이 함께 뒤섞여 있다. 그것들이 앞에서 열거한 시어들이 환기하는 정서와 정조를 해체하고 변형시킨다. 물론, 슬픔을 단지 강렬하게 표현한다고 해서 그것이 해소되지는 않을 것이다. 이 시에서도 화자의 슬픔은 해소되지 않은 채 작품 전체에 어두운 그림자를 드리우게 한다. 그것은 작품의 결미에서 하늘에 노을빛이 사라진 다음 밤의 어둠을 배경으로 떠오른 '비상 먹은 달'의 일그러진 형상으로 통합된다. 독약을 삼켜 고통스럽게 일그러진 인물의 표정을 연상시키는 '비상 먹은 달'의 이미지는 감상적 슬픔이라는 독약을 삼켜버리려는 화자의 격심한 고통을 암시할 것이다.

김혜순은 내면의 슬픔과 관련된 고통을 자학적일 정도로 극단까지 증폭시키는 경우는 있어도 그것을 직설적으로 토로하는 경우는 거의 없다. 감상적 슬픔에 함몰되면 자기 연민이란 감정의 안개 속에 모든 것이 흐릿해지게 된다. 그렇게 되면, 주체는 자기를 슬프게 하고 고통스럽게 한 대상이나 원인에 대해 파악하려 하지 않으며, 그것을 극복하려는 의지조차 상실하게 된다. 김혜순은 그러한 것을 결코 용납하지 않는다. 그는 고통을 증폭시킴으로써 거기에서 강렬한 힘을 발생하게 한다. 그 힘은, "두 주먹을 움켜쥐고/이를 악물고/너를 향해/내 눈알을/빼 던진다"(「대결」)에서 볼 수 있는 것처럼, 자신과 주위의 대상들을 바로 보려는 의지로 연결된다(「일몰」의 경우만 하더라도 '보다'라는 동사가 시의 문면에 압도적으로 많이 나타나며, 바로 보려는 그 의지는 "내 눈알을 쏘아보다"란 구절에서 집약적으로 드러난다). 김혜순의 시에서 주로 나타나는 행위소는 '보다'이다. 그밖의 다른 행위소들은 모두 '보다'란 행위의 원심력 속으로 모여든다. 그 원심력을 주관하는 것은 시인의 강렬한 눈이다. 마치 초음파 감지기를 장착한 카메라가 우리의 평범한 눈으로는 발견할 수 없는 신체 내부의 질병을 감지해내듯이, 그는 우리가 보지 못하거나 보려고 하지 않는 것들을 포착하고 들추어낸다. 김혜순의 시가 우리의 의식을 소란스럽게 하는 근본적인 이유도 바로 거기에 있다. 그는, 놀라운 투시력으로 일상적 현실의 배후에 잠복해 있는 또 하나의 끔직스런 현실을 복원해내며, 존재와 사물의 저 깊은 곳에 감추어져 있는 쓰라린 상처를 감지해낸다.

달은 먹는다
우리의 깊은 잠을
잠든 영혼이 품은 대낮의 햇볕을
대양을 떠가는 배들의 영혼을
폭풍우 치는 밤 들판에 흩어진
꿈틀거리는 시신들을
보리밭에 머리 처박고 가랑이 벌린
밤처녀의 혼령을
웃으며 빨아먹는다
둥그렇고 싯누런
완벽한 죽음의 얼굴이
동산 위에 떠올라
잠든 세상의 꿈을
마구 뒤섞어 달빛으로 절여 먹는다.

—「달」 전문

이 시에서 '달' 은 우리를 각박한 현실로부터 벗어나게 해주는 아름다운 몽상이나 감미로운 상념의 대상이 아니다. 그것은 불길한 악몽 속에서나 나올 법한 야차나 마귀의 모습으로 변형되어 있나. 달은 '우리의 깊은 잠' 과 '대낮의 햇볕' 과 '배들의 영혼' 과 '꿈틀거리는 시신' 과 '밤처녀의 혼령' 을 '웃으며 빨아 먹는다' . 그 어떠한 경우에라도 달이 야차나 마귀가 되는 일은 결코 일어나지 않을 것이다. 달과 관련된 시인의 직접적인 체험의 공간에서도 달은 언제나 그랬듯이 그 교교한 빛을 발산했을 것이다. 그럼에도 시인은, 자신의 그 고감도 렌즈로, 아주 색다른 각도에서, 달빛과 그 주변 풍경을 찍어냈다. 달밤의 정경을 모티브로 한 여타 다른 작품들과 이 작품이 구별되는 점은, 달이 빛을 발하는 모습을 이 시인이 "달은 먹는다"라고 표현했다는 데 있다. 달은 스스로 빛을 발하는 발광체가 아니다. 그것은 태양빛을 흡수해야만 빛을 발하게 되는 반사체이다. "달은 먹는다"란 표현이 의미상의 모순을 일으키지 않고 현실에 대한 유효한 통찰로서 적절한 표현이 될 수 있는 것도 달의 속성에 내재해 있는 반사체로서의 성격 때문이다. 반사체인 달은 태양빛을 받기도 하지만 밤의 세상 풍경을 흡수하기도 할 것이다. 그런 점에서 그 표현은 달이 세상의 모습을 비추는 것을 왜곡시켜 나타낸 것이라 할 수 있다. 이 시에서 달에게 먹히는 것으로 묘사된 대상들은 실제로는 달에 반사돼 나타난 형상들인 것이다. 김혜순의 날카로운 투시력은, 교교한 달빛이 넘실대는 정경 속에서 푸근하거나 감미로운 분위기에 빠지지 않고 그러한 형상들을 포착한 것이다. 보라, 세상은 고요하게 잠들어 있는 것처럼 보이지만, 고통스럽고 불길한 꿈으로 얼룩져 있으며 무언의 고통 속에서 죽어 간 시신들이 꿈틀거리고 있지 않은가. 작품에서 "둥그렇고 싯누런/완벽한 죽음의 얼굴"로 동산 위에 떠오른 달에 비친 형상들은 끔찍하게 일그러진 현실의 음화일 것이다.

위의 작품에서 표현된 달은 적어도 관광여행 안내서에 삽입된 어느 환상적인 그림 속의 달이 저지를 수도 있는 범죄에서 벗어난다. 그러한 그림 속의 달은 이 부정적인 현실 상황에서도 행복이 가능하다고 속삭임으로써 지배자의 이데올로기에 부응한다. 또한 그것이 약속하는 행복은 많은 돈을 지불해야 얻을 수 있는 것이며, 그럼에도 그것으로 진정한 행복이 실현될 수 없다는 점에서 일종의 기만이기도 하다.

김혜순은 악몽과도 같은 현실과 그 속에서 살아가는 우리들의 고통과 관련된 음화들을 독특하게 현상해냄으로써 순진한 서정시가 저지를 수도 있는 허위와 기만으로부터 멀어진다.

3

그리이스 신화를 읽은 사람이라면 아르고스(Argus)란 이름을 본 적이 있을 것이다. 황소를 망보는 백 개의 눈을 가진 파순꾼 말이다. 김혜순의 시에서 섬광처럼 번득이는 그 강렬한 투시력은 바로 그 아르고스가 지닌 백 개의 눈을 떠올리게 한다. 김혜순이 주의깊게 바라보는 것은 황소가 아니다. 그가 뚫어 보는 것은 이 세계의 어둠이며 그 속에서 살아가는 존재의 고통스런 현실이다. 고통을 직시하는 일은 괴롭고 힘든 일이다. 때로 그것은 두려운 일이기도 하다. 이 점은 김혜순이라고 해서 예외일 수는 없을 것이다. 우리의 평범한 눈에는 포착되지 않는 것들을 보게 되는 과정에서 발생할 수 있는 두려움과 고통에 대해, 시인은 「제삿밥 먹으러 온 귀신들이 보이니」에서,

> 나는 보인다
> 안보이다 보인다
> 나는 안보이는 것만 보인다
> 나는 보이는 것만 안보인다
> 보인다
> 큰일났다 안보일 것이 보여 큰일 났다

라고 말하기도 한다. 그럼에도 그는 어둠과 고통의 형상들을 지켜보는

일을 멈추지 않는다. 우리들의 일그러진 음화들을 아픈 마음으로 그는 본다.

겨울 산 나무들은
비명을 질러댄다
머리를 땅에 처박고
긴 목으로 일렁이며
가랑이를 공중에 좍 벌린 채
거꾸로 선 나무들은
비명을 질러댄다
입으로 흙이 들어가서
위장이 꽉 막히도록
놀란 머리카락들이
땅 속에서 철사줄처럼
팽팽해 지도록
비명을 질러댄다
겨울 산에 가보라
겨울 나무들이 벗은 살에
매운 매를 맞으며
땅 속에 얼굴을 파묻은 채
막힌 비명을 질러대는 것이 보이리라

—「비명」 전반부

시인은 본다, 겨울 산 나무들이 휴면의 침묵 속에 빠져 있지 않고 비명을 질러대는 것을. 그 비명 소리를 들은 자 어찌 겨울 산이 적요하다고 말하겠는가. 겨울 산 헐벗은 나무들은 잠들어 있는 것이 아니다.

그것들은 "땅 속에 얼굴을 파묻은 채/막힌 비명을" 질러댄다. 시인의 투시력은 고요하고 쓸쓸한 겨울 산의 풍경 배후에 잠복해 있는 헐벗은 나무들의 고통스런 형상을 감지해냈다. 시인은 그것을 다양한 각도에서 인간적인 표정과 몸짓으로 재구성한 것이다. 이제 '겨울 산 나무들'이 차가운 삭풍에 흔들리는 모습은 고문대에 거꾸로 매달려 비명을 지르며 몸부림치는 사람들 혹은 고통스런 비명 그 자체의 이미지로 변형된다. 이 시에서 놀랍도록 명료하게 형상화된 그 비명은, "아무도 모르게 죽은/사람들의 머리채와/거꾸로 선 나무들의/머리채가 서로 맞닿아/질긴 매듭이 지워지고/더욱 큰 비명이 터져 나온다"의 구절에서 암시되다시피, 이 시대의 온갖 유형의 억압받는 자들의 입에서 터져 나오는 것이리라.

고통스런 형상은 김혜순의 시 도처에서 우리가 아주 흔하게 발견할 수 있는 요소이다. 그것은 작품 속에 등장하는 인물의 표정으로 나타나기도 하며, 작품을 이루는 구성 요소들의 전체적인 짜임 관계 속에서 작품 그 자체의 형상으로 드러나기도 한다. 그렇듯 그의 시는 대부분 어둡고 고통스런 형상으로 얼룩져 있으나 거기에는 세계와 존재의 어둠을 직시하려는 힘으로 충만돼 있다. 김혜순의 투시력은 그 대상을 가리지 않는데, 죽음이 예정된 불연속적 존재인 우리 인간의 존재론적 숙명과 관련된 부분에서도 그 힘을 발휘함으로써 우리의 정신을 사납게 만들기도 한다.

진흙 가면을 벗고 나면
거기 사방에 구멍이 뚫린
주검의 鳥籠이 있고
주검의 鳥籠을 열고 들어서면
거기 온몸에서 쥐어짜진

땟국물 같은 영혼이 한 모금 남아
한가로이 썩고 있다 하네

—「남은 자들을 향하여」 전문

우리가 죽게 되면 시체가 되고 그 시체는 곧 부패할 것이다. 죽은 육체의 부패는 우리가 살아 있는 동안 쓰고 다녔던 '진흙 가면'을 벗게 할 것이다. 김혜순의 시에는 죽음의 객관적 증표로서의 시체 이미지가 자주 출몰한다. 시체는 살아 있는 우리에게 공포와 고통의 대상이다. 그것은 그 앞에서 그것을 목도하는 사람뿐 아니라 모든 사람을 파멸시킬 수 있는 죽음의 폭력에 대한 증거가 된다. 그 끔찍스러운 증거물은, 미구에 언젠가 내가 죽으면 나는 어떻게 될 것인가 하는 생각을 불러일으킴으로써 우리의 의식을 무겁게 짓누른다. 그렇지만 그러한 순간은 잠시뿐이고 우리는 그 무거운 의식에서 벗어나 우리 앞에 놓여 있는 욕망의 대상들을 향하여 우리의 온몸을 던진다. 언젠가는 결국 죽게 된다는 사실을 우리는 눈을 가린 채 보지 않으려고 한다. 김혜순은 죽음의 문제에 대한 우리의 고집스런 외면에도 아랑곳 하지 않고 작품 속에 시체 이미지를 끌어들여 그것에 대한 우리의 고통과 공포를 증폭시키고 지속시킨다.

죽은 줄도 모르고 그는
황급히 일어난다
텅 빈 가슴 위에
점잖게 넥타이를 매고
메마른 머리칼에
반듯하게 기름을 바르고
구데기들이 기어나오는 내장 속에

우유를 쏟아붓고
죽은 발가죽 위에
소가죽 구두를 씌우고
묘비들이 즐비한 거리를
바람처럼 내달린다

죽은 줄도 모르고 그는
먼지를 털며 돌아온다
죽은 여자의 관 옆에
이불을 깔고
허리를 굽히면서
메마른 머리칼이 쏟아져 싸이고
차가운 이빨들이 이 안에서 쏟아진다
그 다음 주름진 살갗이
발 아래 떨어지고
죽은 줄도 모르고 그는
다시 죽음에 들면서
내일 묘비에 새길 근사한
한 마디 쩝쩝거리며
관뚜껑을 스스로 끌어 올린다

—「죽은 줄도 모르고」 전문

허망하기도 해라, 우리의 끔찍스런 일상이여. "점잖게 넥타이를 매고", "머리칼에/반듯하게 기름을 바르고", 잠들기 위해 "이불을 깔고" 하는 우리의 일상은, 우리가 이미 죽어버린 줄도 모르고 살아 있다는 착각 속에서 무의미하게 반복하는 무덤 속의 삶이었단 말인가. 이러한 의문과 관련된 고통을 우리 스스로 증폭시킬 필요는 있지만, 그렇다고 극단적인 허무주의나 비관주의에 빠질 필요는 없다. 우리의 일상적 삶이 아무리 다람쥐 쳇바퀴 돌 듯이 무의미하게 반복된다고 할지라도, 우리는 그것을 비웃을 수는 없다. 그러한 태도는 우리의 삶 그 자체를 부정하려는 처사이다. 우리의 삶은, 그것이 비록 지금 현재에는 무의미한 악순환의 마법에 걸려 있는 것처럼 보일지라도, 미래의 보다 인간적인 삶을 향한 노력의 현실적 근거이자 출발점이 되는 것이다. 우리 일상의 끔찍스런 음화를 찍어서 현상해낸 김혜순의 의도 역시 삶 그 자체의 가치를 비웃으려는 데 있지 않다. 그가 제기하는 문제는 이 부정적 현실 속에서 획일화된 우리의 일상과 관련된 것이다. 아침에 황급히 일어나서, 우유를 쏟아붓듯이 마시고, 거리를 바람처럼 내달리다가, 먼지를 털며 돌아와서는 이불을 깔고, 관 뚜껑을 끌어올리듯이 이불을 끌어올리고 죽음과도 같은 잠에 빠져드는 우리의 일상, 그 악순환의 반복에서 벗어나 있는 사람은 아무도 없다. 오늘날 모든 인간적 삶을 중앙집권적으로 획일화하는 그 극단적이고 어두운 현실은 주체를 말살한다. 그것은 주체를 말살함으로써 그 자체도 죽음과 유사해진다. '죽은 줄도 모르고' 반복하는 우리의 일상은 우리가 진정으로 원해서라기보다는 부정적 현실의 속박에 의한 것이다. 김혜순이 이 시에서 말하고자 하는 것도 죽음과 같은 우리의 일상 그 자체가 아니라 그렇게 만드는 현실의 속박이다. 속박받고 있다는 사실에 대한 자의식은 그 속박에서 벗어나려는 욕구의 중요한 계기가 된다. 김혜순이 일상적 삶의 형상 속으로 저 끔찍한 죽음의 이미지를 끌어들이는 의도는, 삶의 올바른 위치에 대한 우리의 자의식을 일깨우기 위함인 것이다.

우리가 김혜순의 시에서 그토록 빈번하게 목도하는 고통의 형상들은 부정적 현실의 속박으로부터 추론된 귀결이라 할 수 있다. 그것들은 지금 여기서 벌어지고 있는 것들에 대한 체험의 소산인 것이다. 김혜순은 그러한 체험을 직접적인 소재를 통해서 드러내기도 하는데, 그러한 작품들은 주체와 현실이 공허해졌다는 이 시대의 결정적인 문제를 강력하게 드러내는 데에는 미흡한 감이 있다(「정형외과 병동」, 「날마다의 복사」, 「살과 쇠」, 「태평로 · 2」 등). 그 문제와 관련해서 김혜순의 시적 능력이 최고로 발휘되는 것은, 직접적인 소재를 다루지 않으면서도 그러한 체험을 그만의 독특한 세계 속에 집약해 놓은 작품들에서이다. 그 가운데서 가장 대표적인 경우로서 다음 작품을 꼽을 수 있다.

식지 않는 욕망처럼
여름 태양은 지지 않는다
다만 어두운 문 뒤에서
잠시 쉴 뿐 서산을 넘어
결코 사라지지 않는다

다시 못다 끓은 치정처럼
몸 속에서 종 기가 곪는다
날마다 몸이 무거워진다
밥을 먹을 수도 돌아누울 수도 없을 만큼
고름 종기로 몸이 꽉찬다

한시도 태양은 지지 않고
한시도 보고 싶음은 지워지지 않고
한시도 끓는 땅은 내 발을 놓지 않고
그리고 다시 참을 수 없는 분노처럼
내 온몸으로
붉은 혹들이 주렁주렁 열린다

—「여름 나무」 전문

이 작품은, 우리가 앞에서 살펴본 작품들처럼, 화법(畵法)과 화법(話法)의 이중구조로 된 음화의 시이다. 나무의 관점에서 그것이 열매를 맺는 과정을 다루고 있지만, 그것은 김혜순의 독특한 화법(畵法)에 의해 추하고 손상된 모습으로 그려져 있다. 일반적으로, 나무에 탐스럽게 열린 열매는 풍요의 상징이며, 그 때문에 흔히 아름다운 예찬의 대상이 되곤 한다. 그렇지만 이 시의 열매는 흉물스럽다는 인상을 준다. 그것은 나무의 몸 속의 종기가 곪고 또 곪아서 '참을 수 없는 분노처럼' 밖으로 솟아나온 '붉은 혹'이기 때문이다. 빨갛게 익은 사과를 보고 우리는 탐스럽다는 느낌을 받겠지만, 이 작품에서 '붉은 혹'은 우리에게 그러한 인상을 주지 않는다. 그것은 오히려 어떤 것에 대한 경고의 표시로서 기능한다. 사실 모든 식물의 열매 속에는 어떤 끔찍한 요인이 내포되어 있다. 그것은 결코 행복하고 풍요로운 결실이 아니라 그 식물들을 사로잡아 놓는 속박에 따르는 어떤 것이기 때문이다.

이 시에서 김혜순이 주목하고 있는 것도 그러한 속박의 문제이다. 그 문제에 대한 시인의 인식은 '그리고/다시'란 구절에서 지극히 축약적으로 드러난다. 태양이 사라지지 않는 한 식물은 광합성 작용을 계속할 것이며 해마다 꽃을 피우고 열매를 맺을 것이다. 그럼에도, 도대체, 그 식물에게 더 나아지는 일이란 결코 발생하지 않는다. 마치 무한궤도의 진행과도 같은 반복과 순환의 법칙에 따라 식물은 "그리고 다시 참을 수 없는 분노처럼/내 온몸으로/붉은 혹들이 주렁주렁 열린다"(시인이 이 부분에서 피동형을 사용한 사실에 주목하라). 시인이 작품에 집약해 놓은 역사적 체험의 형상화는 매서운 데가 있다. 작품에서 한시도 지지 않는 태양은 나무를 속박하는 대상이지만, 그 나무의 생명을 유지하게 해주는 것이기도 하다. 정말로 태양이 사라진다면 그것은 나무에게는 총체적 파국과도 다름없는 상황이 된다. 그렇다고 태양이 계속 있다고 해서 나무에게 더 좋은 상황이 발생하는 것도 아니다. 작품에서 나무는 자신에게 무엇인가 새로운 일이 일어나기를 바라지만, 언제나 그랬듯이 '온몸으로/붉은 혹들이' 주렁주렁 열릴 뿐이다. 그 끊임없는 희망의 좌절 과정은, 베케트의 유명한 희곡 『고도를 기다리며』에서 한 인물이 내뱉는 대사의 한 구절을 생각나게 한다. 그 인물은 이렇게 말한다: "아무것도 일어나지 않고, 아무도 오지 않으며 아무도 가지 않는다는 것, 그것이 끔찍스럽다." 그렇다, 그것은 끔찍스러운 일이다. 우리의 삶이 정말 그런 것이라면, 우리는 굳이 지금 여기에서 내일을 위해 애쓰고 힘쓸 필요조차 없게 된다. 그럴 경우, 우리에게는 다만 쾌락주의와 허무주의만이 남게 될 것이다. 시인의 의도가 그런 데 있지 않음은 물론이다.

「여름 나무」를 통해서 시인이 의도하는 바는 그런 끔찍스런 삶의 현실에 대한 경고에 있다. 자기의 현 상태를 돌아보고 자각하지 않는 정신은 마비되어 결코 내일의 꿈을 꾸지 못한다. 현재의 삶이 금찍스러울수록 그러한 현실을 자각하고 인식하는 정신만이 거기서는 그렇지 않은 미지의 영역으로 자기의 삶을 이끌어 간다. 그 미지의 영역은 공허하고 추상적인 유토피아가 아니라 지금 여기에서의 삶의 부정적인 내용과 대립되는 어떤 것이란 점에서 중요한 의미를 갖는다. 시인의 의도는 바로 그 같은 사실에 있는 것이다.

4

보들레르는, 언젠가, 이 세계는 향기를 잃었으며 그때부터 색채도 잃었노라는 말을 했다고 한다. 그 말은 자본주의란 생산양식이 낳은 물신숭배로 인해 오히려 궁핍해진 세계 상태에 대한 폭로를 의미할 것이다. 한편, 그것은 그러한 상황 속에서 예술적으로도 빈곤해진 시인의 고뇌어린 탄식이기도 할 것이다. 화법(畵法)과 화법(話法)의 음화적 이중구조로 이루어진 김혜순의 시의 형상은 그러한 '폭로'와 '탄식'의 산물이다.

현대의 파편화된 세계는 인간의 행복한 삶의 토대로서 평온하기만 한 무대일 수 없게 되었고, 예술은 그러한 세계의 조화로운 반영일 수 없게 되었다. 그 같은 상황에서 오락물을 연상시키는 유쾌한 예술과 위로의 말만을 남발하는 천박한 예술 작품들은 일종의 허위의식의 산물로 전락하게 된다. 그러한 작품들은 그것이 실제로 놓여 있는 현실의 어둠과 고통을 외면하거나 그것으로부터 도피함으로써 진정한 예술 작품으로서의 가치와 품위를 상실하기 때문이다. 한마디로 말해서 그것들은 예술 이하인 것이다. 김혜순의 시는 오늘날 우리 삶의 객관적 궁핍함을 반영하고자 함으로써 불가피하게 음화적 성격을 띠게 된다. 그것은 향기와 색채를 잃어버린 세계의 불모성에 진지하게 책임을 지려는 고뇌의 소산이라 할 수 있다.

김혜순은 그저 듣기에만 좋을 뿐인 '달콤한 목소리'나 순진한 화해의 목소리를 배격한다. 오늘날 우리의 극단적인 어둠의 현실을 역설스럽게도 사실적으로 그려낸 것이 그의 시적 음화들이다. 그것은 기만적인 위로의 말만을 남발하는 시나 무책임하게 자연으로 도피를 추구하는 시들에 대한 부정(否定)의 형상이기도 하다. 김혜순의 시는 오늘날 이 세계를 지배하는 자본의 논리에 의해 소외된 우리의 부인되고 묵살된 고통을 폭로하며 우리를 억압하는 것들을 탄핵한다. 그가 우리 앞에 펼쳐 보이는 그 음화들은 그러한 폭로와 탄핵의 언어적 등가물인 것이다.

순수한 서정시적 정신의 한 표정

장석남 시집 『지금은 간신히 아무도 그립지 않을 무렵』

1

장석남의 두 번째 시집 『지금은 간신히 아무도 그립지 않을 무렵』을 읽으려는 독자는, 시를 읽기 전에 먼저, 시집 뒤표지에 기록된 시인의 말을 읽을 필요가 있을 것 같다. 자신의 시에 대한, 혹은 자신의 시적 전략에 대한 시인의 말은 그의 작품을 읽는 데 오히려 방해가 되는 경우가 종종 있지만, 장석남의 경우는 사정이 다르다. 아무튼 장석남은 이렇게 말한다.

세월에서 비켜설 수 없는 이 세계. 한때는 시간을 이기는 방법으로 시를, 예술을 생각하던 순진하던 때도 있었다. 그러나 이즈음은 모든 생심(生心)에서 놓여나 보겠다고 멍청해지기도 한다. 급하면 나는 언어를 닫은 자리가 내가 머리 둘 곳이라고 쩝쩝 입맛을 다신다. 우리가 음악을 듣는 것은 음만 듣는 것이 아니라 음이 깎아낸 그 사이를 그 여울을 듣는 것이듯

내가 보기에, 앞의 인용 부분 가운데 '한때는 시간을 이기는 방법으로 시를, 예술을 생각하던 순진하던 때도 있었다' 란 진술은 그의 첫시집 『새떼들에게로의 망명』과 그리고 '언어를 듣은 자리' 와 '음이 깎아낸 그 사이를 그 여울을 듣는 것' 이란 진술은 두 번째 시집 『지금은 간신히 아무도 그립지 않을 무렵』과 긴밀하게 연결돼 있다. 『새떼들에게로의 망명』에 수록된 시들은, 대체로 명확한 의미보다는 돌발적인 이미지들의 결합에서 생성되는 독특한 분위기의 것들인데, 80년대라는 암울한 시대적 상황 속에서 한 세대의 부류가 겪었던 고통과 불편함의 기록이란 점에서 일종의 대표성을 띤 것이었다(그들 부류가 지닌 공통분모는 유년 시절의 경제적 곤궁과 20대를 전후해서 겪은 시대의 불의와 정치적 부자유였다). 장석남은 아직 아무것도 결정된 것이 없기에 무한한 가능성으로 열려 있는, 그러나 시대 현실의 외압과 유년의 상처로 인해 확고하고 분명한 어떤 길을 앞으로 낼 수 없었던 20대의 망설임과 조바심을 독특한 감성으로 보여 주었다. 동시에 그런 장석남의 시 쓰기는, '아 종일 녹두밭에 파랑새 날아드는/숨차고 지루한 또 하루를 해질녘의/안에서 밖으로 보겠네' (「마음이 중얼중얼 떠올라」, 『새떼들에게로의 망명』)란 구절에서도 확인되다시피, '숨차고 지루한' 시간을 이기는(혹은 견디는) 방법이기도 했다.

두 번째 시집의 경우 우리는 장석남의 말대로, '음이 깎아낸 그 사이를 그 여울을 듣는 것' 처럼 그렇게 읽어야만 한다. 장석남은 이 시집에서 이미지와 이미지, 시적 발화와 발화 사이에 유년 시절의 폭발적 경험, 받아들이는 자로 하여금 환상적 그리움과 동시에 무한한 따뜻함을 불러일으키게 하는 동화적 상상력, '바람난 난세의 시대' 에 소외되고 억압된 것들에 대한 가슴 저미는 애린을 새겨 넣었기 때문이다.

2

문재 형
우리 사금이나 캐러 갈까
집 나가면서
저 반달로 문패를 달아두지 뭐
문재 형
사금 캐다가
집을 사자구, 주소는 심플하게
맑은 시냇물로 지붕을 올리자구

사금 캐러 결국
나 혼자 가서
그믐달만 실컷 보다 오네
팔당, 양수리, 덕소, 욱진 지나 덕적
백석, 종삼, 강경, 용래, 물치, 인천 지나
여기까지
사금을 캐 무겁게 이고 지고

문재 형
나 왔어

—「砂金을 캐러」 전문

이 시에서 우선 주목해야 할 것은 서정적 자아의 동화적 상상력이다. 반달로 문패를 만들어 달고, 맑은 시냇물로 지붕을 올리는 그런 상상력. 그런데, 그렇게 지은 집이 현실의 집일 수 있을까. 물론, 아니다.

사금 역시 인간을 사악한 욕심의 광기에 빠지게 만드는 그런 현실의 물건이 아니다. 그것은 소월(素月)의 시 「엄마야 누나야」에 등장하는 금모래빛의 사금이다. 강변이라는 유년 시절의 유토피아적 공간 속에서 반짝이던 바로 그 금모래(유년 시절의 강변이 왜 유토피아적 공간인가 하면, 그곳은 계집아이랑도 부끄럼 없이 발가벗고 물장구 치고 진달래 먹던, 오로지 샘솟는 기쁨과 즐거움으로 충만한 공간이었기 때문이다). 그런 종류의 사금으로라면 맑은 시냇물로 올린 지붕의 집을 살 수 있을 것이다. 그러나 시인은 이 시에서 '집'과 '사금'에 그 이상의 의미를 부여하고 있다. 장석남은 앞서 인용한 그 구절 바로 윗부분에서는 이렇게 말한다.

> 음악을 틀면 어김없이 내 옆으로 시냇물이 생기고 여울물이 돈다. 음악은 그 시냇물 소리를 끊임없이 번안하여 내게 주고 냇물은 온몸을 온 풍경에 허락한 채 그 소리만으로 흘러간다. 나는 그 시냇물을 지붕으로 올린 집을 한 채 꿈꾼다. 물방울을 빼내 창문을 낸 집. 그 시의 나라의 번지 없는 주막!

그렇다. 그 집은 바로 시라는 집이며, 장석남 자신이 건축하고자 하는 그런 시의 집이다. 그렇다면 '사금'은 무엇인가. 그것은 바로 그런 시의 집을 가능하게 하는 비밀의 건축술이며, 그것을 가르쳐 준 선생은 '백석', '종삼', '용래'이다. 유년 시절의 폭발적 체험을 설화적 구조로 재구성한 백석. '그림 없는 액자'의 백발의 홍안 소년 박용래. '내용 없는 아름다움'의 북치는 소년 김종삼.

「砂金을 캐러」는 단순히 동화적 상상력에 기반을 둔 소품이 아니라 장석남이 시로 쓴 자신의 시론이다. 내가 보기에 「砂金을 캐러」는 여러 면에서 자신과 친화적 성향을 보이는 이문재의 최근 시적 경향에 대한 그 나름의 방법론적 대응이다. 이문재는 최근 번화한 거리와 동네 골

목길을 누비며 후기 산업사회의 부정적 징후들을 고발해냄으로써 산업혁명 이후 삶의 지배적 힘으로 전개된 세계의 사물화와 상품의 인간 지배에 대한 서정시적 정신의 저항을 구체화하고 있다(제6회 김달진문학상 수상작인 「타워크레인」 외 4편을 참고하기 바란다). 장석남은 그런 이문재의 문제 의식에는 적극적으로 동의하는 것처럼 보인다.

지금은 난세입니다 꽃피는
난세입니다 봄밤이 찾아들어
내 잠을 물구나무세우는 달이
봄보다 낮은 자리에서 떠서 난세를 비추느라
더 높이 뜨지 못합니다 깨끗한 숲
달빛을 읽는 소리가 가슴에
오래 비워두었던 항아리에
가득찹니다 봄밤 깊이 부녀들은
초롱 종지 같은 난세의 아이들을 낳느라
정신없고
독을 짓는 사람은 계속 독을 짓습니다
공중에서 빈 것을 가져다가
가슴 가득 짓습니다

봄밤이 그립습니다 대낮엔 사람들이
보리싹 같은 내 웃음을 모두 솎아갑니다
사랑에 쓸래도 벌써 빈 밭입니다
죽은 나무들이 빈 밭을 지킵니다

—「봄밤—하나」 전문

『지금은 간신히 아무도 그립지 않을 무렵』에 수록된 시편들이 『새떼들에게로의 망명』(1991년 12월 출간) 이후에 씌어진 것이란 점을 감안한다면, 이 시에서 '난세'는 80년대적 상황이 아닌 90년대적 상황과 관련이 있는 것으로 보아야 한다. 그리고 '난세'가 의미하는 90년대는 '깨끗한 숲／달빛을 읽는 소리'로 상징화되는 생명의 원천으로서의 자연에 반(反)하는 시대이며, '죽은 나무들이 빈 밭을 지'키는 불모의 시대이다. 그런 시대에도 여전히 '부녀들'은 아이들 낳지만, 그 아이들은 '초롱 종지 같은 난세의 아이들'일 뿐이다('난세의 아이들'이라는 다소 추상적인 의미의 객관적 상관물로 어째서 '초롱 종지'를 이끌어들였는지는 분명치 않다. 그러나 '석유나 물 따위의 액체를 담는, 양철로 만든 통'이라는 종지의 사전적 의미에 근거할 때, 그것은 '아이들'의 복수형과 결합되면서, 마치 대량생산 시스템의 기계들에서 일률적 규격의 양철통들이 동시에 연속적으로 쏟아져 나오는 듯한 장면을 연상시킨다). 그리고 예술가들 역시 여전히 예술 작품을 생산하지만, 그것은 '공중에서 빈 것을 가져다가' 하는 작업과 진배없어서, 그렇게 생산된 작품은 아우라(Aura)를 상실한 대량 복제품에 불과할 뿐이다('독'은 예술품의 상징으로서의 도자기 그 반대편 극점에 놓여 있는 가장 흔한 일용품의 상징이 아닌가!). 장석남에 따르면, 세상은 바야흐로 상품의 인간 지배가 극도에 달해서 맹목적인 생산을 위한 생산의 물신주의적 마법의 저주가 가장 인간적인 부분에까지 이르게 된 것이다. 이 정도면 적어도 후기 산업사회의 부정적 징후에 대한 문제 의식만큼은 이문재의 그것과 크게 다를 바가 없다. 문제는 저항의 방식이다. 내가 보기에 장석남은, 현실 속에 은폐되어 있는 부정적 징후들을 들추어내어 객관화시키면서 거기에 대한 적의를 드러내는 방식을 취하는 이문재의 경우와는 달리, 개체로의 침잠이라는 서정시의 본질적 속성을 강화하는 방식을 택한 것 같다. 그리고 그런 방향으로 나아가기 위한 징검다리로서 백석, 종삼, 용래 등의 평생을 걸고 내재화시킨 시적 전략들을 방법론적으로 원용하고 있는 것으로 보인다.

3

『지금은 간신히 아무도 그립지 않을 무렵』의 시편들은 각각의 작품 안에서 장석남이 이끌어들이고 있는 세 선배 시인의 목소리와 그 자신의 목소리가 상호 교차되고 충돌되는 형국을 보여 준다. 그러나 그 네 가지 요소들은 그런 교차와 충돌의 과정 속에서 질적 변환이 이루어진 까닭에 한 작품 안에서 그러한 요소들을 갈라서 추출해내기는 매우 어렵다. 다만, 한 작품 안에 동시적으로 투사되어서 제3의 것으로 변환되기 전단계의 어떤 차별적인 특성들을 가늠해 보는 것은 가능하다. 장석남이 백석으로부터 받아들인 자양분은 지금은 되돌이킬 수 없는 잃어버린 과거의 것에 대한 환상적 그리움과 그처럼 지나가 버린 것들을 끊임없이 현재화하려는 열정이다. 박용래의 경우는 직접적인 관련이 없는 이미지들을 불연속적으로 접합시키는 몽타주 기법이다(사람들은 박용래의 시를 전통적인 동양화 화법의 여백의 미와 자주 관련시키지만, 그것은 지나치게 피상적인 관찰의 결과이다. 그런 오해를 불러일으키는 것은 그가 토속적인 정감의 시어들을 즐겨 사용했기 때문이다). 그리고 김종삼의 경우는 시적 진술들의 끊임없는 분절화와 음악(혹은 음악성)과의 강력한 친화력이다. 그러나 이렇게 갈라 놓은 특성들조차도 부분적으로는 세 시인이 공유하고 있는 요소들이 많기 때문에 그러한 구분은 설명의 편의 이상의 의미를 지니지 못한다. 아무튼 다음의 시를 살펴보기로 하자.

生은 때로 먼 길을 원한다

마른 저수지처럼 외로운 그것은 낡고 서툰
다큐멘터리
나는 우리집에 내려오는 누렇고 때묻은 양은 쟁반 속으로 떠난다
(잘잘거리며 필름 도는 소리)
묵은 소나무 가지가 휘어졌고
그 위에 날마다 가슴 쓸어내리는 소리 찰랑대는
칠 벗겨진 휘영청한 달 아래로
나는 가는 것이다
적당한 시간에서 등길 위에 쉴 때는
멀리 산등성 너머로 바다가 있을까
행복이 있을까 아낙네가 광주리를 이고 가는 뒤를
싫지만 그렇지만 나는 꼭
가야만 했던 것이다 그 쟁반 속을
그 바닷가까지 오막살이 지나서
양은 쟁반 속을 걸어서 가는 것이다
왜 그렇게 가난했던가
기럭아
나는 따라가기 싫었지만 이렇게
여기까지 와서 손등을 펼치고 열 손톱 속에
나란히 날아가는 까만 기러기들을 본다
(다음 필름을 갈아끼우는 데 시간이 꽤 걸린다)
그 틈에 쟁반 같은 달 속으로
재난처럼 파란 별이 뜬다

—「우리집에 내려오는 양은 쟁반 하나」 전문

이 시는 다분히 백석 시의 분위기를 띠고 있긴 하지만, 백석 시에서

정작 중요한 요소인 설화적 구조는 해체되어 있다. 지금은 돌이킬 수 없는 잃어버린 과거의 것에 대한 회상이 작품의 모티프로 되어 있는 이 작품에서, 장석남은 백석처럼 설화적 구조 속에 과거의 장면이나 정황을 세밀하게 재생시키는 대신 단편적인 기억들을 몽타주로 처리하면서 그 사이에 자의식에 가득 찬 반문을 삽입시켜 놓았다. 그리고 '지금—여기' 에서 '그때—거기' 로 거슬러올라가 기억을 더듬는 방식을 취하였다. 여기서 '기억' 은 이미 암기된 수학 공식을 복원해내는 것과 같은 의지적 기억이 아니다. 그것은 무심한 상태에서 내면으로부터 솟구쳐오르는 일종의 무의지적 기억이다. 그리고 그것은 단순히 뇌세포의 어느 한 부분에 저장된 것이 아니라, '손등을 펼치고 열 손톱 속에/ 나란히 날아가는 까만 기러기들을 본다' 란 구절에서 암시되듯이, 육체 속에 각인된 기억이다(아마도 '까만 기러기' 는 '그렇게 가난했던' 어린 시절 손톱 밑에 끼어 있었을 때일 것이다). 오늘날 우리의 삶을 지배하는 상품의 물신주의는 존재의 기억을 말살시키려 든다. 존재에 투영돼 있는 사물의 기억은 생산 제일주의 역학에 제동을 걸거나 최소한 그것을 지연시키는 요소로 작용하기 때문이다. 이 시에서 장석남은 낡은 것들의 합성을 통해 자연과 '생(生)' 에 대한 존재의 자의식을 재생시키고 있는 것이다. 그럼으로써 그것은 후기 산업사회의 부정적 징후에 대한 저항의 의미를 띠게 된다. 이번 시집에 수록된 작품들 가운데 비교적 짧은 시인 「송내가 없다」 역시 그와 동일한 맥락에서 읽을 수 있을 것이다.

송내 지나는데
송내가 없다
白衣從軍하는
철길 건널목 통행 제한 종소리

그 속으로 다 들어간 송내
몇 남은
복숭아 꽃이
바람에 날려
없어진 송내를 웅덩이에 띄운다
차를 세우고
一喝하는
철길 건널목 종소리

어디 갔나

이 시에서도 시인은 죽은 자연의 재생을 꿈꾼다. 송진 냄새로 유명하여 '송내'란 지명이 붙여졌을 그곳에서 시인은 육체(후각)에 각인된 기억을 더듬는다. 그러나 산업혁명의 상징인 기차에 의해 '송내'는 이미 그 자신의 고유한 역사를 잃어버렸다. 과거에는 그 고을을 가득 채웠을 송진 냄새가 지금은 없어진 것이다. 그저 '복숭아꽃이/바람에 날려/없어진 송내를 웅덩이에 띄'울 뿐이다. 그런 맥락에서 '어디 갔나'라는 서정적 자아의 독백은 자연의 향기를 잃어버린 세계의 고통스런 신음을 대변한다.

장석남이 세 선배 시인의 목소리를 자신의 개성 안에서 통합하는 가운데 기법상 그가 가장 선호하는 것은 박용래의 몽타주 수법이다. 가령, 「낮 꿈」이란 작품을 보자.

낮달에 반지를 끼워 주는 저 거지와
공터에서 기러기 울음을 우는 비닐 봉지들과
낙태한 아기를 이름짓고 있는 아버지와

담쟁이덩굴이 올라가는 그의 눈동자와

나란히, 봉사처럼, 서로 뒤를 잡고,

무슨 길이라도 되는 듯이

작품을 분석해 보기 전에, 우선 이 시가 박용래적인 몽타주와 깊은 관련이 있다는 것을 확인하기 위해 박용래의 「下棺」이란 작품을 보자.

볏가리 하나하나 걷힌

논두렁

남은 발자국에

뒹구는

우렁 껍질

수레바퀴로 끼는 살얼음

바닥에 지는 햇무리의

下棺

線上에서 운다

첫 기러기떼.

이 시는 「하관」이란 제목에서 암시되듯이 그 무엇인가의 죽음을 소재로 한 작품이다. 그렇다면 그 무엇이 죽었다는 것일까. 그것은 바로 가을이란 계절이다. 박용래는 모두 다섯 개의 장면을 몽타주로 처리하면서, 가을에서 겨울로 넘어가는 계절의 한 국면을 노래한 것이다. 이미 추수가 끝나 논 주위 두렁에 쌓여 있는 '볏가리', 논두렁에 찍힌 누군가의 발자국에 놓여 있는 '우렁 껍질', 수레바퀴 자국에 끼인 '살얼음', 그리고 저 멀리 지평선 선상으로 날아오르는 '기러기떼' 등은 모두 가을이 가고 겨울이 옴을 알려 주는 징표들이다. 그런데 이 시에서 매우 인상적인 부분은 죽음과도 같은 어떤 과정의 끝남에서 촉발되는 비극성이 전혀 비극적으로 다가오지 않는다는 점이다. 그것은 바로 마지막 두 행 '線上에서 운다/첫 기러기떼'의 암시적 효과에서 기인한다. 그 두 행의 시적 진술은, 사람이 죽으면 그것으로 모든 것이 끝나는 것이 아니라 죽어서 다른 그 무엇으로 환생한다는 우리의 민속 신앙을 연상시킨다. 한때의 가을은 그 운명에 따라 사라져 가지만, 그것은 다시 '기러기떼'로 상징되는 겨울이란 새로운 계절로 환생한 것이다. 아무튼, 박용래는 어느 한 순간에 포착된 인상적인 그림들을 마치 사진 찍듯이 복원하여 합성해 놓은 수법을 즐겨 사용하는데, 장석남의 「낮 꿈」은 작품의 형식상 박용래의 그런 몽타주에 빚지고 있다.

「낮 꿈」은 제목 그대로 꿈의 내용을 시화한 작품이다. 꿈은 다소 황당한 경우가 있지만 대체로 모종의 이야기 구조를 지니게 마련이다. 그러나 시인은 그런 이야기 구조를 해체시켜 버리고는 몇 가지 불연속적인 이미지들만을 몽타주로 처리하고 있다. 복지사회에서 약속한 행복으로부터 소외당한 '거지', 공터에 버려진 쓸모없는 '비닐 봉지', 자신의 아이를 낙태시킨 불행한(혹은 잔인한) '아버지' 등. 그 이미지들은 얼핏 보아 대체로 을씨년스럽고 서글픈 감정을 자아내게 하는 것들이지만, 시인이 교묘하게 배치한 수식구가 그 이미지들의 분위기와 의미를 좀더 복잡하게 만든다. 가령, '거지'의 경우 '낮달에 반지를 끼워주는'이라는 동화 속 어느 인물의 행위와 결합됨으로써 거기에는 비루함 대신에 어떤 고결함이 자리잡게 된다. '비닐 봉지'의 경우는 '기러기'의 이미지와 결합돼 있다(사실, 비닐 봉지가 바람의 방향에 따라 오르내리는 모습은 비둘기의 그것과 매우 흡사하다). 원래 생명의 온기를 결여한 딱딱한 사물이 그나마 이제는 쓸모마저 없게 돼 버렸는데, 역설적이게도 사용 가치를 상실한 바로 그 순간 오히려 내재적 생명력을 부여받게 된 것이다. 낙태한 아기의 이름을 짓고 있는 아버지의 이미지

역시 단순하지 않다. 이미 따뜻한 생명의 온기를 부여받은 존재를 말살한다는 것은 어떤 이유에서건 옳지 못하다. 그러나 효율성과 경제적 가치만을 최고의 덕목으로 삼는 오늘날의 사회에서는 그런 행위가 합리적인 것으로 받아들여지기도 한다. 그렇다면 낙태시켜 버린 아이에게 이름을 지어 주는 행위란 무엇일까. 그것은 바로 사랑이 원래 하고 싶어한, 사랑 그 자체의 모습이다. 현실 속에서는 경제적 사정과 같은 합리적 이유에 의해 억압되었던 사랑이 꿈이라는 해방의 공간 속에서 그 자체의 본모습을 회복하고 있는 것이다.

나는 앞에서 장석남이 가장 즐겨 원용하는 시적 방법론은 박용래적 몽타주라고 말한 바 있다. 그런데 취향이나 성향의 측면에서 보자면 그는 아무래도 김종삼에게 조금 더 기울어 있는 것 같다. 백석은 시대상으로 너무 멀고, 박용래는 거의 평생을 시골에서 보냈기 때문에 현재 장석남의 삶의 기반을 이루고 있는 도회지의 생활과는 역시 멀다는 느낌이 든다. 특히, '내용 없는 아름다움' 이란 의미의 맥락에서 장석남과 김종삼은 매우 닮아 있다.

죽은 寅煥이 생각하며
재즈 카페에 들어가 구석의 어둠 사각사각 감상하며
발목에 묻는 싸락눈 음계들 떨어내다가 한쪽 귀퉁이에
언젠가 내가 매어놓고 잊었던
까만 염소에게 오랜만에
노트를 찢어 먹이를 준다

그때, 具體的으로 내 손을 떠난 鳶들이
이 염소 눈빛 속에 얽혀 있다

—「音階들」 전문

이 시는 여러 면에서 「북치는 소년」이나 「시인 학교」 등과 같은 김종삼의 여러 시편들을 연상시킨다. 김종삼의 시적 특징은 어느 순간에 겪은 자신의 직접적인 경험이나 순간의 연상을 주관적인 체험의 밀도 속에 용해시킨다는 것이다. 김종삼의 시가 대체로 어떤 명확한 산문적 의미로 다가오지 않고 모호하게 여겨지는 것도 그런 사정에서 기인한다. 위의 시는 '재즈 카페'에서 시인들이 들은 어떤 음악과 관련된 자유연상을 시화한 것이어서 그 의미가 매우 모호한데, 그의 「雨傘」이란 작품 역시 그런 모호함을 보여 준다.

연못가에 앉아 있었다
기억 속에서는 자꾸만
해당화가 피어났다
살얼음 편광 속으로
빨간 우산들이 지나갔다
멀리로부터
불어오는 바람들
그 중의 제일 큰 것은
구름을 그림자째 끌고 가기도 했다
적요는
사랑 끝에 매달린 고드름

—「雨傘」 부분

이 시 역시 어떤 순간에 서정적 자아에게 몰려드는 과거의 기억들을 시화한 것이어서 산문적인 의미로 번역해내기가 매우 곤란하다. 이와 같은 작품들은, 장석남의 말대로, 시의 문면에 직접적으로 드러난 진술들을 하나의 음으로 보고 우리는 그 사이를 그 여울을 듣는 듯이 읽어야 할 시들인지도 모른다. 이러한 시편들과 관련된 장석남의 의도는 그 어떠한 것과도 교환이 성립되지 않는 독립된 주관의 내밀한, 그렇기에 후기 산업사회의 사물화의 지배에서 벗어난 모종의 체험의 시화에 있는 것으로 보인다. 그러나 그 경우 경계해야 할 것은, 그런 체험은 그 속성상 단순히 균열된 존재의 우연성에 머무르게 될 위험성을 내포하고 있다는 점이다. 그런 것은 이래도 좋고 저래도 좋은, 그래서 아무것도 아닌 것이 되어 버릴 위험성을 다분히 지니고 있기 때문이다.

4

김윤식 교수는 시와 관련된 한 글에서 김종삼과 박용래의 시에 대해 잠시 논하면서, 「돌아가는 삼각지」의 가수 배호와 수인선 협궤열차와 윤후명을 함께 언급한 바 있다. 이들은 과거의 저편으로 사라져 가는 것, 그처럼 사라져 가는 것들에 대한 환상적인 그리움을 갖는 자들, 그리고 순연한 서정시적 정신의 소유자들이다. 김윤식 교수가 자신의 글에서 언급한 존재들은 그 속성이나 기능상 오늘날의 사회 상태와는 본질적으로 불화를 일으킬 수밖에 없는 대상들이다. 따라서 그들의 현존은 아무리 가까워지려 해도 가까워지지 않는 낯선 타향에서의 삶과 같은 방식이 된다. 그런 사정을 엿보게 하는 시가 장석남의 이번 시집에 실려 있어 매우 인상적이다.

> 길이 보이지 않는다 나를 버리고 자꾸
> 어디론가 숨었다 불 꺼진
> 우리집 길 끝으로 흘러가 보이지 않고

파리한 입술로 뒤통수에서 별만 빛났다
별에서 돌아와 나의 생은
어딘가 유성기판처럼 돌고 있는지
걸음마다 가슴이 울리고 가슴이 울리는
여기는 어디인가 내 아가미에선
낯선 숨소리가 맑게 끓었다
밤이 제 울타리를 허물고 끝에서 끝으로 갈 때
시린 새벽달이 떴다 떠서,
잃은 길을 적셨다
달빛 아래 모든 길을 버리고
깊이깊이 냇물 소리를 내며 집으로 갔다

—「배호 · 6」 전문

이 시는 어떤 특별한 분석 없이도 서정적 자아가 낯선 곳에서 느끼는 곤혹스러움과 마음의 고통을 여실히 보여 준다. 작품에서 '여기는 어디인가' 라는 서정적 자아의 고통스런 반문은 모종의 항의를 내포하고 있다. 오늘날의 사회 속에서 모든 개개인이 그 스스로에 대해 절대적이고 낯설고 매몰차고, 압제적인 것으로 느끼는 사회적 상황에 대한 그런 항의. 이번 시집에 실린 장석남의 시들은 이미지와 이미지, 시적 발화와 발화 사이에 그런 항의를 담고 있다. 장석남은 '꽃피는 난세의 시대' 에 대한 대응 방식으로, 아주 부드럽고 섬약하지만 순수하면 순수할수록 후기 산업사회의 부정적 징후들과 불화를 일으킬 수밖에 없는 순수한 서정적 자아의 주관으로의 몰입을 택한 것이다(그런 자아는 집합성이나 객관성에 반대되는 것으로 규정되는 어떤 것이다). 그것은 인간에게 고유한 영혼과 정신의 영역으로 압박해 들어오는 사회적 상황을 인간다운 상황으로 고양시키려는 열정의 소산이기도 하다. 상품의 교환 원리에 의해 더럽혀진 언어와 극단적으로 거리를 두려는 시도가 때로 그의 시를 지나치게 모호하게 하는 경우는 있지만, 그것은 상품의 물신주의적 지배에 의해 왜곡되지 않은 것을 드러내는 과정에서 수반되는 불가피한 사정일 것이다.

나는 장석남의 이번 시집을 통해 순수한 서정시적 정신의 한 표정을 읽는다. 앞으로 사물화의 폭력에 대항하는 그런 서정시적 정신의 항의가 그의 시에서 더욱 강력하게 이루어질 것을 기대하며, 그 특유의 순수 주관적인 표현이 물신주의 마법에 걸린 존재와 사물들을 풀어 주어 해방시켜 줄 수 있기를 진심으로 바란다.